폭렬홍마
레츠&
고!!
이 멋진 세계에 축복을! 5

아쿠아
내 이름은 아쿠아!
숭배 받는 존재이자,
머지않아 마왕을 멸할 자!
그리고 진짜 정체는
물의 여신!

……너, 내가 잠시
눈을 뗀 사이에
뭘 하고 있는 거야?
猫耳
카즈마

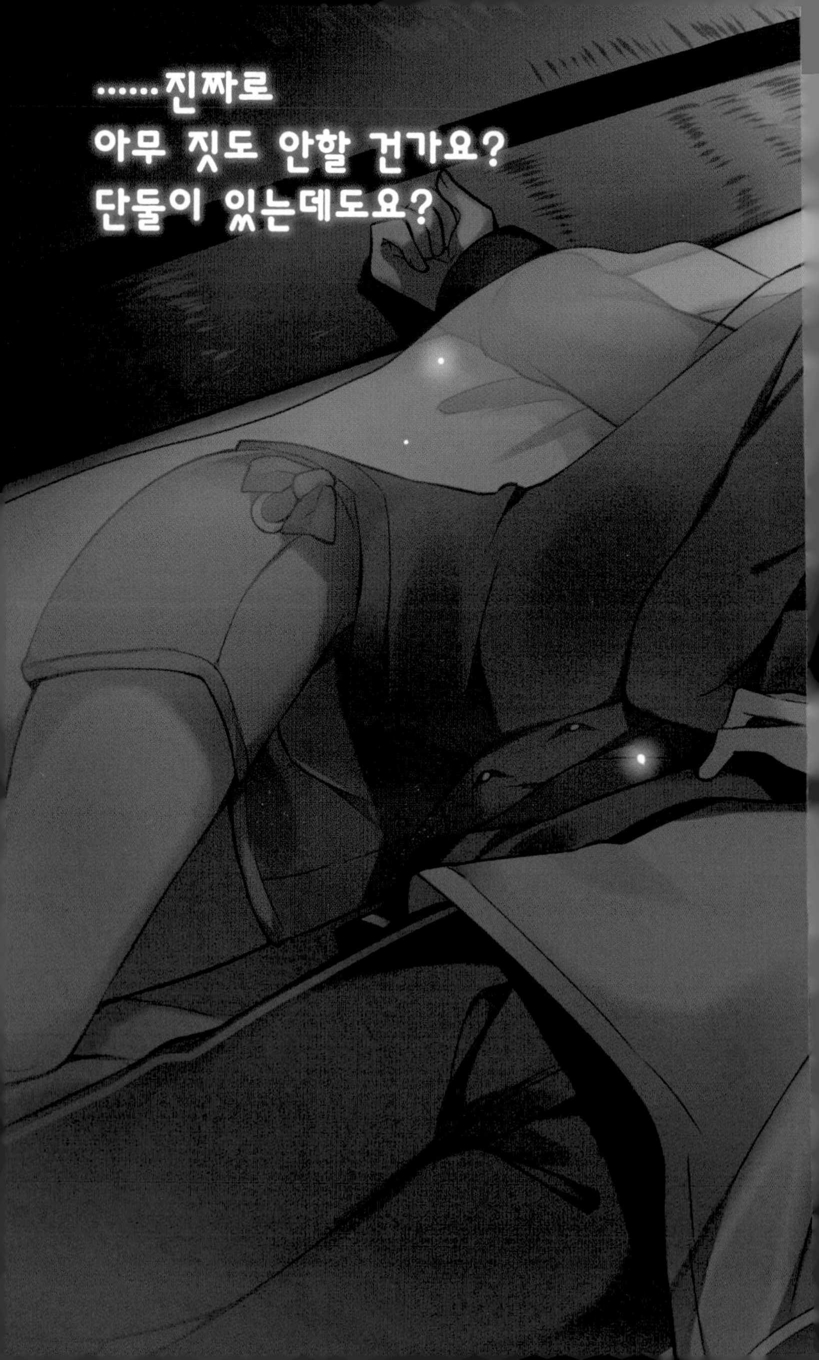
……진짜로
아무 짓도 안할 건가요?
단둘이 있는데도요?

메구밍
NEET
…………메, 메구밍.
너, 너무 가까운데…….

흐음…….
……꽤 하잖아.
실비아

다크니스
어이, 너희들!
마왕의 부하면 부하답게
너희의 실력을 보여 봐라!
나를 굴복시켜,
내가 너희를 주인님이라고
부르게 만들어보란 말이다!

이 멋진 세계에 축복을! 5

CONTENTS

아카츠키 나츠메 지음
미시마 쿠로네 일러스트
이승원 옮김

관심이 가는 그 마을에 관한 정보 전격 공개!!

『홍마의 마을』 불멸목록(이터널 가이드)

문장 및 사진 / (

관광시설 안내

마왕도 두려워하는 우리 홍마의 마을에는 멋진 관광명소가 잔뜩 있어.
오는 도중에 강한 마물에게 공격받을 수도 있으니 조심해서 와.

▶소원의 샘

도끼를 바치면 금은을 관장하는 여신을 소환할 수 있고, 코인을 던지면 소원이 이뤄지는 성스러운 샘.

▶성검이 꽂힌 바위

뽑은 자에게 강력한 힘이 주어진다고 전해지는 전설의 검이 꽂힌 바위.

▶대중목욕탕『혼욕 온천』

관리인이 크리에이트 워터로 물을 만든 후 파이어볼을 쏴서 그 물을 데우는 다이내믹한 목욕탕.

▶카페『데들리 포이즌』

가게 명칭뿐만 아니라 맛도 일품. 무기점『고블린 킬러』를 비롯해, 이 마을에는 마니악한 팬이 많은 가게가 잔뜩 있다.

홍마의 마을에는 아크 위저드 영재교육기관이 존재해. 거기서 공부 중인 미래의 아크 위저드를 소개할게. 어쩌면 마왕을 쓰러뜨릴 천재가 이 안에 있을지도 몰라.

홍마의 마을에 있는 학교의 자리 순서

『홍마족 제일의 천재』 졸업생 전격 인터뷰!

그래요.
제가『홍마족 제일의 천재』예요.
제 목표는『최강』. 보잘 것 없는 상급 마법 따위 관심 없어요.

□ 컬러 및 본문 일러스트/미시마 쿠로네
□ 컬러 및 본문 디자인/무카데야 유우코+
나카무라 나나후시(무시카고 그래픽스)

Character
다크 니스
연령 18세
직업 크루세이더
몬스터에게 공격받을 때 쾌락을 느끼는 방어 전문 여기사. 대귀족, 더스티네스 가문의 영애이기도 하다. 특기는 망상.
아쿠아
연령 연령 미상
직업 아크 프리스트
젊은 나이에 죽은 인간을 인도하는 여신. 카즈마와 함께 마왕 토벌을 목표로 하고 있다. 좋아하는 것은 술. 특기는 연회용 장기자랑.
메구
연령 14세
직업 아크 위저드
홍마족 제일의 천재 마법사. 「
렬마법」에 매료된 탓에 폭
마법만 쓸 수 있으며, 다른 마
은 쓰지 않는다. 좋아하는 것
폭렬마법. 특기는 폭렬마법
취미는 폭렬마법.
융융
연령 14세
직업 아크 위저드
위즈
연령 20세
직업 점주
카즈마

연령 16세
직업 모험가
아쿠아를 억지로 끌고 이세계에 와서도 은둔형 외톨이 생활 중인 모험가. 마왕 토벌이라는 사명은 이미 반쯤 포기했다.

바닐
연령 연령 미상
직업 대악마 겸 점원

쵸스케
연령 ???
직업 ???

프롤로그

“『익스플로전』!!!!!!”

평온한 평원에 느닷없이 불합리한 폭력이 휘둘러졌다.
굉음과 함께 폭풍이 불더니, 그와 동시에 방대한 양의 먼지가 피어올랐다.
나는 모든 마력을 다 쓴 탓에 지면에 쓰러진 메구밍을 안아 일으켰다.
“이, 이번에는 몇 점이죠……?!”
메구밍은 온몸의 힘이 쭉 빠진 상태에서도 강렬한 빛을 머금은 눈빛으로 나를 쳐다보면서 물었다.
“폭발음의 울림과 파괴력으로 볼 때…… 85점!”
“큭! 역시 카즈마는 대단해요. 제가 방금 폭렬마법에 점수를 매긴다면 카즈마와 똑같은 점수를 줬을 거예요. 실력이 많이 늘었군요……!”
“후후, 이렇게 매일같이 폭렬마법을 구경했는데 안목이 좋아지지 않을 리가 없잖아. 이제 나를 폭렬 소믈리에라고 불러도 된다고. 자, 업어줄게.”

"으으……."

나는 그렇게 말하면서 축 늘어진 메구밍을 업었다.

"매일같이 폭렬마법을 쓰는데 용케도 질리지 않는구나. 이제 그만 다른 마법을 익혀서 우수한 마법사로 클래스 체인지할 생각은 없어?"

"없어요. 그리고 저는 이미 우수한 마법사니까 그딴 말도 안되는 소리 좀 하지 말라고요."

자칭 『우수한 마법사』는 내 목에 손을 두르면서 말했다.

뭐, 이 녀석도 요즘엔 타이밍만 잘 잡아주면 꽤 도움이 되는 편이지만…….

나는 한숨을 내쉬고 메구밍을 고쳐 업었다.

—내일부터는 또 여행을 떠난다.

여행 중에는 마력 보존을 위해 폭렬마법을 쓸 수 없기 때문에 오늘 이렇게 1일 1폭렬에 어울려준 것이다.

이렇게 써대는데 용케도 질리지 않는다는 생각이 들었다.

액셀 마을로 향하던 도중…….

내 등에 업힌 메구밍은 저녁노을이 드리워진 하늘을 올려다보며 분하다는 목소리로 중얼거렸다.

"다음에야말로, 100점을 받고 말겠어요……!"

제1장 이 중대한 편지를 보고 결단을!

1

—카즈마 씨의 아이를 가지고 싶어요.

융융이 입에 담은 그 정열적인 말을 들은 순간, 나는 마시던 홍차를 입가로 줄줄 흘리면서 딱딱하게 굳어버렸다.

눈앞에는 얼굴이 새빨개진 융융이 주먹을 말아 쥔 채 부들부들 떨고 있었다.

딱딱하게 굳어버린 것은 나만이 아니었다.

나 이외의 다른 사람들도 입을 쩍 벌리고 있었다.

그것도 무리는 아닐 것이다. 융융이 방금 입에 담은 말은…….

"저기, 메구밍. 한 수만 물려주면 안 돼? 그렇게 해준다면 아르칸레티아의 온천에서 발견한 특이하게 생긴 돌을 줄게."

……아니, 분위기 파악을 전혀 못했을 뿐만 아니라 대화 자체에 귀를 기울이지 않는 녀석이 딱 한 명 있었다.

딱딱하게 굳은 메구밍과 마주보고 앉은 아쿠아는 장기말을 든 채 고민에 잠겨 있었다.

그제야 정신을 차린 내가 입가에 묻은 홍차를 닦고 고개를 돌려보니, 망연자실한 표정을 지은 다크니스가 잔을 기울인 채 딱딱하게 굳어 있었다. 그 탓에 잔에서 흘러나온 홍차가 융단을 적시고 있었다.

나는 테이블에 잔을 내려놓은 후, 옷매무새를 단정히 했다. 그리고 융융을 향해 천천히 고개를 돌렸다.

"……방금 뭐라고 했어?"

"카, 『카즈마 씨의 아이를 가지고 싶다』고 말했어요!"

내가 되묻자, 융융은 얼굴을 새빨갛게 붉히면서 그렇게 대답했다.

아무래도 내가 잘못 들은 게 아닌 것 같았다.

"……나, 첫째는 여자애였으면 좋겠어."

"아, 안 돼요. 첫째는 남자애여야 한다고요!"

융융은 얌전한 애라고 생각했는데, 알고 보니 할 말은 다 하는 타입이었다.

하지만 나도 그것만은 양보할 수 없었다. 남자라면 누구나 자기 딸에게 아빠라고 불리고 싶은 법이니까……!

"아니, 잠깐만요. 왜 느닷없이 첫 애의 성별을 의논하기 시작한 거죠?! 그리고 융융은 느닷없이 무슨 소리를 하는 거예요?! 지금 자신이 무슨 소리를 했는지 알고 있는 건가요?!"

그제야 정신을 차린 메구밍은 벌떡 일어나서 외쳤다.

"그, 그래. 메구밍의 말이 맞다. 융융이라고 했던가?! 카즈마와 무슨 일이 있었는지는 모르겠지만 정신 차려라! 이 녀석이 어떤 남자인지 알면서 그딴 소리를 하는 것이냐?!"

다크니스는 남들이 들으면 오해하기 딱 좋은 소리를 해댔다.

"응? 잠깐만 있어봐! 그래, 여기야! 여기에 아무 짝에도 쓸모없던 크루세이더를 두면……!"

소동이 일어났다는 사실을 전혀 눈치채지 못한 아쿠아는 한 손에 장기말을 든 채 여전히 게임에 열중하고 있었다.

그녀의 대전 상대인 메구밍은 융융의 어깨를 잡더니 앞뒤로 마구 흔들어댔다.

"정신 차리세요! 당신은 때때로 눈앞이 보이지 않을 만큼 폭주할 때가 있잖아요! 일단 무슨 일이 있었는지 차근차근 이야기해 주세요!"

"그, 그렇지만!! 나와 카즈마 씨가 아이를 만들지 않으면 세계가……! 마왕이……!!"

메구밍이 흔들고 있는 융융은 금방이라도 울 것 같은 표정을 지으며 소리쳤다.

"오호라, 세계가……. 무슨 소리인지 알겠으니까 걱정하지 마. 세계도, 마왕도, 전부 나에게 맡겨. 나와 융융이 아이를 만들면 마왕도 어찌어찌 되고, 이 세상도 구할 수 있는 거네? 곤경에 처한 사람의 부탁을 거절할 수야 없지."

"너, 너란 녀석은 정말……! 저번에 우리가 퀘스트를 하자고 부탁했을 때는 그렇게 질색을 했지 않느냐!"

"맞아요! 평소에는 남의 말을 절대 따르지 않으면서, 왜 이럴 때만 순순한 건데요! 그리고 이 뚱딴지같은 상황에 눈곱만큼이라도 의문을 가지라고요!"

다크니스와 메구밍이 옆에서 그렇게 말했지만—.

"시끄러워! 너희야 말로 아까부터 뭐하는 거야?! 이건 우리 두 사람의 문제거든?! 상관없는 녀석은 끼어들지 말라고! 드디어 내 인생에도 봄이 왔단 말이다! 방해하지 마!"

"이 남자, 오히려 화를 내고 있잖아요! 그리고 상관있거든요?! 친구가 이상한 남자에게 걸려들려고 하는데 가만히 있을 수는 없어요!"

나는 끈질기게 물고 늘어지는 메구밍을 입 다물게 하려고 말을 이었다.

"애당초 이렇게 많은 미소녀 및 미녀와 만났는데 이런 상황이 한 번도 벌어지지 않은 게 이상하다고! 우리는 수많은 마왕군 간부를 격파한 영웅이잖아? 이러쿵저러쿵 하면서도 여러 사건을 해결했어! 슬슬 나를 동경하는 미소녀나, 사인 좀 해주세요 같은 소리를 하는 모험가가 나타나도 이상하지 않다고!! 어이, 다크니스! 너도 귀족 나부랭이라면 내 공적을 치하하기 위해 훈장 같은 거라도 하나 내놔!"

"너, 너란 녀석은 정말……! 속으로는 그런 생각을 하더라도 입밖으로 말하지 마라! 자기 입으로 그딴 소리를 해대다간 고생해서 쌓은 공적이 빛바래고 만단 말이다!"

말다툼을 벌이는 우리를 본 융융은—.

"지, 진정하세요! 저, 저 때문에 다투시는 거죠? 정말 죄송해요!"

우리 사이에 끼인 채 오들오들 떨면서 그렇게 말했지만…….

"이 나라 여성들이 보통 열여섯 살에서 스무 살 사이에 결혼한다는 이야기는 나도 들었어! 결혼 자체는 열네 살부터 가능하다며?! 융융은 메구밍과 동급생이니까 이제 열네 살이잖아! 그럼 문제될 게 없네! 멋져, 정말 멋지다고! 법에 걸리지 않아! 로리콤이라는 소리도 듣지 않는다고! 만세! 나, 처음으로 이 세상이 좋아졌어!! 그런데 너희야말로 왜 과민 반응을 하는 거야? 너희 둘, 혹시 나를 좋아하는 거야? 융융과 내가 사귀게 되었다고 질투하는 거야? 그럼 그렇다고 솔직하게 말하라고! 이 츤데레들아!"

"이 사람이 보자보자 하니까……! 다크니스, 밟아버리죠! 이 남자를 자근자근 밟아주자고요!"

"좋다. 이 입만 산 쓰레기 자식을 죽여 버리겠어!"

"어? 어? 뭐야. 한 번 해보자는 거야? 너희도 참 발전이 없구나. 나에게 드레인 터치라는 공격 수단이 있는 한, 너희의 몸을 만지는 건 정당방위야! 어디를 움켜잡아도 성희롱이 되지 않는다고!"

내가 두 사람을 위협하듯 손을 꿈틀거리면서 도발하자,

메구밍의 눈썹이 점점 하늘로 치솟기 시작했다.

바로 그때였다. 금방이라도 나한테 달려들 것 같은 메구밍의 망토를 누군가가 옆에서 잡아당겼다.

“저기, 메구밍의 차례거든? 이번 수는 내가 생각해도 정말 끝내줘. 자, 빨리 이쪽으로 와!”

“익스플로전~!”

“꺄아아아아아~!!”

아쿠아에게 끌려간 메구밍은 익스플로전이라고 외치면서 보드 게임 판을 엎어버렸다.

“흑…… 흑……. 익스플로전 룰은 금지되어야만 해…….”

메구밍은 훌쩍거리면서 융단에 흩뿌려진 말을 줍고 있는 아쿠아를 곁눈질한 후, 지팡이를 앞으로 내밀며 말했다.

“이래 봬도 최강의 마법사가 되기 위해 매일같이 최선을 다하고 있거든요? 스테이터스가 빈약한 카즈마 정도는 마법을 쓰지 않고도 간단히 해치울 수 있다고요~!”

“그 말을 들으니 나도 열 받는걸. 내가 대단한 건 스테이터스가 빈약한데도 불구하고 수많은 강적들과 싸워왔다는 점이야. **한 가지 마법밖에 못쓰는 폭렬마** 따위에게 내가 밀릴 리 없잖아. 저쪽에 있는 **뇌가 근육으로 된 크루세이더**는 거론할 가치도 없다고.”

“뇌가 근육으로 된 크루세이더!!”

금방이라도 전투가 벌어질 것 같은 분위기 속에서, 눈가에 눈물이 맺힌 융융이 갑자기 고함을 질렀다.

"메구밍, 내 말 좀 들어봐! **홍마의 마을이…… 홍마의 마을이 사라지게 생겼어!!**"

2

"차 마셔."

"아, 고, 고마워요."

소파에 앉은 융융은 아쿠아에게서 차를 건네받은 후에야 마음이 좀 진정된 것 같았다.

"……그런데 뭐가 어떻게 된 거죠? 마을이 사라진다니요. 자초지종을 이야기해주겠어요?"

메구밍이 그렇게 말하자, 융융은 아무 말 없이 봉투를 건넸다.

그 봉투를 받은 메구밍은 안에 들어있는 종이 두 장을 꺼냈다.

"……이건 융융의 아버지인 족장님의 편지군요. 『**……이 편지가 전해졌을 즈음이면, 나는 이 세상에 없겠지**』……?"

편지를 훑어본 메구밍의 표정이 점점 굳어갔다.

그 편지의 내용은 융융을 당황하게 만들기에 충분했다.

아무래도 홍마족 마을 주변에 마왕군의 간부가 나타났고,

수많은 부하들과 함께 군사 기지를 건설한 것 같았다.

게다가 그곳에 파견된 간부는 마법에 강한 내성을 지녔다고 한다.

그리고 지금은 군사 기지를 파괴할 수도 없는 상황인 것이다…….

편지에는 홍마족의 긍지를 걸고 죽을 각오로 마왕군 간부를 죽이려 하는 홍마족 족장의 결의가 담겨 있었다.

그리고…….

"**『족장의 자리는 너에게 넘기마. ……이 세상에 존재하는 최후의 홍마족으로서, 우리 종족의 핏줄이 끊어지지 않게 해다오…….』**. 잠깐만요. 홍마족은 한 명 더 살아있거든요?!"

격앙된 메구밍을 향해…….

"그런 건 신경 쓰지 말고, 다른 한 장의 편지나 읽어보라구!"

메구밍은 융융의 말을 듣고 다른 종이를 읽었다.

"**『—마을의 점술사가 마왕군의 습격으로 인해 마을이 괴멸될 것이라는 절망적인 미래를 본 날. 그 점술사는 동시에 희망의 빛을 봤다. 홍마족 유일의 생존자인 융융은……』** ……그러니까, 융융이 왜 유일한 생존자인 건데요! 저한테 대체 무슨 일이 생긴 거죠?!"

"그딴 건 됐으니까, 계속 읽기나 해!"

이 편지가 전해졌을 즈음이면, 나는 이 세상에 없겠지.

우리의 힘을 두려워한 마왕군이 본격적인 침공을 시작했단다.

이미 마을 근처에 거대한 군사 기지가 건설됐다.

그것만이 아니지.

마법에 강한 내성을 지닌 마왕군 간부까지 수많은 부하들과

함께 이곳에 배치됐다.

후후……. 마왕 녀석, 우리를 꽤 두려워하는 것 같구나.

군사 기지를 파괴할 수 없는 현재 상황에서 우리에게 남은 수단은

얼마 되지 않아.

그것은 바로 홍마족 족장으로서…….

이 목숨을 바쳐서라도 마왕군 간부를 해치우는 것이란다.

사랑하는 딸아. 너만 남아 있으면, 홍마족의 핏줄이 끊어지지는 않을 거다.

족장의 자리는 너에게 넘기마.

……이 세상에 존재하는 최후의 홍마족으로서,

우리 종족의 핏줄이 끊어지지 않게 해다오……

"『……**홍마족의 유일한 생존자인 융융은 마왕을 타도하겠다는 결의를 가슴에 품은 채 수행에 힘쓰고 있었다. 그런 그녀는 풋내기 모험가의 마을에서 어떤 남자와 만난다. 믿음직하지 못하고, 아무런 힘도 지니지 못한 그 남자가 바로, 그녀의 반려가 될 상대였다**』."

그 순간 아쿠아와 다크니스, 그리고 메구밍이 내 얼굴을 지그시 쳐다보았다.

"……왜 나를 쳐다보는 거야. 혹시 믿음직하지 못하고, 아무런 힘도 지니지 못한 남자가 나라는 거야? 융융도 그 정도 정보만으로 나를 찾아온 거야?"

내가 그렇게 말하자 융융은 고개를 반대편으로 돌렸다.

"계속 읽을게요. 『**이윽고 세월이 흘러……. 홍마족 생존자와 그 남자 사이에서 태어난 아이는 어느새 소년이라고 불러도 될 나이가 되었다. 그 소년은 모험가였던 아버지의 뒤를 이어 여행을 떠난다. 하지만 그 소년은 아직 알지 못했다. 자신이 일족의 적인 마왕을 타도할 존재라는 사실을……**.』"

""""윽?!""""

그 말을 들은 순간, 나뿐만 아니라 다크니스와 아쿠아도 숨을 삼켰다.

"우, 우리 아들이 마왕을 쓰러뜨린다는 거야……?!"

"자, 잠깐만 있어봐라! 이 뚱딴지같은 소리는 대체 뭐냐?! 어이, 카즈마! 의심 많은 네가 예언 같은 걸 진짜로 믿지는

마을의 점술사가 마왕군의 습격으로 인해 마을이
괴멸될 것이라는 절망적인 미래를 본 그 날.
그 점술사는 동시에 희망의 빛을 봤다.
홍마족의 유일한 생존자인 융융은 마왕을 타도하겠다는 결의를
가슴에 품은 채 수행에 힘쓰고 있었다.
그런 그녀는 풋내기 모험가의 마을에서 어떤 남자와 만난다.
믿음직하지 못하고, 아무런 힘도 지니지 못한 그 남자가 바로,
그녀의 반려가 될 상대였다…….
기둥서방처럼 일도 하지 않는 그 남자.
그런 남자를 열심히 먹여 살리는 융융…….
수행에 빠져 살던 융융에게 있어,
그것은 가난하면서도 즐겁고 행복한 나날이었다.
이윽고 세월이 흘러…….
홍마족 생존자와 그 남자 사이에서 태어난 아이는
어느새 소년이라고 불러도 될 나이가 되었다.
그 소년은 모험가였던 아버지의 뒤를 이어 여행을 떠난다.
하지만 그 소년은 아직 알지 못했다.
자신이 일족의 적인 마왕을 타도할 존재라는 사실을…….

『홍마족 영웅전 제1장』 저자 : 아루에

않겠지?!"

"저기, 곤란하거든요?! 나, 그렇게 되면 진짜로 곤란하거든요?!"

자신에게 주어진 거대한 운명을 알고 아연실색하고 있을 때, 다크니스와 아쿠아가 허둥대기 시작했다.

……어라.

이 녀석들, 혹시 진짜로 질투하는 건가?

어, 응, 정말?

진짜로 그런 달콤쌉싸름한 상황이…….

"나로서는 그런 느긋한 소리 하지 말고, 빨리 마왕을 해치워줬으면 하거든?! 카즈마의 애가 클 때까지 기다려야 하는 거야?! 저기, 몇 살 정도 되면 소년이라고 할 수 있을까? 3년 정도면 될까? 안 된다면 그 예언은 없었던 걸로 해줘!"

……전혀 벌어지지 않았다.

그리고 뭐, 3년? 아기한테 마왕 퇴치를 시키려는 거냐?

"홍마의 마을에는 솜씨 좋은 점술사가 있어요! 즉, 이 예언은……."

"알았어. 이렇게 됐으니 나한테 맡겨. 이 세계를 위한 일이니 어쩔 수 없지."

"너, 너는 정말 그걸로 괜찮은 것이냐?! 평소에는 우유부단하면서 오늘은 왜 이렇게 남자다운 것이냐!!"

다크니스가 내 멱살을 움켜쥔 순간, 편지를 다 읽은 메구밍이 느닷없이 이렇게 말했다.

"……이 편지 끝에는 『**【홍마족 영웅전 제1장】 저자 : 아루에**』라고 적혀 있는데요."

""""뭐?!""""

메구밍이 그렇게 말한 순간, 나와 다크니스, 그리고 융융이 그녀를 향해 고개를 획 돌렸다.

아쿠아가 메구밍의 옆에서 편지를 쳐다보며 말했다.

"어디어디. 어, 첫 번째 편지와 두 번째 편지는 글씨체가 다르네. 첫 번째 편지는 융융 아빠의 편지가 맞는 것 같아. 그리고 두 번째 편지 끝에 『**추신 우편 비용이 비싸기 때문에 족장님에게 부탁해 같이 보내달라고 했어. 2장이 완성되면 또 보낼게**』라고……."

"아아아아아아아아아아아아~!!"

융융은 갑자기 편지를 빼앗더니, 동그랗게 말아서 던져버렸다.

"우에에에에엥! 너무해! 아루에는 바보오오오오오!!"

나는 융단 위에 엎드려 울고 있는 융융을 쳐다보며 당황한 목소리로 말했다.

"어이, 뭐가 어떻게 된 건지 설명 좀 해봐! 아루에가 누구야? 내 애는 어떻게 되는 건데? 그리고 나는 어떻게 하면 돼? 여기서 벗을까? 아니면 방에 가서 벗을까?"

"당신은 방에 들어가서 잠이나 자세요. ……아루에는 홍마의 마을에 살고 있는 저희 동급생이에요. 뭐랄까, 작가 지망생인 특이한 애죠…….”

다크니스는 메구밍의 말을 듣고 안도하는 표정을 지었다.

“뭐냐. 그럼 단순한 소설이었던 것이냐? ……음? 잠깐만 있어봐라. 그럼 첫 번째 편지는 뭐지?”

“그 편지의 내용은 진짜 같아요. 홍마족은 옛날부터 마왕군에게 있어 눈엣가시였으니까 언젠가는 이런 날이 올 거라고 생각했어요. 드디어 본격적으로 마을을 침공하기 시작한 거겠죠.”

“어이, 잠깐만 있어봐. 그럼 나의 이 뜨거운 마음은 어쩌면 되는데? 한껏 기대하게 만들어놓고 결국 그냥 넘어가는 거야?! 헛소리 하지 말라고! 어이, 융융? 이제부터 나와 융융은 달콤쌉싸름한 사이가 되는 거지?!”

“안 된다. 그리고 진짜로 방해되니까 아쿠아와 구석에서 놀고 있어라. ……그런데 메구밍은 왜 그렇게 차분한 거지? 너는 자신의 가족과 동급생이 걱정되지 않는 것이냐? 고향이 위기에 처했다지 않느냐.”

다크니스가 그렇게 묻자, 엉엉 울던 융융도 고개를 치켜들었다.

“마, 맞아. 울고 있을 때가 아냐! 저기, 메구밍? 이제 어떻게 하지? 마을이 위기에 처한 건 사실이라고 생각해. 우리가 어떻게 하면 좋을까?!”

메구밍은 다크니스와 융융의 말을 듣고 말했다.

"우리는 마왕도 두려워하는 홍마족이잖아요? 마을 사람들이 그렇게 간단히 당할 리가 없어요. 게다가……. 족장의 딸인 융융이 여기 있는 이상, 홍마의 마을에 무슨 일이 생기더라도 홍마족이 멸족하는 일만큼은 벌어지지 않을 거예요. 그러니 이렇게 생각하도록 해요. 마을 사람들은 언제까지나 저희 마음속에—."

"메구밍은 정말 인정머리가 없다니깐! 왜 항상 그렇게 매정한 거냐구!"

울상을 지은 융융은 약간 발그레해진 얼굴로 나를 쳐다보면서 말했다.

"저, 저기……. 느닷없이 이상한 소리를 해서 죄송해요. 그, 그게, 제가 아는 남자라고는 카즈마 씨밖에 없어서……."

"그, 그랬구나. 괜찮아. 그것보다 이제 어떻게 할 거야? 고향이 위기에 처한 거잖아?"

융융은 눈가의 눈물을 닦으면서 말했다.

"예. 이제부터 홍마의 마을에 갈까 해요. 저기, 마을에는 치, 친……구……도, 있으니까……."

딱 잘라 친구라고 말하지는 못하는 사이인 걸까.

"그럼 여러분. 소동을 피워서 죄송합니다! 저기, 메구밍. 다, 다음에 봐……."

우리는 그렇게 말한 후, 저택 밖으로 쓸쓸히 나가는 융융을 배웅했다.

"……카즈마, 저 애를 혼자 보내도 괜찮겠느냐? 너라면 흑심을 품으면서 같이 가주겠다고 폼 나게 말할 줄 알았는데 말이다."

"홍마의 마을은 마왕군 간부에게 공격받고 있다면서? 그런 곳에 내가 가봤자 짐밖에 안 될 거야. 게다가 위험하고, 무섭고, 여행에서 방금 돌아와서 노곤해. ……그래도 메구밍이 저 애가 걱정된다면 같이 가줄 수도 있어."

"이, 이 남자, 아까는 자기가 마왕군 간부들을 쓰러뜨린 영웅이라고 떠들어댔으면서……! 제가 융융을 걱정할 리가 없잖아요. 저 애는 제 라이벌이거든요? 제 적이나 마찬가지예요."

메구밍이 그렇게 말하면서 고개를 돌리자, 나와 다크니스는 히죽거리며 말했다.

"어이. 그런 것치고는 아까부터 메구밍이 안절부절 못하는 것 같지 않아?"

"카즈마, 그런 소리 하지 마라. 메구밍은 솔직하지 못한 것뿐이다. 그러니 네가 도움의 손길을 내밀어주는 게 어떻겠느냐?"

메구밍은 작은 목소리로 그렇게 말하는 우리를 노려보았다.

"어이, 아쿠아. 너도 한마디 해주……라고……."

내가 아쿠아 쪽을 돌아보니…….

"쿠울~."

그녀는 소파에서 퍼질러 자고 있었다.

아무래도 방금 그건 이 녀석에게는 너무 어려운 이야기였던 것 같았다.

……결국 삐친 메구밍은 2층에 있는 자기 방에 틀어박혔다.

거실에 남은 다크니스가 나를 쳐다보면서 말했다.

"어이, 카즈마. 정말 이대로 둬도 괜찮겠느냐? 그 융융이라는 애는 메구밍의 친구지? 강하다는 이야기는 들었지만…… 저기……."

"괜찮아. 그 애는 상급 마법을 쓸 수 있는 진짜 홍마족이라고. 그리고 우리와 같이 있는 것보다 혼자 있는 게 더 안전할 거야. 우리 파티에는 언데드에게 사랑받는 녀석이 있으니까 말이야."

나는 그렇게 말하며, 소파 위에서 몸을 동그랗게 만 채 침을 질질 흘리며 자고 있는 아쿠아를 쳐다보았다.

게다가 지금은 버티고 있지만, 어차피 곧 메구밍이…….

—그날 밤.

저녁 식사를 마치고 방에서 데굴거리고 있을 때, 노크 소리가 들려왔다.

"들어와~."

내 대답을 듣고 안에 들어온 이는 예상대로…….

"……카즈마. 실은 할 이야기가 좀 있어요."

뭔가 할 말이 있는 표정을 한, 잠옷 차림의 메구밍이었다.

"이런 시간에 무슨 일이야? 융융의 말을 듣고 라이벌 의식이 불타오른 나머지, 나를 보쌈하러 온 거야?"

"그딴 소리 한 번만 더하면 확 날려버릴 거예요! 그리고 제가 열네 살이 된 후로는 성희롱 발언을 인정사정없이 해대네요!"

메구밍이 새빨갛게 얼굴을 붉히고 화를 내자, 나는 침대 위에서 책상다리를 하고 앉으며 용건을 말해보라고 재촉했다.

뭐, 할 이야기는 얼추 예상이 되지만 말이다…….

메구밍은 가볍게 헛기침을 한 후…….

"저기, 말이죠. 융융은 어찌 되든 진짜로 상관없거든요? 하지만 저한테는 나이 차이가 좀 나는 여동생이 있어요."

………….

"그러니까, 융융은 진짜로 어찌 되든 상관없지만, 여동생이 걱정된다고 할까…… 왜, 왜 갑자기 히죽거리는 거예요?!"

나는 츤데레 같은 발언을 하는 메구밍을 향해 씨익 미소를 지었다.

3

다음 날 아침.

모험가 길드에 가서 홍마의 마을 주변의 지도를 받아온 나는 동료들을 둘러보면서 말했다.

"이 츤데레가 고향에 가고 싶다고 하도 성화니까, 홍마의 마을에 놀러갈까 해."

"누가 츤데레라는 거예요! 제가 말했을 텐데요?! 여동생이 걱정되어서……!"

반박하는 메구밍의 머리를 손으로 눌러 그녀의 입을 막은 후, 나는 말을 이었다.

"그 마을은 현재 마왕군과 교전 중인 것 같아. 그러니 멀리 떨어진 곳에서 마을을 살펴본 후, 편지에 적힌 것처럼 위험해 보이면 액셀로 돌아올 거야. 그리고 가는 길에 마왕군을 발견해도 돌아올 거야. 몬스터와의 전투도 최대한 피하자고!"

"카즈마다운 소극적인 작전이네! 뭐, 좋아. 여행에서 돌아온 지 얼마 안 됐지만, 내 힘으로 메구밍의 고향 사람들을 구원해주겠어!"

요즘 들어 연속해서 마왕군 간부를 토벌한 덕분에 꽤나 자신감이 붙은 아쿠아는 주먹을 말아 쥐면서 그렇게 말했다.

"홍마의 마을인가. 그곳은 강력한 몬스터들이 넘쳐나는

파라다이스지. 게다가 마왕군이 무리지어 쳐들어왔다니, 정말 끝내주는 구나……! 앗, 수적 열세 탓에 패배하고 그대로 사로잡히면 어떻게 하지?! 저기, 카즈마. 만약 그런 상황이 벌어진다면 나를 내버려두고 너희는 도망가거라!"

"진심으로 기뻐하며 두고 갈 테니까 안심해. 그리고 제발 돌아오지 마."

나는 바보 같은 소리를 해대는 다크니스를 향해 그렇게 말한 후, 저번 여행에 가지고 갔던 풀지 않은 짐을 다시 짊어졌다. 그리고 다른 세 사람과 함께 저택을 나섰다.

원래라면 이대로 승합 마차 대기소로 향하겠지만, 이번에는 다른 방식으로 이동할 생각이었다.

"저기, 카즈마. 지금 어디 가고 있는 거야? 그 융융이라는 애와 함께 홍마의 마을에 가는 것 아니었어?"

"융융은 어제 오후에 승합 마차로 이미 출발했어. 지금 쫓아가봤자 따라잡을 수 없을 거야. 그리고 마차 여행은 이미 질리게 했다고. 이제부터 가는 곳에 볼일이 있어."

—아쿠아에게 말하는 사이, 우리는 목적지인 가게에 도착했다.

"……음. 목적지가 여기였던 것이냐. ……저기, 이래 봬도 나는 에리스 님을 모시는 크루세이더인 만큼 가능하면 이 가게에는 오고 싶지 않구나……. 왜냐하면 여기에는—."

"어서 오십시오! 레벨 올리기 쉬운 직업인데도 레벨이 전혀 올라가지 않는 남자와, 요즘 들어 가문의 위광 말고는 거의 도움이 되지 않는 여자! 짜증나는 빛을 뿜는 양아치 프리스트와, 엉터리 마법만 쓸 줄 아는 엉터리 종족이여! 마침 잘 왔다!"

"이 녀석이 있지 않느냐……!"
"어, 엉터리 종족……!"
가게 앞을 청소하고 있던 수상쩍은 가면을 쓴 점원이 우리에게 인사를 건넸다. 그리고 다크니스와 메구밍은 그 인사말을 듣더니 분하다는 듯 신음을 흘렸다.
나는 저번에 미뤄뒀던 장사 이야기를 마무리하기 위해서, 그리고 위즈에게 볼일이 있어서 이곳에 온 건데…….
미간을 잔뜩 찌푸린 채 자신을 향해 잽을 날리는 아쿠아를 무시한 바닐은, 내 등 뒤에 서더니 나를 가게 안으로 밀어 넣었다.
가게 안을 둘러봤지만 위즈는 보이지 않았다.
그리고 안쪽에서 훌쩍거리는 소리가 들려왔다.
나는 내 등을 미는 수상쩍은 점원에게 물었다.
"마침 잘 왔다는 건 또 무슨 소리야? 또 이상한 상품이라도 들인 거야? 딱 잘라 말하는데, 이 가게의 상품은 안 살 거라고."

"너무 그러지 마라! 나 또한 매번 쓸모없는 잡동사니를 팔 생각은 없다. 이건 분명 네 마음에도 들 거다."

바닐이 가게 안에 들어선 우리를 향해 내민 것은 뚜껑이 열린 조그마한 상자였다.

"……어? 이게 뭐야?"

"언데드를 쫓는 마도구다. 뚜껑을 열기만 하면 언데드가 다가오지 못하게 하는 신기(神氣)가 한나절 동안 계속 흘러나오는 아이템이지. 네놈의 파티에는 언데드에게 사랑받는 이상한 녀석이 있지? 이번 여행에서도 그 녀석 때문에 고생하지 않았나? 이걸 가지고 있으면 실외에서도 마음 편히 푹 잘 수 있을 거다!"

"잠깐만, 그 이상한 녀석이 나를 말하는 건 아니겠지?"

언데드를 쫓는 마도구라…….

그 말만 들으니 꽤 편리해 보이지만…….

"그럼 이 마도구의 결점은 뭐야? 당연히 있을 거 아냐."

"그런 건 없다. 굳이 꼽자면 가격이 비싼 데다 1회용 상품이라는 거지. 하지만 효과는 끝내준다! 무심코 상자를 열어버린 얼간이 점주가 가게에 들어올 수 없어서 아까부터 계속 울고 있을 정도로 성능이 끝내주지."

"뚜껑 닫고 환기시켜! 저 울음소리는 위즈가 내고 있는 거냐?! 그런데 위즈는 왜 이런 걸 들인 거야? ……뭐, 편해 보이니까 하나만 줘. 곧 쓸 일이 있을 것 같거든."

나는 홍마의 마을로 향하다 야영할 때를 대비해 지갑을…….

"구매해주셔서 감사합니다! 개당 단돈 100만 에리스다!"

"비싸! 그렇게 비싼 돈 주고 살 바에야 몰려드는 좀비와 싸우는 편이 나을 거라고!"

내 항의를 무시한 바닐은 상자를 자루에 넣으면서 말했다.

"손님, 괜찮지 않습니까~. 어차피 너는 곧 부자가 될 테니 말이다! 지금까지 만든 모든 상품의 지적 재산권을 총액 3억 에리스에 매입한다! 이 계약 내용이면 괜찮겠지?"

바닐은 그렇게 말하면서 계약서 한 장을 꺼내보였다.

"3억 에리스……! 이 남자가 그런 거금을 손에 넣는다면 일하지 않는 인간 말종이 되어버릴 것이다! 하, 하지만 그것도 나쁘지는……."

다크니스는 고민에 빠진 표정을 지으면서 영문 모를 소리를 계속 지껄이고 있었다.

그리고 아쿠아와 메구밍은 싱글벙글 웃으면서 카즈마의 양옆에 서더니, 그의 소매를 잡아당기면서 말했다.

"카즈마 씨, 카즈마 씨. 저는 저택에 수영장을 설치하고 싶어요."

"저는 마력 회복 효과가 있다는 마력 청정기를 가지고 싶네요."

"돈 냄새를 맡은 망자들아. 수영장과 마력 청정기는 비쌀 것 같으니 아직 무리지만, 이번 여행에 필요한 아이템이 없는지 한 번 둘러보고 와."

내가 아쿠아와 메구밍에게 그렇게 말하자, 두 사람은 희희낙락하면서 가게 안을 둘러보기 시작했다.

나는 직접 개발한 각종 상품의 특허를 바닐에게 판매하기로 했다.

나는 골치 아픈 일에 잘 휘말리는 편이다.

여차할 때는 돈만 들고 튈 수 있도록 한번에 거금을 받아두기로 한 것이다.

게다가 이 마을은 1년 동안 마왕군 간부와 기동요새에 의해 두 번이나 위기를 맞이했다. 그러므로 그런 상황에 미리 대비해두는 편이 나으리라.

"—그럼 이 언데드를 쫓는 마도구 값은 3억 에리스에서 빼줘. 3억 받으려면 아직 멀었지?"

"음. 미안하지만 그럴 것 같다. 가게 안에서 훌쩍거리고 있는 얼간이 점주가 쓸데없는 물건을 들인 바람에 지출이 커졌거든. 안 그래도 돈이 없는데 말이다. 뭐, 다음 주에는 상당한 금액이 들어올 거다. 이 마을에서 출자자를 모으고 있으니까."

다음 주인가. 다음 주가 되면, 나는 이 마을에서 손꼽히는 부자가 되는 거구나!

"아, 그러고 보니 위즈에게 볼일이 있었어. 좀 불러와줘."

내가 그렇게 말하자, 바닐은 유감스러워하며 하얀 아지랑이가 피어오르는 상자의 뚜껑을 덮었다.

그리고 창문을 열어서 환기를 시키니, 곧 가게 안쪽에서 위즈가 모습을 드러냈다.

여행지에서 이런저런 일을 겪은 탓에 성불할 뻔 했던 위즈는 평소보다도 창백한 안색으로 어서 오세요 하고 말하며 미소 지었다.

"안녕, 위즈. 몸은 괜찮아? 미안한데, 오늘은 손님으로서가 아니라 너한테 부탁이 있어서 찾아온 거야."

"……예? 저한테 말인가요?"

나는 고개를 갸웃거리는 위즈를 향해 고개를 끄덕였다.

나는 메구밍의 고향이 어떤 상황인지 이야기한 후, 위즈에게 부탁하고 싶은 것을 설명했다.

"—그러니까 여러분을 텔레포트로 아르칸레티아까지 보내드리면 되는 거죠?"

홍마의 마을에 가기 위해서는 우선 아르칸레티아에 간 후, 거기서 마을로 향해야 했다.

언데드 주제에 목욕을 좋아하는 이 리치는 저번의 여행 때 온천이 꽤나 마음에 들었는지 텔레포트로 갈 수 있는 곳에 아르칸레티아를 등록한 것이다.

나와 위즈가 그런 이야기를 하는 사이, 다른 사람들은 이 가게의 상품을 살펴보고 있었다.

“어, 어이, 바닐. 이 몬스터를 불러들이는 포션이라는 건 얼마나 효과가 있지? 이걸 몸에 뿌리면 어떤 일이 벌어지는 것이냐?”

“그건 마시는 타입의 포션이다. 그걸 마시면 몬스터뿐만 아니라 마을 사람들과 부모, 동료들마저 네 녀석을 증오하며 달려들겠지. 그대의 일그러진 성적 취향에 딱 맞는 상품일 것이다. 하나 사가는 게 어떠냐?”

“……부모님과 동료에게도 미움을 받는 것이냐……. 으으, 영원히 미움 받는 건 곤란하나 포션의 효과가 짧은 시간만 유지된다면 구입을 고려해보는 것도…….”

“……호오, 이건 잠시 동안 특정 마법의 효과를 상승시켜주는 포션이군요. 폭렬마법의 위력을 올려주는 포션은 없나요?”

“음. 현재 이 가게에 남아있는 마법 효과 상승 포션은 『주박(呪縛) 마법』과 『늪 마법』 뿐이다. 주박 마법용 포션은 마법의 효과 범위를 늘려주는 작용을 하지. 그래서 적에게 사용하면 자신도 움직이지 못하게 된다. 늪 마법 또한 효과 범위를 늘려주기 때문에 그걸 사용하면 마법을 사용한 사람도 바닥없는 늪에 빠져 죽을 것이다.”

“완전 쓸모없네요. ……이 존재감 넘치는 이상한 인형은 뭐죠?”

“그건 바닐 인형이다. 이 몸의 가면 조각을 넣어서 만든 건데, 악령들이 이 몸을 두려워한 나머지 다가오지 못하게 돼. 현재 이 가게에서 유일하게 잘 팔리고 있는 상품이지. 한밤중에 웃어대기는 하지만 효과 하나는 끝내준다. 너희 저택에도 악령은 아니지만 유령이 살고 있지 않느냐. ……한 개 사가는 게 어떠냐?"

"한밤중에 웃어대는 이 인형이야말로 더 악령 같네요. 그리고 저택에 유령이 있다면 아쿠아가 내버려둘 리 없잖아요."

"잠깐만. 메구밍은 내 말을 안 믿는 거야? 그 저택에는 귀족 여자애 유령이 살고 있다고 전에 말했었잖아! 불쌍한 애라서 아직 퇴치하지 않고 놔뒀을 뿐이라구!"

"음, 그래. 그 유령이 때때로 아쿠아의 술을 마신다고 했지. 기억하고 있다. 기억하고 있고말고."

"다크니스도 안 믿는 거야?! 좀 믿어달라구~!!"

저, 정말 시끌벅적하네…….

내가 등 뒤에 있는 동료들을 신경 쓰고 있을 때, 위즈가 그리움이 어린 표정을 지으며 말했다.

"그건 그렇고, 홍마의 마을인가요. 저도 그 마을에 상품을 매입하러 간 적이 있어요. 효이자부로 씨라는 고명한 마도구 장인을 찾아갔었는데 아쉽게도 안 계셔서 만나지 못했죠……."

어느새 내 옆에 서 있던 메구밍이 「예?」 하고 작은 목소리로 말했다.

"자, 잠깐만요. 방금 효이자부로라고 했죠? ……저기, 위즈가 홍마의 마을을 찾았던 건 언제쯤인가요?"

"제가 그 마을에 갔던 건…… 지금으로부터 약 2년 정도 전일 거예요. 아, 그러고 보니 그 분의 집을 방문했을 때, 메구밍 양을 많이 닮은 귀여운 여자애가 있었어요……."

메구밍은 그 말을 듣더니 머리를 감싸 쥐며 몸을 웅크렸다.

"왜 그래? 무슨 일 있는 거야?"

"아, 아뇨……. 제가 잘못된 판단을 내린 탓에 수입원을 하나 날려버린 것 같아요……."

메구밍이 영문 모를 소리를 하고 있을 때, 등 뒤에서 시끌벅적한 소리가 들려왔다.

"상품을 함부로 만지지 마라, 이 재앙 덩어리 여자야! 네 녀석이 만진 포션은 평범한 물이 된단 말이다!"

"태도가 되게 까칠하네! 손님은 신이라구! 그리고 나는 진짜 신이지! 이게 신을 배알한 이의 태도야?!"

"상품을 엉망으로 만들어놓고 그딴 소리 하지 말란 말이다, 이 가난뱅이 신아!! 크윽, 위즈! 아까 나눈 이야기는 나도 들었다! 이 녀석들을 텔레포트시켜줄 거지?! 가게 상품이 더 훼손되기 전에 빨리 보내버려라!!"

바닐의 고함에 쓴웃음을 지은 위즈는 마법을 사용할 준비를 했다.

"어이, 꼬마!"

그 모습을 지켜보던 바닐이 내 귓가에 입을 대더니…….

"비싼 상품을 구매해준 답례다. 내다보는 악마가 네놈에게 충고를 해주마. ……네놈은 이 여행의 목적지에서 동료가 마음속에 품고 있는 고뇌를 알게 될 것이다. 네놈의 말에 따라, 그 동료는 자신이 나아갈 길을 바꾸겠지. 그때 후회가 남지 않도록 잘 생각해 본 후 조언을 해주거라."

……그런 의미심장한 소리를 했다.

악마의 충고라 그런지 엄청 수상쩍게 느껴지는걸.

여전히 불평불만을 늘어놓고 있는 아쿠아의 입을 다물게 한 후, 우리 네 사람은 한 자리에 모였다.

"그럼 여러분. 무사히 여행을 끝마치고 돌아오세요……! 『텔레포트』!!"

4

위즈가 마법을 펼친 순간, 무심코 감았던 눈을 다시 떴다.

그러자 내 눈앞에는 물과 온천의 도시 아르칸레티아가 펼쳐져 있었다.

이제 두 번 다시 올 일이 없을 거라고 생각했던 이 마을에 이렇게 빨리 또 오게 될 줄이야…….

"저기저기, 카즈마 씨, 카즈마 씨."

"지금 바로 이 마을을 떠날 거야. 네 교단 녀석들과는 이제 얽히고 싶지 않거든."

"어째서야~!"

나는 이 마을에서 묵고 싶어 하는 아쿠아에게 그렇게 말한 후, 융융을 찾아보기로 했다.

융융은 어제 오후 액셀에서 출발했다.

승합 마차로 이동하더라도 액셀에서 아르칸레티아까지는 하루 이상 걸린다.

아마 우리는 위즈의 텔레포트 덕분에 그녀를 앞질렀을 것이다.

하지만 내가 융융과 합류하자고 제안하자…….

"카즈마, 저는 융융이 걱정되어서 고향에 가는 게 아니에요. 여동생이 걱정되는 거라고요. 그러니 이대로 출발하죠. 그 애 걱정은 할 필요 없어요. 저희가 걱정 안 해도 잘 따라올 거예요."

……메구밍은 인상을 찡그리면서 그렇게 말했다.

여동생이 걱정되는 거라고 끝까지 우길 생각인가 보다.

……정말 성가신 녀석이라니깐.

결국 우리는 아르칸레티아에 도착한 직후, 홍마의 마을을 향해 출발했다.

아쿠시즈 교도와 마주치면 골치 아픈 일이 벌어질 게 뻔하니 나로서는 잘된 일이지만…….

홍마의 마을로 향하는 승합 마차는 없었다.

홍마의 마을로 이어지는 길은 상단도 지나다닐 수 없을

만큼 위험하기 때문이라고 했다.

게다가 홍마족들은 텔레포트 마법으로 마을을 자유롭게 왕래할 수 있었다.

그러니 상단이 위험을 감수하면서 갈 필요가 없는 것이다.

"아르칸레티아에서 홍마의 마을까지는 걸어서 이틀 정도 걸려요. 그리고 그 길 주위에는 위험한 몬스터가 서식하고 있죠. 그러니 카즈마의 적 탐지 스킬만 믿을게요."

아르칸레티아를 나선 우리는 잘 정비된 길을 따라 홍마족의 마을로 향하고 있었다.

위험한 몬스터가 잔뜩 있는 길에서 야영을 하는 것은 솔직히 무서웠다.

해가 지기 전에 최대한 이동해두고 싶었다.

"뭐, 나만 믿어. 저번 여행 때 졸개 몬스터를 몇 마리 잡았잖아? 그 덕분에 레벨이 하나 올랐거든. 그래서 스킬 포인트로 『도주』라는 도적 스킬을 습득했어. 그러니 이제 언제라도 도망칠 수 있어."

"저기, 그건 카즈마에게만 효과가 있는 스킬 아냐? 적을 발견하면 언제든 혼자서 도망칠 수 있다는 말처럼 들리는데?"

나는 아쿠아의 날카로운 발언을 무시했다. 그리고 다크니스가 선두에 서고 나, 메구밍, 아쿠아 순서로 길을 따라 나아갔다.

"카즈마는 레벨이 잘 오르는 모험가죠? 그리고 마왕군 간부를 상대로 그렇게 격전을 벌였는데 레벨이 1밖에 안 오른 건가요? 저는 단숨에 33이 되었다고요!"

"어이, 카드 보여주면서 자랑하지 마. 확 빼앗아서 내던져 버린다? 그리고 어쩔 수 없잖아. 너는 보스의 숨통을 끊거나 졸개들을 한번에 쓸어버릴 수 있지만, 나는 이 골 때리는 이름을 지닌 칼 한 자루와 활 외에는 공격수단이 없다고."

우리가 그런 소리를 하면서 숲 근처에 도착했을 때였다.

선두에 서서 걷던 다크니스가 갑자기 걸음을 멈췄다.

"……음? 저쪽에 누군가가 있구나."

다크니스의 말을 들은 우리는 그녀가 가리키는 곳을 쳐다보았다.

숲 입구의 바위에 앉은 녹색 머리카락 소녀가 우리를 향해 손을 흔들고 있었다.

이런 곳에서 여자애가 혼자 뭘 하고 있는 거지?

……바로 그때, 그 소녀의 발치가 내 눈에 들어왔다.

소녀의 오른 발목에는 피가 밴 붕대가 감겨 있었다. 그리고 그녀는 그쪽을 힐끔힐끔 쳐다보더니 아파하듯 표정을 찡그렸다.

그리고 이쪽을 올려다보기 시작했다.

그 모습을 본 순간, 내가 지닌 스킬 중 하나가 반응을 보였다.

……뭐랄까.

…………이 세계는, 정말, 골 때린다니깐!

"다친 것 같네. 저기 너, 괜찮니?"

아쿠아가 그렇게 말하면서 그 소녀에게 다가가려 하자, 나는 그녀의 어깨를 움켜잡으면서 말렸다.

그러자 아쿠아뿐만 아니라 메구밍과 다크니스도 나를 쳐다보았다.

"적 탐지 스킬이 몬스터를 포착했어. 저건 의태한 몬스터야."

""""뭐?""""

나는 안타까운 표정으로 이쪽을 쳐다보고 있는 소녀의 시선을 무시하며 경계심을 강하게 품었다. 그리고 모험가 길드에서 받았던 홍마의 마을 주변 지도를 꺼냈다.

그 지도에는 물의 도시 아르칸레티아와 홍마의 마을 사이 지역에서 출현하는 몬스터에 관한 정보도 적혀 있었다.

그 안에서 이 소녀에 해당하는 몬스터를 찾아보니…….

있었다.

『안락 소녀』라는 게 저 녀석의 이름 같았다.

그 항목을 읽고 있는 나를 향해 아쿠아가 말했다.

"저기, 카즈마. 저 애, 왠지 엄청 슬픈 눈길로 카즈마를 쳐다보고 있어. 나, 왠지 저 애에게 회복 마법을 걸어주고 싶은 기분이 드네."

그런 소리를 하는 아쿠아의 어깨를 움켜쥔 채, 나는 안락 소녀에 대한 설명란을 읽었다.

『안락 소녀. 이 식물형 몬스터는 물리적인 해를 끼치지 않는다. ……하지만 지나가던 여행자들이 강렬한 보호 욕구를 느끼게 만드는 행동을 취해, 여행자들이 자신에게 다가오게 유혹한다. 그 유혹은 떨쳐내기 힘들며, 한 번 정이 들면 그대로 죽을 때까지 벗어날 수 없다. 일설에 따르면 이 몬스터는 매우 뛰어난 지혜를 지녔다고도 하나, 확실하지는 않다. 이 몬스터를 발견한 모험가 그룹은 힘들겠지만 꼭 제거해줬으면 한다.』

"어이, 카즈마. 저, 저 애, 금방이라도 울 것 같은 얼굴로 우리를 쳐다보고 있구나. 저 애는 진짜로 몬스터인 것이냐?"

다크니스는 그녀답지 않게 당황한 목소리로 그렇게 말했다.

『이 몬스터는 여행자가 자신의 곁을 지날 때 매우 안심한 미소를 짓는다. 그리고 멀어지려 하면 금방이라도 울 것 같은 표정을 짓기 때문에 발걸음이 떨어지지 않는다. 선량한 여행자일수록 이 몬스터에게 쉽게 사로잡히니 주의하기를 바란다.』

"카, 카즈마. 저 애가 울음을 필사적으로 참고 있는 얼굴로 미소를 지으며 잘 가라는 듯이 손을 흔들고 있어요. 다가가서 확 안아주면 안 될까요?"

나는 아쿠아를 놓은 후, 그런 소리를 하고 있는 메구밍의 목덜미를 잡았다.

『한 번 다가가면 살며시 몸을 맡기기 때문에 밀쳐낼 수가 없다. 그리고 배가 고파지면 여행자는 그 자리를 벗어나려 하겠지만, 이 몬스터의 무시무시한 점은 자신의 몸에 난 열매를 따서 여행자에게 준다는 점이다. 그 열매는 매우 맛있으며 배도 부르다고 한다. ……하지만 이 몬스터의 열매에는 영양소가 거의 없기 때문에 아무리 먹은들 계속 야위어간다. 여행자는 자신의 몸에 난 열매를 떼어서 내미는 소녀의 모습을 보고 양심의 가책을 느낀 나머지 결국 식사를 하지 않게 되며, 이윽고 영양실조로 죽음에 이른다.』

"크……! 설령 몬스터일지라도 부상을 입은 상대를 내버려 둘 수는 없다……."

결국 참다못한 다크니스가 안락 소녀에게 다가갔다.

물리적인 해를 끼치지 않는다고 적혀 있기에, 나는 다크니스를 내버려둔 후 계속 읽었다.

『안락 소녀의 열매에는 신경을 이상하게 만드는 성분이 들어있는지, 그것을 계속 먹다보면 이윽고 공복감과 졸음, 아픔 같은 체내의 위험신호가 차단된다. 그렇기에 자신의 품에 안긴 소녀와 함께 꿈속을 거니는 기분에 사로잡힌 채, 쇠약해져서 죽음에 이르는 것이다. 나이 든 모험가가 안락한 죽음을 갈구하며 이 몬스터의 서식지로 향하는 경우가 많기에 이 몬스터는『안락 소녀』라고 불리고 있다. ……여행자가 죽은 후, 안락 소녀는 상대의 몸에 뿌리를 내려 그것을 영양분

삼아—.』

……나는 거기까지 읽은 후, 설명란에서 눈을 뗐다.

어느새 내 손을 뿌리친 메구밍이 아쿠아와 함께 그 소녀를 향해 뛰어갔다.

상대가 몬스터라는 사실을 안 그녀들은 안이하게 그 소녀의 몸에 손을 대지는 않았지만 그래도 계속 안절부절 못했다.

안락 소녀가 그런 세 사람을 『혹시 같이 있어줄 거야?』라고 말하는 눈길로 지그시 쳐다보았다.

세 사람은 그 시선 때문에 보호 욕구가 솟구쳤는지 더욱 안절부절 못했다.

"일단 물리적으로 해를 끼치지 않는 식물형 몬스터 같아. 보호 욕구로 여행자의 발을 묶어서 굶어 죽인 후, 그 시체에 뿌리를 내린대."

세 사람은 내 말을 듣더니 안심한 얼굴로 안락 소녀에게 다가갔다.

……발을 묶은 후 굶어 죽인다는 말은 귀에 안 들어간 거냐?

"지금 바로 상처를 고쳐줄게! ……어? 상처를 입은 게 아니네. 붕대처럼 보이게 의태한 거야."

아쿠아가 그렇게 말하자, 나도 안락 소녀에게 다가가 살펴보았다.

안락 소녀는 마을에 있는 평범한 여자애의 복장을 하고

있었다.

맨발인 그녀는 우리에게 둘러싸여 즐거운 듯이 방긋방긋 웃고 있었다.

유심히 보니 걸터앉아 있는 바위 또한 의태한 몸의 일부였다.

바위 뒤편에 나있는 가지에는 조그마한 열매가 맺혀 있었다.

입고 있는 옷도, 피가 밴 붕대도, 전부 인간을 유혹하기 위한 의태인 것이다.

부상을 당해 움직이지 못하는 소녀인 척 하다니 정말 질 나쁜 몬스터네.

내가 그런 생각을 하고 있는 사이, 세 사람은 안락 소녀를 예뻐하고 있었다.

메구밍이 손을 살며시 내밀자, 안락 소녀는 『잡아도 되는 거야?』라고 말하는 불안한 표정을 지으며 머뭇머뭇 손을 내밀었다.

그리고 메구밍이 손을 잡아주자 진심으로 기쁘다는 듯이 환한 표정을 지었다.

……방금 그 표정을 본 순간, 그녀들은 이 몬스터에게 완전히 빠진 것 같았다.

홍마의 마을 주위가 위험하다는 이야기는 들었지만, 이 녀석은 그것과 다른 의미에서 위험한 몬스터였다.

나는 몬스터의 정보란에 적혀 있던 내용을 떠올렸다.

거기에는 『**선량한 여행자일수록 이 몬스터에게 쉽게 사로**

잡히니 주의하기 바란다』라고 적혀 있었다.

그리고 『**이 몬스터를 발견한 모험가 그룹은 힘들겠지만 꼭 제거해줬으면 한다**』고도 적혀 있었다.

나는 안락 소녀의 앞에 선 후, 가짜 일본도 『츈츈마루』를 뽑아들었다.

"카즈마 너, 무슨 짓을 하려는 거야?! 설마 경험치를 얻기 위해 이 애를 해치우려는 건 아니겠지?!"

그런 나를 본 아쿠아는 안락 소녀를 감싸듯 꼭 끌어안으면서 그렇게 말했다.

어이, 그 녀석은 몬스터라고…….

그것도 인간의 목숨을 빼앗는 녀석이야.

"안락 소녀에 대한 건 저도 알아요. 하지만 여자애의 모습을 한 몬스터를 상처 입히지는 않을 거죠? 카즈마는 쓰레기니, 악마니 같은 소리를 듣고 있지만 실은 동료를 아끼는 사람이잖아요. 상냥한 구석이 있다는 것도 알아요. 그러니 그런 짓 안 할 거죠? ……안 할, 거죠……?"

메구밍이 안락 소녀의 손을 꼭 쥐더니 호소하는 눈길로 나를 올려다보았다.

마치 주어온 고양이를 보건소에 넘기지 말아달라고 부모에게 애원하는 애처럼 말이다.

……나, 나도 좋아서 이런 짓을 하려는 건 아냐.

내가 망설이고 있다는 사실을 눈치챈 다크니스는 상대가

몬스터라는 것을 떠올렸는지…….

"……아니, 카즈마가 제거해야 한다고 판단했다면 그렇게 해야 한다. 부상을 당한 줄 알고 다가와 봤더니 이 몬스터는 아무데도 다친 곳이 없다. 즉, 매우 교활한 의태 몬스터라는 거지. 방치해두면 앞으로도 피해자가 발생할지 모른다."

그렇게 말하면서 검을 뽑아들더니 안락 소녀를 향해 돌아섰다.

그러자 안락 소녀는 어린애처럼 혀 짧은 목소리로 떠듬떠듬 말했다.

"……죽일…… 거야……?"

안락 소녀는 살려달라고 애원하듯 메구밍의 손을 양손으로 꼭 움켜쥐었다. 그리고 바위에 걸터앉은 채 눈물 맺힌 눈동자로 다크니스를 올려다보며 부들부들 떨었다.

말도 할 수 있는 거냐…….

쥐고 있는 대검이 부들부들 떨리기 시작한 다크니스는 안락 소녀와 똑같은 표정을 지으며 나를 쳐다보았다.

너까지 그런 눈으로 나를 쳐다보면 어떻게 하냐고…….

굳어버린 다크니스를 옆으로 밀어낸 나는 뽑아든 칼을 쥔 채 앞으로 나섰다.

그 모습을 본 아쿠아는 안락 소녀 앞에 서더니 권투 선수가 섀도복싱을 하듯 나를 향해 잽을 날리며 경계하기 시작했다.

……이 녀석, 여신이라는 녀석이 몬스터에게 완전히 매혹당하면 어떻게 하냐.

불안한 표정을 지으며 메구밍을 올려다본 안락 소녀는 그대로 머뭇머뭇 나를 쳐다보았다.

"……죽일…… 거야……?"

눈물이 맺힌 눈동자로 나를 쳐다보며 고개를 갸웃거리는 그 소녀를 본 순간, 내 마음 깊숙한 부분이 도려내졌다.

세 사람이, 그리고 몬스터 한 마리가 나를 쳐다보았다.

정신 차려, 이 몬스터는 인간의 목숨을 빼앗는다고…….

내버려두면 누군가가 희생될지도 몰라. 그리고 딱히 바른 소리를 하려는 건 아니지만 이 녀석을 방치해두는 건 악행 아닐까?

아니면, 퇴치하는 게 악행일까?

크으으으, 아아아아아아아~!

내가 칼을 지면에 꽂고 머리를 쥐어뜯자, 아쿠아가 말했다.

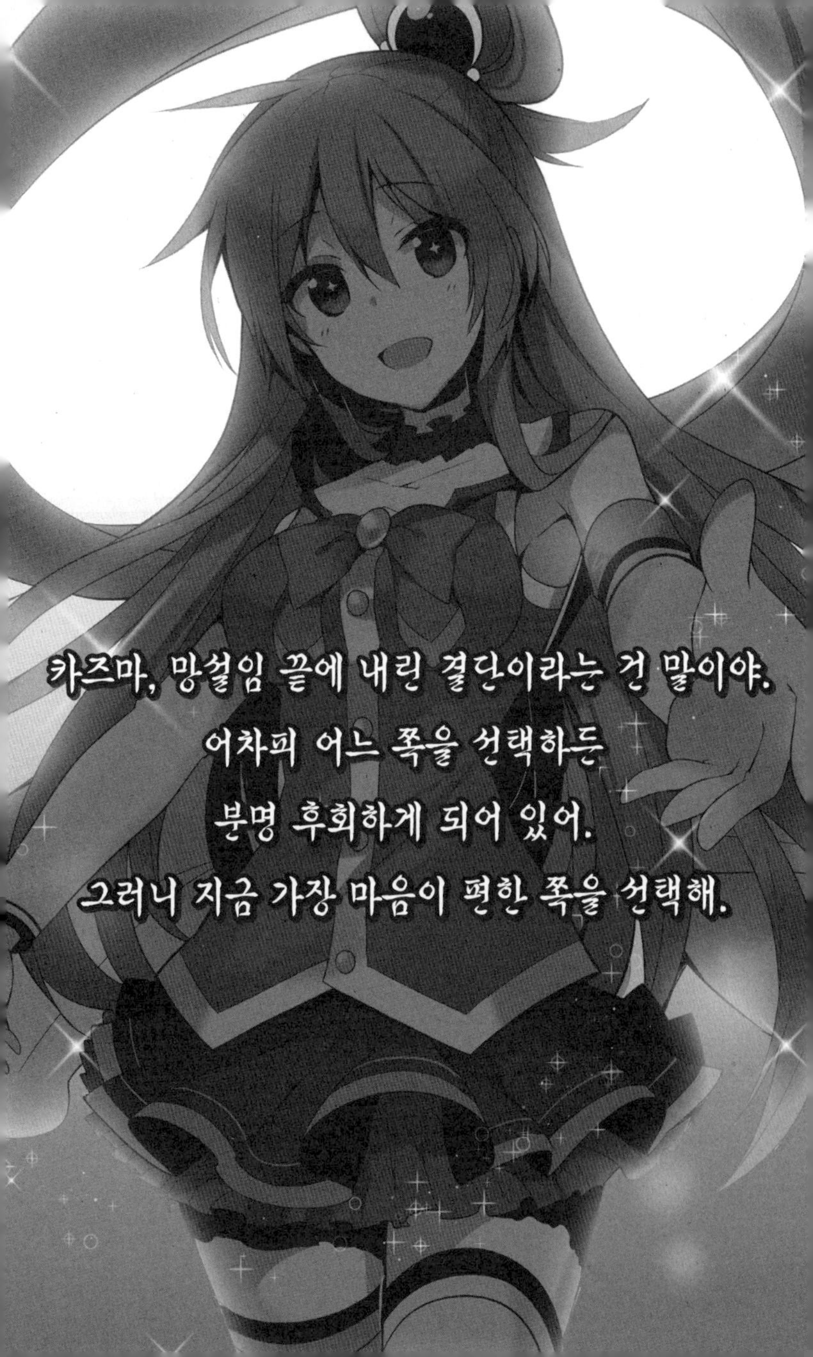
카즈마, 망설임 끝에 내린 결단이라는 건 말이야.
어차피 어느 쪽을 선택하든
분명 후회하게 되어 있어.
그러니 지금 가장 마음이 편한 쪽을 선택해.

그게 무슨 조언이냐. 완전 인간 말종이 할 법한 생각이잖아.

하지만 나에게는 이 안락 소녀를 살려둘 수 없는 이유가 하나 더 있었다.

우리는 현재 메구밍의 고향으로 향하고 있었다.

그리고 그곳에는 마왕군의 간부와 부하들이 있는 것이다.

그들과 싸울 생각은 눈곱만큼도 없지만, 만일의 사태에 대비하기 위해 조금이라도 레벨을 올려두고 싶었다.

이 안락 소녀는 이렇게 위험한 지역에 서식하고 있는 몬스터니까 쓰러뜨리면 많은 경험치를 얻을 수 있으리라.

갈등에 빠진 나를 세 사람이 쳐다보고 있었다.

그리고 안락 소녀 또한 불안한 표정을 지은 채 나를 쳐다보고 있었다.

나에게는 대의명분이 있다.

이 몬스터를 해치우지 않으면 희생자가 발생할지도 모른다는 대의명분 말이다.

……아아아아, 젠장. 어쩔 수 없지. 용서해주세요!

그래. 인간 같은 모습을 하고 있지만 이 녀석은 몬스터, 몬스터, 몬스터……!

……내가 계속 갈등에 사로잡혀 있자, 안락 소녀가 입을 열었다.

"괴로워 보여……. 미안해. 내가, 살아 있기, 때문이지……?"

안락 소녀는 그렇게 말하면서 덧없는 미소를 지었다.

"나는, 몬스터, 니까……. 살아있으면, 폐가, 되니까……."

안락 소녀는 살며시 눈물을 흘리더니…….

"태어나서 처음으로, 이렇게 인간과, 이야기해봤지만……."

마치 기도하듯 양손을 가슴 앞으로 모으면서…….

"처음이자, 마지막으로 만난 사람이, 너라서 다행이야. ……만약, 다시 태어난다면……. 그때는 몬스터가 아니었으면, 좋겠어……."

그렇게 말한 후, 체념한 것처럼 눈을 감았다.

……이런 애를 어떻게 죽이냐고.

5

안락 소녀를 차마 죽이지 못한 우리는 그대로 길을 따라 걸음을 옮겼다.

될 대로 되라고…….

나중에 누군가가 피해를 볼지도 모르지만, 나는 여자애 모습으로 저런 소리를 하는 몬스터를 죽일 만큼 사람을 소중히 여기지는 않는다.

……분명 저 안락 소녀는 저곳을 지나가는 녀석을 또 현혹하겠지.

그 애를 죽이지 않고 그 자리를 벗어난 후에도 다들 발길을 떼지 못했다. 특히 아쿠아와 메구밍은 좀처럼 이동하려고 하지 않았다.

아아, 젠장. 퇴치해도, 퇴치하지 않아도 엄청 찝찝한 몬스터잖아.

하지만 오늘 처음으로 인간과 이야기를 했다고 말한 걸 보면, 아직 저 애에게 희생당한 인간은 한 명도 없을 것이다.

그러니 그냥 살려줘도…….

괜찮으려나…………?

"―그래도 카즈마에게 인간다운 마음이 남아 있는 것 같아서 정말 다행이야. 카즈마라면 자기 경험치로 삼겠다며 칼로 베어버린 후, 틴더로 태울 거라고 생각했거든."

"네가 나에 대해 어떻게 생각하는지 한번 진득하게 이야기해볼 필요가 있을 것 같네. 너희는 내가 그런 짓을 할 리 없다는 걸 알고 있었지?"

내가 그렇게 말하면서 다크니스와 메구밍을 쳐다보니…….

"""……."""

두 사람은 아무 말 없이 고개를 돌렸다.

나를 제대로 이해해주는 그런 상냥한 동료를 가지고 싶어.

……응?

"어이, 잠깐만 있어봐. 우리가 이 길에 있는 안락 소녀를 방치한 바람에 큰일 나는 거 아냐?"

상냥한 동료, 라는 말을 떠올린 순간 나는 우리를 뒤따라오고 있는 융융을 떠올렸다.

친구가 없고 외로움을 많이 타며 남들 곱절로 주위 사람들을 배려하는 그 애가 이 길을 지난다면…….

안락 소녀는 우리에게 인간과 이야기를 나누는 것은 처음이라고 말했다.

그렇다면 융융이 우리보다 먼저 그 길을 지났을 리 없다.

"왜 갑자기 안색이 위즈 같아진 거야? 배라도 아픈 거야? 우리는 좀 떨어져 있을 테니까 저쪽 수풀에 가서 볼일 보고 와."

"그런 거 아냐! 어이, 너희는 먼저 가! 나는 그 안락 소녀한테 가서 이야기 좀 하고 올게!"

"어? 자, 잠깐만, 카즈마?!"

나는 당황한 아쿠아의 목소리를 들으면서 왔던 길을 되돌아가기 시작했다.

6

아직 안락 소녀와 헤어지고 5분도 채 지나지 않았다.

전력을 다해 달리면 금방 도착할 것이다.

억지나 다름없을지도 모르지만 그 소녀에게 부탁하자.

붉은 눈을 지닌 여자애가 이 길을 지나가더라도 손을 흔들거나 웃는 얼굴로 쳐다보지 말아달라고 말이다.

나는 달리면서 계속 생각했다.

그렇다. 만약 설득을 할 수 있다면 더는 여행자를 유혹하지 말라고 부탁해보자.

……그래, 바로 그거다!

아르칸레티아에 사는 아쿠시즈 교단 관계자에게 부탁해서, 그 상냥한 몬스터가 인간을 덮치지 않아도 되도록 영양분이 될 만한 것을 정기적으로 전달해달라고 부탁하는 것이다……!

어차피 나는 액셀 마을에 돌아가면 부자가 된다.

그 애의 식비 정도는 얼마든지 내줄 수 있었다.

쉴 새 없이 달리며 내린 결론에 만족한 나는……!

―아까 그 장소에서 누군가와 이야기를 나누는 안락 소녀를 발견했다.

즉시 잠복 스킬을 사용한 나는 천리안 스킬로 상황을 관찰했다.

안락 소녀와 이야기를 나누고 있는 이는 나무꾼 형씨였다.

아르칸레티아에 사는 나무꾼일까?

그 나무꾼은 도끼를 든 채 안락 소녀에게 다가가고 있었다.

설마 저 애를 죽일 생각인 걸까……?

잠복 스킬을 풀지 않은 채 낮은 자세로 다가간 나는 그들의 대화에 귀를 기울였다.

그러자 그 남자의 목소리가 들렸다.

"아아……. 젠장, 맙소사……. 미안하다! 미안하지만 용서해줘! 나무꾼은 규칙상 너를 발견하는 즉시 제거해야만 해……!"

나무꾼은 울음 섞인 목소리로 그렇게 말했다.

역시 저 애를 죽일 생각인 건가!

나는 허둥지둥 잠복을……!

"나는, 몬스터, 니까……. 살아있으면, 폐가, 되니까……."

풀려고 한 순간, 아까 들었던 것과 똑같은 대사를…….

"태어나서 처음으로, 이렇게 인간과, 이야기해봤지만……."

토시 하나까지 틀리지 않으며…….

"처음이자, 마지막으로 만난 사람이, 너라서 다행이야. ……만약, 다시 태어난다면……. 그때는 몬스터가 아니었으면, 좋겠어……."

안락 소녀는 나무꾼에게 말했다.

"아……. 아아……. 못해. 나는 못한다고! 젠장!"

그렇게 외치며 뒤돌아선 나무꾼은 그대로 어딘가를 향해 뛰어갔다.

망연자실한 나는 잠복 스킬을 풀지 않은 채 나무그늘에 아무 말 없이 서 있었다.

……응.

아까도 사람과 이야기해본 건 처음이라고 말했던 것 같은데?

"아아, 또 실패했네. 방금 그 나무꾼은 살집이 많아서 영양분이 많아 보였는데……."

……나무꾼이 사라진 후, 안락 소녀는 유창한 목소리로 혼잣말을 했다.

나는 안락 소녀의 등 뒤에 서서 잠복 스킬을 풀었다.
하지만 안락 소녀는 아직 내 기척을 눈치채지 못했는지—.
"크으……. 젠장, 먹잇감이 걸려들지를 않네……. 날씨는 흐리지만, 광합성이라도 할까……. 아아, 더럽게 귀찮은걸."
안락 소녀는 투덜대면서 햇볕을 온몸으로 쬐기 위해 몸을 쭉 폈고…….
몸을 한껏 뒤로 젖힌 순간, 그녀와 내 시선이 마주쳤다.
"""…………."""
한동안 아무 말 없이 서로를 응시한 후, 이윽고 안락 소녀가 입을 열었다.
"방금 그 말, 못 들은 걸로, 해주시면 안 될까요……?"
"유창하게 지껄여 대놓고 이제 와서 연기하지 말라고, 이 멍청아아아아앗!"

—내가 아쿠아 일행을 쫓아가보니, 세 사람은 나를 기다리며 아까 헤어진 장소에서 쉬고 있었다.
내 표정을 본 아쿠아는 미소를 지으면서 말했다.
"표정이 개운해 보이네! 무슨 일이야? 그 애와 무슨 일 있었어? 대체 뭐하려고 돌아갔던 거야?"
나는 그런 아쿠아를 향해 모험가 카드를 자랑하듯 내밀면서 말했다.
"이걸 좀 봐! 한번에 레벨이 3이나 올랐어! 이제 메구밍의 마을에 가더라도 조금은 도움이 될 거야!"

내가 그렇게 말한 순간, 세 사람은 얼어붙었다.

그리고…….

"우…… 우에에에에엥~! 카즈마는 악당! 쓰레기 악당! 너는 바닐이 귀여워 보일 만큼 잔인한 악마야!"

"아…… 아아……. 아아아아……. 전부 제 탓이에요……. 제가 아까 카즈마에게 레벨 자랑을 하는 바람에……! 자존심이 상한 카즈마는 결국 그 애한테 그런 잔인한 짓을 한 거죠……?! 제, 제가 레벨 자랑만 안 했어도 이런 일은 벌어지지 않았을 거예요……!"

어이, 잠깐만 있어봐.

……울음을 터뜨린 두 사람에게 변명을 하려던 나는 다크니스가 침묵을 지키고 있다는 사실을 눈치챘다.

내가 그런 다크니스를 쳐다보면서 고개를 갸웃거리자…….

"많이 힘들었지? ……하지만 너는 모험가로서의 의무를 다했을 뿐이다. 너한테 그런 괴로운 역할을 떠넘겨서 정말 미안하다……."

다크니스는 진지하면서도 괴로운 표정으로 그렇게 말했다.

—내가 세 사람에게 자초지종을 설명하는 데는 한 시간이나 걸렸다.

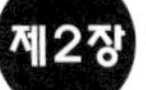

제2장 이 시끌벅적한 짐승귀 소녀들과 하렘을!

1

밤의 어둠이 드리워졌을 즈음, 길옆의 지면으로 이동한 나는 큼지막한 돌을 치운 후 천을 깔았다.

돗자리만한 천의 용도는 돗자리와 같았다.

이 주변의 몬스터는 강하다.

불빛을 보고 그런 몬스터들이 몰려들면 곤란하기에 불을 피우지 않기로 한 우리는 어둠 속에서 몸을 맞댄 채 잠을 청하기로 했다.

바닐에게서 산 언데드를 쫓는 마도구의 뚜껑을 연 후, 펼친 돗자리의 중앙에 우리 모두의 짐을 모아뒀다. 그리고 그 짐을 등받이 삼아 모두 누웠다.

오늘은 날씨가 흐려서 그런지 별도 보이지 않았다.

나는 어둠 속을 꿰뚫어 볼 수 있는 천리안 스킬과 적 탐지 스킬 덕분에 어둠 속에서도 몬스터를 발견할 수 있었다.

그래서 밤에는 항상 내가 보초를 서기로 했다.

혼자서는 위급한 상황에 대처할 수 없기에 나 이외의 세 사람은 번갈아가면서 쉬기로 했다.

첫 번째 보초는 나와 메구밍이었다.

"……카즈마, 정말 안 자도 괜찮겠느냐? 적을 탐지할 수 있는 스킬을 지닌 네가 계속 보초를 서준다면 든든하기야 하겠다만……."

다크니스가 어둠 속에서 그런 말을 했다.

"신경 쓰지 마. 나는 밤샘이 특기거든. 내가 살던 나라에서는 거의 밥 먹듯이 밤샘을 했었다고."

내 말을 들은 메구밍이 입을 열었다.

"그런데 카즈마와 아쿠아는 어디 출신인가요? 카즈마의 나라에 대한 이야기를 듣고 싶네요. 카즈마가 개발한 상품들을 볼 때, 편리한 마도구가 잔뜩 있는 나라일 것 같은데, 카즈마가 그곳에서 어떻게 살았는지 좀 궁금해요. 그리고 대체 어떤 생활을 했기에 밤샘이 특기가 된 거죠?"

메구밍이 그렇게 말하자, 다크니스도 흥미가 생겼는지 옆에서 나를 쳐다보았다.

어떤 생활, 이라…….

나는 조용한 어둠 속에서 일본에서 보낸 나날들을 떠올렸다.

이렇게 어둠 속에서 이야기를 나누고 있으니 왠지 수학여행 때의 밤이 생각나 감상적이 된 나는 천천히 이야기를 시작했다.

"그게 말이야……. 나, 실은 우리나라에서 랭커였어."

""……응? 랭커?""
메구밍과 다크니스는 동시에 그렇게 말했다.
이 세계의 인간에게 랭커라고 말해봤자 알아들을 리가 없지.
"간단하게 말해 랭킹이 상위인 사람이야. 동료들은 나를 **『레어 운빨만 좋은 카즈마 씨』, 『항상 접속 중인 카즈마 씨』**라고 불렀지……. 아무튼 이런저런 별명으로 나를 부르면서 의지했어. 전우와 함께 요새를 공략한 적도 있고, 거물 보스를 사냥하기도 하면서 즐겁게 지냈지……. 밤샘 같은 건 기본이었어. 제대로 식사도 하지 않고 매일 두 시간 정도만 자면서 항상 몬스터를 사냥하러 다니곤 했다고……."
내가 그렇게 말하자 옆에서 감탄 섞인 한숨 소리가 들려왔다.
"대, 대단하구나……. 요새 공격에 보스 사냥이라니……! 으음, 카즈마가 평소 임기응변에 능한 건 다 그런 경험 덕분이었던 건가……! 저, 정말 대단해……!"
다크니스는 나를 존경한다는 표정과 흥분 섞인 목소리로 그렇게 말했다.
"평소의 카즈마만 봐서는 도저히 믿기지 않는 이야기지만…… 왠지 거짓말을 하는 느낌이 전혀 들지 않네요. 지금의 카즈마에게는 확고한 자신감과 그리움이 느껴져요……."
메구밍조차도 그런 소리를 했다.
내 뒤편에 있는 아쿠아는…….

"……저기, 카즈마. 『그건 온라인 게임 속 이야기지?』라는 태클을 과감하게 날려도 돼?"

"자제해주면 고맙겠어."

2

다크니스에게 무슨 일 있으면 다소 난폭한 짓을 해서라도 바로 깨우라는 말을 듣고, 단숨에 눈이 확 뜨일 만큼 엄청난 짓을 해주겠다고 약속한 나는 메구밍과 함께 보초를 섰다.

"……저기, 그 엄청난 짓은 대체 뭐죠? 미리 말해두겠는데 동료로서의 선을 넘어서는 안되거든요? 정말 괜찮은 거죠?"

"남자라는 생물은 말이야. 넘어서는 안되는 벽일수록 더욱 넘고 싶어 한다고. ……그래. 자신의 인생을 막아서는 벽과 산이 높고 거대할수록 더욱 넘고 싶어지는 것과 마찬가지지."

"마찬가지 아니거든요?! 그런 긍정적인 이야기 좀 하지 말아 주세요! 카즈마와 함께 보초를 서는 건 위험한 느낌이 들어요!"

흥분한 메구밍이 그렇게 외친 순간, 아쿠아가 잠꼬대를 하면서 돌아누웠다.

""………….""

깨워선 안 된다고 생각한 두 사람은 무심코 입을 다물었다.

이윽고 곤한 숨소리가 들려왔다.

우리는 그 소리를 들은 후에야 안도의 한숨을 내쉬었다.

"그러고 보니……."

바로 그때, 메구밍이 낮은 목소리로—.

"그러고 보니, 아까 이야기를 듣고 문뜩 생각난 건데……. 카즈마는 다른 나라에서 왔죠? ……저기, 카즈마는 자기 나라로 돌아가지 않을 건가요?"

……그런 질문을 머뭇거리며 던졌다.

"그게 말이야. 실은 돌아가고 싶어도 돌아갈 수 없어. 뭐, 우리나라로 돌아간들 또 느긋한 생활이나 하겠지만 말이야. 요즘은 이쪽에서의 생활도 나쁘지 않다는 생각이 들어. 그리고 액셀로 돌아가면 바닐에게 3억 에리스나 되는 거금을 받을 거잖아. 그렇게 되면 나는 부자라고. 그 후에는 다 같이 즐겁고 느긋하게 살자."

이 세계에서 백수 생활을 하는 것과 일본에서 백수 생활을 하는 것은 큰 차이가 없었다.

부모에게 폐를 끼치느냐, 끼치지 않느냐.

그리고 일본에는 게임이나 컴퓨터가 있고 이곳에는 서큐버스가 있다, 정도의 차이 뿐이다.

마왕을 쓰러뜨리고 일본으로 돌아간다.

왠지 요즘 들어서 그게 무모하기 그지없다는 생각이 들기 시작했다.

그리고 부모님의 얼굴이 보고 싶긴 하지만 나는 이미 일본에서 죽은 걸로 되어 있잖아…….

마왕을 쓰러뜨리면 어떤 소원이든 들어준다던데, 그런 점도 적절하게 고쳐주는 걸까?

―메구밍은 내 말을 듣더니 안도 섞인 한숨을 내쉬었다.

"그런가요. ……저도 지금 생활이 마음에 들어요. 항상 위기에 처하지만 동료들과 힘을 합쳐 어떻게든 위기를 극복하는 지금의 즐거운 생활에 만족하고 있어요."

항상 위기에 처하는 생활이 어째서 즐거운 건지 물어보려고 한 바로 그 순간이었다.

"쭉 이렇게 함께 지낼 수 있으면 좋겠어요."

나에게 기댄 메구밍이 한숨을 내쉬면서 내 왼손을 꼭 움켜쥐었다.

메구밍의 손은 차가웠다.

나는 그 손의 감촉을 느끼면서…….

—매우 긴장하고 말았다.

꺄아, 이거 뭐야? 달콤쌉싸름하네!

이 애, 대체 뭐하는 거지?

왜 메구밍은 느닷없이, 그리고 뜬금없이 내 손을 잡은 걸까?

융융의 애 만들기 선언을 듣고도 느꼈지만 역시 나에게도 봄이 찾아온 걸까?

나는 옛날 옛적의 달콤쌉싸름한 기억을 주마등처럼 떠올렸다.

내 첫사랑이자, 초등학생 때 「우리, 크면 결혼하자」라고 말해줬던 소꿉친구 여자애.

중학교 3학년 여름, 양아치 선배가 모는 바이크의 뒷좌석에 앉은 그 애를 보고 말로 형용할 수 없는 기분을 맛본 나는, 그 후 학교에 가지 않으며 인터넷 게임에 빠져들었다.

그리고 나는 자는 시간도 아껴가며 몬스터 퇴치에 힘을 쏟았고, 언제부터인가 내 이름을 모르는 사람이 적을 정도의 위치에 올랐지만…….

인생에 있어 중요한 시기를 자기 단련을 위해 허비하며 사춘기 학창 시절을 헛되이 한 내가 미소녀와 어깨가 닿을 만큼 붙어 앉아서 손을 맞잡고 있었다.

우와, 큰일 났어. 이런 상황에서는 뭘 어떻게 해야 하지?

나, 유혹당하고 있는 건가?

세련된 대사라도 읊으면 되나?

지금까지는 메구밍을 이성으로 여기지 않았으며, 지금도 이 로리 꼬맹이에게는 눈곱만큼의 연애 감정도 느껴지지 않는다.

하지만 여자에게 면역이 없는 동정은 이성이 갑자기 이런 짓을 벌이면 바로 상대를 의식하게 된단 말이다!

나는 각오를 다지면서 세련된 대사를 읊으려했다…….

그리고 알아챘다.

"……쿠울…………."

내가 긴장과 갈등에 빠진 사이, 메구밍이 잠에 빠져들었다는 사실을 말이다.

…………이 꼬맹이가!!

3

"……정말, 어젯밤에는 카즈마와 메구밍이 하도 떠들어대는 바람에 전혀 잠을 못 잤다구."

"떠들어댄 건 미안하지만 이 로리 꼬맹이가 보초서다 잠들어 버렸단 말이야. 그리고 교대 시간이 되어서 깨웠는데도 절대 일어나지 않았으면서 무슨 소리를 하는 거야. 결국 다크니스가 네 몫까지 보초를 섰다고."

"나는 보초를 서다 잠이 든 메구밍이 카즈마에게 엄청난 짓을 당했다는 이야기를 듣고, 나도 보초 서다 잠이 들면 어쩌지 라는 생각을 하느라 잠을 못 잤을 뿐이다만……."

"으으……. 무, 무시무시한 짓을 당했어요……."

어젯밤에 약간의 소동이 일어났지만 우리는 무사히 아침을 맞이했다.

간단히 아침 식사를 끝낸 후, 우리는 이런 이야기를 하면서 긴장감이 느껴지지 않는 상태로 나아갔지만…….

"큰일 났네……."

나는 길 한복판에 멈춰선 채 그렇게 중얼거렸다.

눈앞에 존재하는 넓디넓은 평원을 막막한 눈길로 쳐다보면서 말이다.

이렇게 엄폐물이 없는 곳을 지날 때는 잠복 스킬을 쓸 수 없었다.

믿을 거라고는 메구밍뿐이지만, 이렇게 시야가 확 트인 곳에서 폭렬마법을 썼다가 다른 몬스터들이 그 폭발음을 듣고 몰려오기라도 하면 큰일이었다.

하지만 홍마의 마을에 가기 위해서는 이곳을 지나야만 했다.

적 탐지 스킬로 몬스터를 발견하더라도 이렇게 시야가 트인 곳이라면 스킬이 반응을 보이기 전에 적이 우리를 발견할지도 모른다.

어쩔 수 없다. 이럴 때 믿을 것은 천리안 스킬뿐이었다.

적 탐지 스킬에 의지하지 말고 상대보다 먼저 눈으로 몬스터를 발견하면 되는 것이다.

"어이, 내가 혼자서 앞장설 테니까 너희는 도망칠 준비를 한 후 기다리고 있어. 아쿠아, 여차할 때 적에게 따라잡히지 않도록 속도를 빠르게 해주는 지원 마법을 나한테 걸어줘."

만약 몬스터를 발견하더라도 『도주』 스킬을 지녔고 지원 마법이 걸린 나라면, 미끼가 되어 적을 유인해 다른 세 사람에게서 떼어낸 후 그림자가 진 곳을 찾아가 잠복하면 된다.

나는 가슴 갑옷과 갑옷 토시, 그리고 정강이 갑옷을 벗어서 아쿠아에게 건넸다.

만일의 사태에 대비해 몸을 가볍게 만든 것이다.

들고 있던 짐, 그리고 단검 이외의 무기도 전부 아쿠아에게 맡겼다.

"아예 도망치기로 작정한 모습이네. 탄성이 절로 나올 것 같아."

아쿠아가 그렇게 말하자 나는 반박했다.

"이 근처의 몬스터와 내가 정정당당하게 싸울 리가 없잖아. 몬스터 정보만 봐도 위험해 보이는 이름이 잔뜩 있단 말이야. 상대는 한 마리가 아닐 수도 있으니까 최대한 전투를 피하면서 도망 다니자고."

몬스터 정보에는 일격곰과 그리폰, 파이어 드레이크처럼 이름만 들어도 강해보이는 몬스터들이 잔뜩 실려 있었다.

하지만 딱 하나…….

유명하지만 게임이나 만화에서는 졸개 몬스터로 분류되는 녀석의 이름이 실려 있기는 했다.

몬스터와 마주친다면 그 녀석과 마주쳤으면 좋겠다고 생각하며 나는 앞장을 섰다.

"그럼 가능한 한 떨어져서 내 뒤를 따라와. 그래도 내 손짓을 알아볼 수 있는 거리를 유지하라고. 만약 무슨 일이 벌어지면 제스처를 보낼 테니까, 그때는 주저 없이 도망쳐."

"알았어. 나한테 맡겨둬."

"네가 내 제스처를 알아볼 리가 없다는 건 알고 있거든? 다크니스, 메구밍. 잘 부탁해."

내가 그렇게 말하자, 다크니스와 메구밍은 고개를 끄덕였다.

4

넓디넓은 평원 지대에 존재하는 길.

나는 그 길을 혼자서 걷고 있었다.

그리고 주위를 쉴 새 없이 두리번거리면서 몬스터가 없는지 신경질적으로 살펴봤다.

또한, 신중하게 평원 지대를 나아가고 있는 나를 다른 세 사람이 잘 따라오고 있는지도 때때로 확인했다.

아직까지는 순조로웠다.

몬스터 중에서 가장 주의해야 하는 것은 하늘을 나는 녀석들이다.

몬스터 정보에 실린 녀석들 중 비행 능력이 있는 녀석은 그리폰이었다. 하지만 하늘을 올려다봐도 공중을 날고 있는 몬스터는 없었다.

우리는 이미 대형 몬스터 몇 마리를 멀찍이서 발견한 후, 피하는데 성공했다.

순조롭다.

이대로 평원 지대를 빠져나가서 다시 동료들과 합류하면 된다.

……바로 그때였다.

나는 평원 한가운데에 멀뚱히 서 있는 뭔가를 발견했다.

상대는 아직 나를 발견하지 못한 것 같았다.

하지만 이런 곳에 사람이 홀로 멍하니 서 있을 리가 없었다.

그렇다. 상대는 아마도 몬스터일 것이다.

나는 이미 저 몬스터의 정체가 무엇인지 알아챘다.
위험한 몬스터들이 즐비한 몬스터 정보 안에는 어떤 몬스터의 이름이 있었다.
『오크』.
머리가 돼지처럼 생긴 이족 보행형 몬스터이며 번식능력이 뛰어나서 사시사철 발정기인 생물이었다.
대부분의 인간형 생물과 교배가 가능하며 이 녀석들에게 잡히면 비참한 꼴을 당한다고 들었다.
저 몬스터에게 잡힐 바에야 바로 자결하는 편이 낫다는 말이 있을 정도였다.
또한 게임에서는 코볼트나 고블린과 어깨를 나란히 할 만큼 유명한 졸개 몬스터였다.
그런 녀석의 이름이 어째서인지 이 지역 몬스터 정보란에 실려 있었다.
이곳까지 오면서 대형 몬스터를 발견하면 우회했지만, 오크 상대로 그럴 필요까진 없다는 생각이 들었다.
내가 지금 지닌 무기는 단검뿐이지만 오크는 변변한 무기를 들고 있지 않았다.
나에게는 상대의 생명력을 빨아들이는 드레인 터치도 있는데다가 상대는 한 마리였다.
접근해서 단검으로 한 방 날리면 해치울 수 있을 것이다.
그렇게 판단한 나는 오크를 향해 걸어갔다.

딱히 몸을 숨기지도 않은 채 당당하게 말이다.

아니, 이 넓은 평원에는 몸을 숨길 장소가 없었다.

꽤 다가갔을 즈음, 그 녀석도 나를 눈치챘는지 이쪽을 향해 걸어오기 시작했다.

단검을 쥔 내 손에는 자연스럽게 힘이 들어갔다.

"……즈……마……! 카즈…………!!"

등 뒤에서 목소리가 들려왔다.

무슨 일인가 싶어 고개를 돌려보니, 아쿠아 일행이 나를 향해 뭐라고 외쳐대고 있었다.

멀찍이서 보니 아쿠아와 메구밍이 나에게 제스처를 보내고 있었다.

잠시 동안 그 모습을 지켜본 후, 나는 그녀들이 무슨 말을 하고 싶은 것인지 눈치챘다.

『도망쳐』.

그 제스처는 그런 의미를 담고 있었다.

에이, 상대는 겨우 오크잖아, 라고 생각하며 나는 다시 앞쪽을 쳐다보았다.

꽤 가까운 곳까지 접근한 그 녀석은 나를 똑바로 쳐다보고 있었다.

두 사람의 태도와 제스처를 보고 조금 불안해진 나는…….

만약의 사태에 대비하기 위해 작은 목소리로 마법을 영창했다.

"『크리에이트 어스』."

나는 상대의 눈에 뿌릴 흙을 왼손에 쥔 후, 기습할 준비를 했다.

뒤쪽을 힐끔 쳐다보니 오크와 대치하고 있는 나를 본 두 사람이 당황할 대로 당황한 채 허둥대고 있었다.

그녀들은 필사적인 표정으로 도망치라는 제스처를 몇 번이나 보내고 있었다.

여자인 너희야말로 빨리 도망치라고 나는 말하고 싶었다.

오크가 노리는 건 여자인 저 녀석들일 테니까 말이다.

뭐, 내가 이 자리에서 오크를 쓰러뜨린다면 도망칠 필요도 없을 것이다.

내가 다시 앞쪽을 쳐다보니, 이미 오크는 서로의 얼굴을 확실하게 알아볼 수 있는 위치까지 다가와 있었다.

그 녀석은 내가 예상했던 오크보다도 인간에 가까운 외모를 지니고 있었다.

코와 귀는 돼지 같지만 얼굴 생김새는 인간에 가까웠다.

여행자에게서 빼앗은 것처럼 보이는 옷까지 입고 있었다.

그리고 특이한 점은 머리카락이 있었다.

녹색 피부에 산발을 한 오크는 언뜻 보기에는 인간에 가까운 외모를 지녔다.

"안녕! 저기, 남자다운 오빠. 나와 좀 놀다 가지 않을래?"

암컷으로 보이는 그 녀석은 새된 목소리로 그렇게 말했다.
……맙소사. 이건 완전 뜻밖이네.
오크에게도 암컷은 있구나.
아니, 뭐. 번식력이 왕성하다는 이야기는 들었고 다른 종족과 교배가 가능하다고 몬스터 정보에 적혀 있긴 했거든?
하지만 언뜻 보기에 인간에 가까운 외모를 지녔다고 해도 그건 어디까지나 몬스터 치고는 그렇다는 거고…….
모처럼 유혹해준 이 오크에게는 미안하지만 이딴 녀석을 여성으로 여길 만큼 내 스트라이크 존은 넓지 않았다.
나는 당연히…….
"사양하겠습니다."
……태어나서 처음으로 받아본 여자의 유혹을 딱 잘라 거절했다.
오크는 그 말을 듣고도 전혀 안색이 변하지 않았다.
"그래? 유감이네. 나는 쌍방의 합의 하에 하는 걸 더 좋아하는데 말이야."
그렇게 말한 오크는 치아를 훤히 드러내며 웃었다.
산발을 한 머리카락과 노란 치아, 그리고 전체적으로 동글동글한 체형.
코와 귀가 인간 같았더라도 딱 잘라 거절하고 싶은 상대였다.

쌍방의 합의 같은 소리는 자기가 어떻게 생겼는지 제대로 살펴보고 하라고…….

"대화가 가능한 것 같으니 일단 부탁하겠는데, 여기를 지나가고 싶어. 지나가게 해준다면 답례로 식량을 나눠줄 수도 있어. ……어때?"

먹을 것을 준다고 하면 순순히 보내줄지도 몰라…….

나는 그런 기대를 품으면서 물었다.

어라, 그런데 말린 고기는 무엇으로 만든 거였더라?

돼지는 아니겠지?

돼지고기라면 동족을 먹인 거나 다름없잖아.

내가 그런 생각을 하고 있을 때, 오크가 입가에서 흘러내린 침을 손으로 닦았다.

역시 먹을 것의 효과는 엄청난 것 같았다.

……하지만 그런 내 생각은 오크의 말을 들은 순간, 산산조각 났다.

"그런 건 아무래도 좋아. 여기는 우리 오크의 영역이야. 이곳에 들어온 수컷은 절대 놓치지 않는다구. ……오빠는 정말 이상한 사람이네. 약해 빠져 보이는 오빠에게서 강한 생존본능이 느껴져. 내 감은 잘 맞는 편이야. 우리 사이에서는 분명 강한 애가 태어나겠지. ……자, 나와 함께 기분 좋은 일 하자?"

…………으음.

이 녀석이 하는 말은 아무래도 농담이 아닌 것 같았다.

난처해진 나는 멀찍이서 이쪽을 쳐다보고 있는 녀석들을 돌아보았다.

아쿠아와 메구밍은 여전히 도망치라는 제스처를 보내고 있었다.

그리고 다크니스는 상황 파악이 안 된다는 표정을 지은 채 나를 돕기 위해 나설지 말지 고민하고 있는 것 같았다.

오크도 그런 내 행동을 보고 뒤편에 있는 일행을 발견했다.

"어머, 저쪽에 있는 애들은……. 뭐야. 전부 암컷이잖아. 그녀들은 그냥 보내줄게. 너는…… 그래. 사흘. 딱 사흘 동안만 우리 촌락에 있다 가. 우후후, 하렘이라는 말 알지? 천국을 맛보게 해줄게. 뭐, 우리에게 잡힌 남자들은 진짜로 천국에 가지만 말이야!"

오크가 그렇게 말하면서 씨익 웃은 순간, 본능적으로 공포를 느낀 나는 마법을 영창했다.

"『윈드 브레스』!"

"윽?!"

나는 몰래 쥐고 있던 한줌의 흙을 바람 마법으로 오크를 향해 날렸다.

내 기습 공격에 시야를 차단당한 오크는 신음을 흘리면서 몸을 웅크렸다.

그대로 몸을 날린 나는 맨손으로 오크에게 달려들었다.

5

나는 드레인 터치로 오크의 생명력을 죽기 일보 직전 상태까지 빨아들인 후, 상대의 숨통을 끊지 않고 그 자리에 방치해뒀다.

밤샘 직후라 피곤했는데 생명력을 빨아들인 덕분에 몸이 개운해졌다.

아까 그 오크는 자기 촌락에 있다 가라는 투의 말을 했다.

그러니 죽여 버린다면 저 오크의 동료들이 복수를 하겠다고 몰려올지도 모른다.

그렇게 판단한 나는 오크를 죽이지 않고 그 자리에 방치해뒀다.

오크를 쓰러뜨리고 어느 정도 나아갔을 즈음, 뒤쪽에서 기척이 느껴졌다.

고개를 돌려보니 아쿠아 일행이 허둥지둥 나를 쫓아오고 있었다.

"……왜 그래? 이렇게 나한테 다가오면 내가 앞장서는 의미가 없잖아. 너희는 좀 더 떨어져서 따라와."

내가 그렇게 말하자…….

"카즈마, 무슨 소리를 하는 거예요! 카즈마는 오크를 쓰러뜨렸다고요! 이 평원은 오크들의 영역이에요. 즉, 이 평원을 빠져나갈 때까지 오크들은 카즈마를 계속 노릴 거란 말이에요!"
메구밍이 큰 목소리로 그렇게 외쳤다.
……어이어이.
"나를 표적으로 삼는다면 차라리 잘된 거잖아. 내가 몸을 가볍게 만든 건 몬스터들의 주의를 끌 미끼가 되기 위해서잖아? 나는 너희가 오크에게 잡혀서 능욕 당하는 꼴을 보고 싶지 않다고."
오크들은 성욕이 왕성했다.
이 녀석들이 그런 오크에게 잡혀서 유린당하는 모습은 상상조차 하고 싶지 않았다.
그런 생각을 하고 있던 나에게 아쿠아가 말했다.
"그러고 보니 카즈마는 이 세계의 상식을 모르는 멍청이였지. 어쩔 수 없네, 내가 가르쳐줄…… 아야야야얏!"
나는 잘난 척 하는 아쿠아의 볼을 잡아당기면서 메구밍에게 자초지종을 물었다.
"……카즈마, 잘 들어요. 현재 이 세계에는 수컷 오크가 없어요."
"뭐어?!"
메구밍이 그렇게 말한 순간, 어찌된 영문인지 다크니스가 슬픔이 어린 비명을 질렀다.
"수컷 오크들은 먼 옛날에 멸종했어요. 지금은 때때로 수컷 오크가 태어나더라도 성인이 되기 전에 암컷들에게 농락

당하다 정기를 모두 빨려 죽어요. 그 덕분에 지금 존재하는 오크는 혼혈에 혼혈을 거듭해 각 종족의 우수한 유전자를 겸비한, 이제는 오크라고 부를 수도 없는 몬스터예요. 현재 오크는 자기 영역에 들어온 다른 종족의 수컷을 잡아 촌락에 끌고 가서 무시무시한 짓을 해대는, 그야말로 남성에게 있어 천적이죠. ……그리고 저기, 카즈마는…….”

설명을 하던 메구밍은 말끝을 흐리기 시작했다.

“자, 잠깐만 있어봐라. 오크라면 여기사의 천적이다! 끓어오르는 성욕을 주체 못한 나머지 눈에 들어온 여자란 여자는 다 덮치고 보는 수컷 오크는…….”

“이제 존재하지 않아요. ……그리고 카즈마는 암컷 오크를 쓰러뜨렸죠. 그녀들은 우수한 유전자를 지닌 강한 수컷을 원해요. 동료를 쓰러뜨린 카즈마를 이대로 가만히 놔둘 리가 없다고요. ……바로 저런 식으로 말이에요.”

다크니스가 충격을 받은 것처럼 털썩 주저앉은 가운데, 메구밍이 손가락으로 가리킨 곳에는…….

아까 나에게 생명력을 빨려 움직이지 못하던 오크를 필두로 수많은 암컷 오크들이 줄지어 서 있었다.

저 오크가 이렇게 짧은 시간 안에 잃어버린 생명력을 회복한 것은 메구밍이 말한 것처럼 각 종족의 우수한 유전자를 겸비했기 때문이리라.

고양이 귀와 강아지 귀가 달린 오크를 보니, 여러 종족과 교배를 해왔다는 말을 실감할 수 있었다.

짐승 귀를 지닌 오크들을 본 나는 『짐승 귀가 어울리는 건 미소녀 뿐』이라는 말을 실감했다.

바로 그때, 아까 기절시켰던 오크가 말했다.

"나를 기절시키다니, 정말 끝내주는 남자네! ……절대 놓치지 않겠어. 나, 완전 너한테 반했다구. 어떻게 책임져줄 거야? 나, 반드시 네 애를 낳아야겠어!!"

그 오크는 소름 돋는 애 만들기 선언을 하더니, 그대로 거친 숨을 내쉬면서 나를 향해 돌진했다!

"잠깐만?! 기, 기다……! 우와아아아아아!"

“신이시여! 진심으로 사과드릴 테니,
부디 저를 용서해 주세요!”

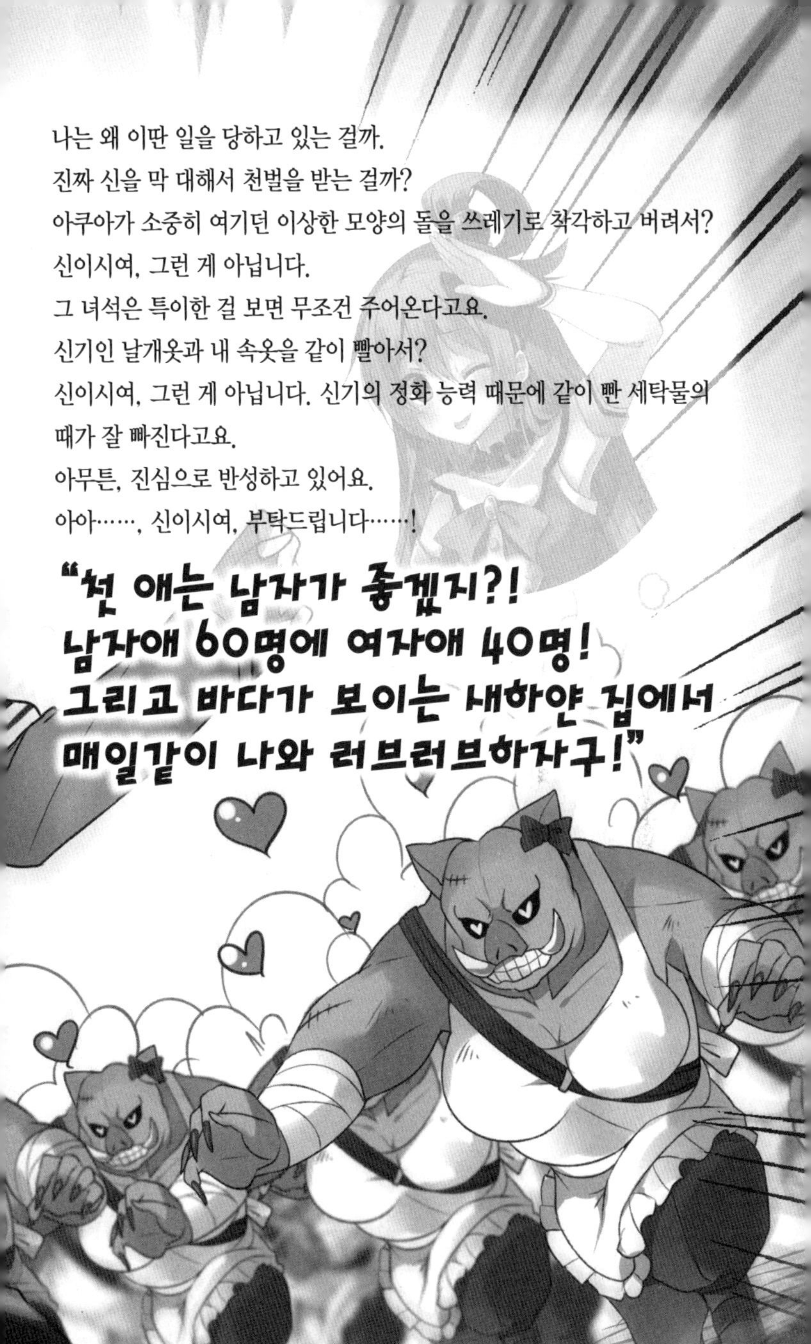
나는 왜 이딴 일을 당하고 있는 걸까.
진짜 신을 막 대해서 천벌을 받는 걸까?
아쿠아가 소중히 여기던 이상한 모양의 돌을 쓰레기로 착각하고 버려서?
신이시여, 그런 게 아닙니다.
그 녀석은 특이한 걸 보면 무조건 주어온다고요.
신기인 날개옷과 내 속옷을 같이 빨아서?
신이시여, 그런 게 아닙니다. 신기의 정화 능력 때문에 같이 빤 세탁물의 때가 잘 빠진다고요.
아무튼, 진심으로 반성하고 있어요.
아아……, 신이시여, 부탁드립니다……!
"첫 애는 남자가 좋겠지?!
남자애 60명에 여자애 40명!
그리고 바다가 보이는 새하얀 집에서
매일같이 나와 러브러브하자구!"

좀 봐달라고! 크윽! 이렇게 되면 당하기 전에 해치워버리는 수밖에 없어!

나는 주저 없이 단검을 내질렀지만 우수한 유전자를 가진 그 오크는 손쉽게 내 공격을 피했다!

"좋아~! 금방 끝나! 금방 끝나니까 눈 꼭 감고 가만히 있으라구……!"

그리고 단검을 쳐내더니, 나를 그대로 지면에 쓰러뜨렸다.

나는 바보입니다.

이런 위험지대에서 살아남은 오크의 힘을 얕봤다고요!

"구해줘! 메구밍, 항상 날리는 그거! 그걸로 이 녀석들을 한꺼번에 해치워주세요!"

"이렇게 가까운 거리에서 폭렬마법을 사용하면 저희도 휘말리고 말 거예요! 다크니스, 이제 그만 정신 차리고 카즈마 좀 구해 봐요……!"

나는 오크에게 깔린 채 필사적으로 외쳤다!

"이야기 좀 하자! 응?! 이야기 좀 하자고!!"

"에로 토크라면 얼마든지 해줄게! 자, 말해봐. 네가 가지고 있는 부끄러운 성적 취향들을 말이야! 하악, 하악, 하악, 하악~!"

오크가 거친 숨을 내쉬면서 내 옷 상의를 좌우로 잡아당겨 찢어버렸다.

드레인 터치!

드레인 터치로 체력을 빨아들여, 이 녀석을 무력화시키자!

나는 오크 밑에 깔린 채 손을 내밀었다. 하지만 오크는 내 손을 피하더니 그대로 손목을 움켜잡았다.

그리고 그것만으로 모자라다는 듯이 내 손바닥을 혀로 핥았다.

요, 용서해 주세요오오오옷!

온몸의 솜털이 서는 것을 느끼며 나는 절규에 가까운 애원을 토했다……!

"그, 그만해애애애앳! 이름! 그러고 보니 나는 아직 네 나이와 이름도 몰라! 나, 이게 첫 경험이 될지도 모른다고! 그러니 일단 자기소개부터 하자아아앗! 저는 사토 카즈마라고 해요!"

"탱글탱글한 열여섯 살 오크, 스와티나라고 해요! 자, 이제 네 하반신이 자기소개를 할 차례네! 네 자랑스러운 아들내미를 소개해달라구!"

"내 아들내미는 엄청난 부끄럼쟁이예요! 오늘은 서로의 이름을 안 걸로 만족하죠오오오옷~! 아쿠아~! 아쿠아~! 도와줘어어엇!"

"카, 카즈마 씨~!"

내가 여자애 같은 비명을 지르며 아쿠아에게 도움을 요청한 순간이었다.

“『보텀리스 스웜프』!”

귀에 익은 목소리가 들려오고 그와 동시에 비명 소리가 울려 퍼졌다.

오크에게 깔린 채 비명이 터져 나온 쪽을 향해 고개를 돌려보니, 그곳에는 커다란 늪 안에서 허우적대는 오크들이 있었다.

그리고 그 오크들의 뒤편에는……!

“융융! 융융이잖아! 우, 우에에에엥!”

그 홍마족 소녀를 보고 안심한 나는 무심코 울음을 터뜨렸다.

“윽?!”

내 위에 올라탄 오크가 숨을 삼키는 소리가 들렸다.

자신의 동료들이 느닷없이 생겨난 늪에 빠진 탓에 당황한 것 같았다.

그 오크는 융융을 경계하면서 몸을 일으켰다.

나는 그런 오크에게 도망치듯 융융을 향해 기어갔다. 그것도 엉엉 울면서 말이다.

“융융! 융융! 감사합니다아아아아!”

나는 그대로 융융의 다리를 잡고 매달렸다.

“꺄아……! 카, 카즈마 씨?! 괘, 괜찮아요. 이제 괜찮으니까 울지 말아요……. 저, 저기……. 소중한 로브가…… 콧물

범벅이…… 됐는데……요……."

나를 노리던 오크는 난처한 표정으로 말을 잇는 융융을 향해 고개를 든 채, 늪 안에서 허우적대는 동료들을 눈동자만 움직여 힐끔 쳐다보았다.

아무래도 동료들을 구하고 싶지만 융융 때문에 그러지 못하는 것 같았다.

아쿠아는 지면에 웅크리고 있는 내 곁으로 왔다.

"카즈마, 무사해서 다행이야! ……카, 카즈마, 왜 그래?!"

나는 그런 소리를 하는 아쿠아의 다리를 꼭 끌어안으면서 엉엉 울었다.

마왕군 간부와 싸울 때도 이렇게 극심한 공포를 느낀 적은 없었다.

"그래그래. 카즈마, 많이 무서웠지? 이제 괜찮아. 괜찮다구. 우리 모두가 힘을 합쳐 너를 지켜줄게."

아쿠아가 그렇게 말하며 머리를 쓰다듬어준 순간, 본의 아니게 살짝 안심해버린 나 자신이 너무 한심했다.

나는 융융을 경계하고 있는 오크를 힐끔 쳐다보았다. 바로 그때, 융융이 약간 부끄러워하면서도 망토를 펄럭이더니 지팡이를 앞으로 내밀면서 말했다.

"내 이름은 융융. 아크 위저드이자, 상급 마법을 사용하는 자. 홍마족 중에서도 다섯 손가락 안에 들어가는 마법사이며, 머지않아 홍마족의 족장이 될 자……! 홍마의 마을 근처에 촌락을 만든 오크들이여. 이웃 간의 정을 봐서 이번만은 봐주겠어. 자, 동료들을 데리고 빨리 사라져!"

융융의 말을 들은 오크는 자신의 상의를 찢었다. 그리고 그것을 로프 삼아 늪에 빠진 동료를 건지기 시작했다.

"카즈마 씨. 이 틈에 빨리 가죠."

6

오크의 영역인 평원 지대에서 빠져나와 숲속으로 들어간 우리는 일단 휴식을 취하기로 했다.

"융융이 있으니 몬스터도 무섭지 않네. 완전 식은 죽 먹기야."

아쿠아는 또 복선이 될 법한 소리를 했다.

하지만 나도 그 말에는 동의했다.

상급 마법을 쓸 수 있는 융융이 있으니 역시 든든했다.

……그리고 나는 아까부터 아쿠아의 곁에 꼭 붙어 있었다.

오랫동안 알고 지낸 아쿠아의 곁에 있으니 왠지 안심이 되었다.

아쿠아는 그런 나를 보고 당황했지만, 고맙게도 불평 한마디 하지 않으며 내 곁에 있어줬다.

정말 고마웠다.

아무래도 나는 아까 체험했던 일 때문에 트라우마가 생긴 것 같았다.

옷이 찢겨졌던 나는 새 옷을 입은 후, 다른 사람에게 맡겨뒀던 장비를 착용했다. 그리고 구원의 손길을 내밀어준 구세주를 향해 돌아섰다.

"융융, 아까는 덕분에 살았어. 정말 고마워. 내가 얼마나 너한테 고마워하고 있냐면 앞으로 살면서『존경하는 사람은?』이라는 질문을 받으면 융융이라고 주저 없이 대답할 수 있을 만큼 너한테 감사하고 있어."

"그, 그만하세요. 마, 마치 저를 놀리는 것처럼 들린단 말이에요!"

아쿠아가 걸친 날개옷의 끝자락을 움켜쥔 내가 고마움을 표시하자, 부끄러워하던 융융은…….

"그런데 여러분은 왜 이런 곳에 있는 거죠? 메구밍, 혹시 마을 사람들이 걱정되어서 온 거야?"

……하고 메구밍을 향해 말했다.

"아, 예! 여동생! 여동생이 걱정되어서요. 그 애는 무모한 짓을 서슴없이 하잖아요."

"그, 그래. 마법을 못 쓰는데도 호전적인 애지."

융융은 메구밍의 말을 듣고 납득했지만…….

"……왜, 왜 다들 히죽거리는 거죠?"

융융 이외의 세 명이 히죽거리면서 쳐다보자 메구밍은 거북하다는 듯 고개를 획 돌렸다.

나는 커피가 든 머그컵을 양손으로 감싸 쥐듯 잡았다.

그리고 그것을 천천히 마시자, 아까 오크에게 쫓기면서 너덜너덜해진 내 마음이 서서히 아물어가는 게 느껴졌다.

나는 망토로 몸을 감싼 채 다른 동료들을 둘러보면서 구구절절한 목소리로 말했다.

"……너희는 하나같이 예쁘게 생겼구나."

길옆의 숲속에서 내가 그렇게 말한 순간, 다른 이들이 딱딱하게 굳었다.

"뭐, 뭐가 어떻게 된 거야? 카즈마가, 언제나 이상한 말만 하는 카즈마가, 오늘은 더 이상해졌어!"

"지, 진정해라! 이 녀석은 뭔가를 꾸미고 있는 게 분명하다. 카즈마는 한껏 띄워준 후에 나락으로 떨어뜨리는 걸 좋아하니까 말이다. 순순히 기뻐했다간 저 녀석이 파둔 함정에 빠질 거다!"

아쿠아와 다크니스는 무례하기 그지없는 소리를 했다.

메구밍은 고개를 돌린 채 입가를 히죽거린 후, 미심쩍은 눈길로 나를 힐끔힐끔 쳐다보았다.

그리고 융융은 얼굴을 새빨갛게 붉힌 채 당황하고 있었다.

오크에게서 무사히 도망친 덕분에 안심한 나는 네 사람을 둘러보면서 또 한 번 한숨을 내쉬었다.

"너희는 정말 미인이네."

"대체 뭐가 어떻게 된 거야?! 어떻게 된 거냐구! 카즈마가 이상해! 정말 뭐가 어떻게 된 걸까?!"

"진정해라, 아쿠아! 우선 카즈마에게 회복 마법부터 걸어봐라!"

"……으으으으――!"

아쿠아와 다크니스는 당황한 채 허둥댔고, 메구밍은 뭔가를 경계하는 표정을 지었다.

그리고 새빨개진 얼굴을 푹 숙인 융융을 쳐다보면서 나는 오크들의 손아귀에서 무사히 벗어난 기쁨을 곱씹었다.

7

"―학창시절의 메구밍은 마법학과 마력량에서 항상 1등이었어요……. 그래서 마을 사람들은 메구밍을 천재라고 추켜세우며 잔뜩 기대했죠……. 그런 메구밍이 폭렬마법만 쓸 수 있는 결함 마법사가 되었다는 사실이 알려지면……."

"어이, 결함 마법사라는 호칭은 쓰지 말아주실까? 위력 자체만이라면 틀림없이 홍마족 제일일 터. 그러니 거짓말은 한 적 없느니라. 내 모든 인생을 바친 폭렬마법의 험담을 하지 말아다오."

휴식을 끝낸 후, 마을로 향하는 도중…….

"폭렬마법은 써먹을 데가 없다구! 던전 안에서 썼다간 지나치게 강력한 위력 탓에 던전이 붕괴될 수 있기 때문에 못

써! 사정거리가 길기는 하지만 적이 접근해 버리면 자신과 동료들도 휘말릴 수 있기 때문에 못 써! 웬만큼 레벨이 높은 마법사라도 두 번은 쓰지 못할 정도로 마력 소비량이 비효율적으로 많아! 유일한 장점인 위력 또한 지나치게 세다구! 폭렬마법은 아무도 익히지 않는, 스킬 포인트만 잔뜩 먹어대는 엉터리 마법이란 말이야!"

융융은 아까부터 메구밍에게 계속 잔소리를 해대고 있었다.

아무래도 메구밍은 마을 사람들에게 폭렬마법밖에 쓰지 못한다는 사실을 숨기고 있는 것 같았다.

그래서 융융은 그 사실을 들키지 말라고 계속 다짐을 받고 있었는데…….

바로 그때, 메구밍이 융융을 향해 돌아섰다.

"……융융, 말 다했나요? 당신은 방금 해선 안되는 말을 했어요. 제 이름을 조롱하는 것보다도, 더 해서는 안되는 짓을 했다고요!"

"뭐, 뭐야. 한 판 붙자는 거야? 승부라면 얼마든지 받아주겠어. 이제 메구밍에게는 절대 안 진다구!"

융융은 경계심을 품으며 메구밍과 거리를 벌렸다.

메구밍은 그런 융융을 힐끔 쳐다본 후……!

"카즈마. 융융의 부끄러운 비밀을 가르쳐드리죠. 사실 저희 홍마족은 몸 어딘가에 문신을 가지고 태어나요. 사람에 따라 문신이 있는 장소가 다른데, 융융의 문신이 어디에 있냐면…….”

“꺄아! 카즈마 씨에게 무슨 소리를 하는 거야?! 그리고 어떻게 내 문신의 장소를 아는 건데?! 이 거리에서는 폭렬마법을 쓸 수 없지?! 마법을 쓸 수 없는 메구밍을 제압하는 것 정도는 식은 죽 먹기라구!”

융융이 울상을 지으면서 달려들자, 메구밍은 그녀를 살짝 피하며 말했다.

“아쿠아, 지원 마법을 걸어주세요! 이 애의 콧대를 꺾어줘야겠어요!”

“비, 비겁해! 메구밍은 정말 약았어! 옛날부터 항상 약았었다구!”

바로 그때였다.

두 사람이 다투는 소리 탓인지…….

“―어이, 이쪽이다! 역시 이쪽에서 인간의 목소리가 들려!”

귀에 거슬릴 만큼 새된 목소리가 숲 안쪽에서 들려왔다!

“어이, 적들이 너희 둘의 목소리를 들은 것 같다! 이제 그만 입 좀 다물어라!”

다크니스는 몸을 굽히면서 두 사람을 질타했다.

“성질 급한 융융이 아무 때나 고함을 질러대니까 이렇게 된 거예요!”

"메구밍은 나보다 더 성질이 급하잖아! 옛날부터 앞뒤 가리지 않고 무모한 짓을 벌였으면서! 춈스케도 아까부터 모자 안에 숨어 있거든?! 좀 본받는 게 어때?!"

"뭐라고요?!"

"두 사람 다 이제 그만 조용히 해라! 큰 소리를 내면 들킨단 말이다! 어이, 카즈마! 너도 한 소리 해줘라!"

다크니스는 여전히 다투고 있는 메구밍과 융융의 머리를 누르면서 수풀에 숨었다.

목소리는 내지 않지만 여전히 다투고 있는 두 사람을 향해 내가 외쳤다.

"어이, 그것보다 융융의 몸 어디에 문신이 있는지 자세하게 가르쳐줘!"

"찾았다! 저기다! 저곳에 인간이 있어~!!"

"너라는 녀석은! 정말 너라는 녀석은!!"

8

"홍마족 두 마리를 발견했다! 다른 놈들은 모험가로 보이는 인간이다! 어이, 이쪽이다! 이쪽으로 와라! 꼬맹이 홍마족이 두 마리나 있어! 지금이 기회야! 공적을 쌓을 기회라고!"

상대는 갑옷을 입은 몬스터였다.

귀가 뾰족하고 피부가 검붉으며 체형이 슬림한 도깨비였다.

이마에 뿔이 하나 달려 있는 그 몬스터가 희번덕거리는 눈길로 메구밍과 융융을 계속 쳐다보고 있었다.

수풀에 숨어있던 아쿠아와 다크니스는 그 모습을 보고 벌떡 일어서더니……!

"응~? 보아하니 당신은 악마 축에도 못 드는 잔챙이 도깨비네요~! 꺄아~! 하급 악마도 되지 못한 쓰레기 퇴물 도깨비 따위가 뭐하고 있는 거죠? 예? 뭐하는 거냐고요. 참, 너 같은 하급 몬스터에게는 파마(破魔)의 마법이 통하지 않지? 악마 축에도 못 들어서 정말 좋겠네! 푸푸푸풉! 지금은 악마 축에도 못 드는 너 같은 허접 몬스터를 신경 쓸 여유 없어. 제대로 된 악마로 승격하면 상대해줄게. 오늘은 그냥 보내줄 테니까 빨리 꺼져. 빨리 꺼지란 말 안 들려?!"

아쿠아가 도발을 하는 건지 협박을 하는 건지 알 수 없는 소리를 하자, 도깨비처럼 생긴 몬스터는 어금니를 깨물었다.

그 모습을 본 다크니스는 아무 말 없이 대검을 뽑아들고 앞으로 나섰다.

갑옷을 입고 있는 것을 보면 이 녀석은 홍마족과 싸우고 있는 마왕군이리라.

이곳은 홍마족의 마을 근처다. 그러니 마왕군이 어슬렁거리고 있어도 이상할 것이 없었다.

짧은 창을 쥔 그 녀석은 검붉은 얼굴을 분노로 물들이면서 우리 쪽을 노려보았다.

바로 그때, 그 녀석의 뒤편에서 비슷한 모습을 한 녀석들이 모습을 드러냈다.

손에 쥔 무기는 다르지만 그들은 무장을 한 마물 병사였다.

이거 꽤 위험한 거 아냐?

뭐랄까, 숫자가 많아……. 너무 많다고!

"거기, 프리스트. 아까 뭐라고 했지? 그냥 보내주겠다고 했지? ……미안하지만 말이야. 우리를 실컷 괴롭혀대는 홍마족의 꼬맹이를 둘이나 발견했는데 그냥 갈 수는 없다고! 어이, 이 자식들을 전부 갈가리 찢어버려!"

그 도깨비의 뒤편에는 비슷한 모습을 지닌 몬스터가 스무 마리 이상 있었다.

바로 그때, 융융이 한 걸음 앞으로 나서더니……!

"『라이트 오브 세이버』!!"

……그렇게 외치면서 손날을 대각선으로 휘둘렀다.

그러자 손날의 궤적을 따라 빛줄기가 뻗어나갔다.

빛이 지나간 순간, 몸의 일부가 잘려나간 도깨비 몇 마리가 그대로 쓰러졌다.

"포, 포위해! 완전히 둘러싼 후 동시에 덮치면 저항하지 못할 거야! 일단 저 홍마족 계집을 죽여 버려!"

동료들이 당하는 모습을 본 도깨비가 격앙된 목소리로 그렇게 외쳤다.

융융을 포위하려 하는 도깨비를 견제하듯 다크니스가 융융과 도깨비들 사이에 섰다.

아쿠아가 전면에 나선 다크니스에게 지원 마법을 걸어주고 있을 때…….

"융융, 아까 폭렬마법을 엉터리 마법이라고 말했죠? 그 엉터리 마법의 파괴력을 오래간만에 보여주겠어요!"

"뭐?! 자, 잠깐만! 서, 설마?!"

"『익스플로전』~!!"

융융이 당황한 목소리로 한 말을 무시한 메구밍은, 멀찍이서 이쪽을 쳐다보고 있던 마왕의 수하들에게 폭렬마법을 날렸다.

주위의 나무들이 뿌리째 뽑혀나가는 위력을 본 도깨비들은 눈을 치켜떴다.

흙먼지가 가라앉자 폭렬마법이 작렬한 곳에는 거대한 구덩이만이 존재했다.

"봤죠?! 이게 바로 제 오의인 폭렬마법이에요! 이제 엉터리 마법이라고 못 부르겠죠?! 카즈마, 이번 폭렬마법은 몇 점이죠?!"

"마이너스 90점이다! 멍청아, 느닷없이 마력을 전부 다 써버리면 어떻게 해! 적이 아직 남아 있단 말이야! 이 상황에서 너를 업고 도망치는 건 무리라고!"

"카, 카즈마 씨! 그런 소리를 하는 사이에, 적들이 폭발음을 듣고 이쪽으로 몰려와요!!"

나는 마력을 다 쓴 탓에 지면에 쓰러진 메구밍을 억지로 일으켰다.

"어이, 어떻게 할 거야?! 너, 저 녀석들 상대로 싸울 수 있겠어?!"

그리고 드레인 터치로 메구밍에게 마력을 전달해주면서, 어찌된 영문인지 자신만만해 보이는 표정을 지으며 나서고 싶어 하는 아쿠아에게 물었다.

아쿠아는 내 말을 듣더니 목을 빙글빙글 돌리기 시작했다.

……아무래도 목으로 뚜둑 소리를 내고 싶나 보다.

그리고 두 발로 복싱 스텝을 밟더니 주먹을 말아 쥐며 자세를 취했다.

"후훗, 잘 생각해봐. 설마 내가 회복 마법만 쓸 줄 아는 여자라고 생각하고 있는 거야? 나는 모든 스테이터스가 최대치에 도달한 아쿠아 님이라구! 저런 졸개 악마 정도는 한 손으로도 상대해줄 수 있어. 뭐, 잘 봐. 때로는 여신다운 모습을 보여줄게!"

……완전 큰일 났다.

어떤 일이 벌어질지 뻔히 예상이 된 나는 마력 공급을 중단한 후 메구밍을 부축하며 몸을 일으켰다.

고개를 돌려보니, 폭렬마법의 위력을 보고 한순간 겁먹었던 마왕군의 도깨비들이 다시 포위망을 좁혀 들어오고 있었다.

아무리 융융이 있다고 해도 무리였다.

마력이 다 떨어진 메구밍을 데리고 어디까지 도망칠 수 있을지 모르겠지만, 숫자가 얼마나 되는지도 모르는 마왕군을 상대하는 것보단 나으리라.

"아쿠아, 도망치자! 이상한 포즈 취하면서 쓸데없이 위협하지 말고 빨리 따라와!"

마왕의 부하들과 대치한 아쿠아는 이런저런 포즈를 취하며 상대를 위협하고 있었다.

내가 뒤돌아서면서 후퇴 지시를 내리려고 한 순간, 아쿠아가 작은 목소리로 중얼거렸다.

"……앗."

그 목소리를 듣고 고개를 돌려보니, 필사적인 표정으로 이쪽을 향해 뛰어오는 마왕의 부하들이 눈에 들어왔다.

그들은 들고 있던 무기를 내던지면서 이쪽을 향해 허겁지겁 뛰어오고 있었다.

…………어?!

대체 무슨 일이지, 하고 내가 생각한 순간…….

—느닷없이, 아무것도 없는 공간에서 검은색 로브를 걸친 네 사람이 모습을 드러냈다.

아니, 그들 전원이 검은색 로브를 걸치고 있는 것은 아니었다.

그 중 두 사람은 라이더 슈트 같은 검은색 옷을 입었으며 손가락이 노출되는 장갑을 끼고 있었다.

그 집단 안에는 짧은 지팡이를 들고 있는 이도 있고 맨손인 이도 있었다.

그들 외에 더 숨어있을지도 모르지만 일단 지금 모습을 드러낸 건 네 사람뿐이었다.

복장도, 무기도 제각각이지만 딱 하나…….

그들에게는 공통점이 있었다.

그것은 바로 모두의 눈동자가 새빨갛다는 점이었다.

검은색 계통의 복장을 한 그들은 메구밍이나 융융과 마찬가지로 진홍색 눈동자를 지녔다.

그렇다. 그들은 홍마족이었다.

아무것도 없는 공간에서 갑자기 나타난 것처럼 보인 것은 지금까지 마법으로 모습을 감추었기 때문이리라.

그리고 마왕의 부하들이 이쪽을 향해 필사적으로 뛰어오는 것은 우리를 공격하기 위해서가 아니라, 홍마족에게 습격을 당했다는 사실을 알고 허둥지둥 도망친 것이다.

그 사실을 증명하듯 마왕의 부하들은 자신을 쫓아오는 홍마족들과 우리 넷을 당황한 눈길로 번갈아 쳐다보았다.

이윽고 우리 넷 쪽이 그나마 만만하다고 판단한 것 같았다.

그들이 우리를 향해 내달리려 한 바로 그 순간이었다.

"내 마음의 심연에서 태어난 어둠의 불꽃에 의해, 살점조차 남기지 말고 사라져라!"

"크윽, 더는 참을 수 없어! 내 파괴 충동을 가라앉히기 위한 제물이 되어라아앗!"

"자, 얼음으로 된 나의 팔에 안겨, 영원한 잠에 빠져들거라……!"

"잘 가. 너희를 잊지 않겠어. 그래. 영원토록 새겨져 있을 거야……. 바로 내 혼의 기억 속에……!"

그것은 마법 영창……이 아니었다.

아무래도 그것은 각자의 입버릇 같았다.

그들은 마법으로 신체능력을 강화시켰는지 순식간에 마왕의 부하들을 따라잡더니…….

이윽고 전원이 똑같은 마법을 영창하기 시작했다.

그 모습을 본 마왕의 부하들이 양손을 앞으로 내밀었다!

"잠깐……! 기다……! 그만……!"

마왕의 부하 중 한 명이 무슨 말을 하려 했지만 홍마족은 그 전에 영창을 끝냈다.

"『라이트 오브 세이버』!"

"『라이트 오브 세이버』!!"

"세이버~!"

"세이버~!!!!"

그들은 차례차례 그렇게 외치면서 손날을 휘둘렀다.

눈부시게 빛나는 손날이 마왕의 부하들을 향해 휘둘러졌다.

이윽고…….

그 자리에는 산산조각 난 마왕군의 잔해만이 굴러다녔다.

꺄아! 홍마족, 엄청 무서워!

수가 많은 마왕군이 도망칠 만도 해!

아까 말했던 어둠의 불꽃이니 얼음으로 된 팔 같은 건 어디로 간 건데, 같은 태클을 날리는 것도 주저될 만큼 무시무시하다고.

……바로 그때, 홍마족 중 한 명이 우리를 향해 고개를 돌렸다.

방금 마왕의 부하들을 향해 살점조차 남기지 말고 사라져라, 라고 말했던 남자였다.

"엄청난 폭발음을 듣고 마왕군 유격부대원들과 함께 와봤더니……. 메구밍과 융융이잖아. 너희가 왜 이런 곳에 있는 거야?"

그는 평범한 말투로 우리에게 말을 걸었다.

그 말을 듣고 비틀거리면서 몸을 일으킨 메구밍이 말했다.

"신발가게집 아들인 붓코로리잖아요. 오래간만이에요. 마을이 위기에 처했다는 말을 듣고 도우러 왔어요."

메구밍이 그렇게 말하자, 붓코로리는 「위기?」라고 중얼거리면서 고개를 갸웃거렸다.

……응?

바로 그때, 다른 홍마족도 우리를 흥미로운 눈길로 쳐다보고 있었다.

붓코로리라고 불린 그 남자는…….

"그런데 메구밍. 이 사람들은 네 동료들이야?"

―하고 물었다.

그러자 메구밍은 기쁘다는 듯 배시시 웃으면서 고개를 끄덕였다.

그 모습을 본 붓코로리는 진지하기 그지없는 표정을 짓더니…….

"내 이름은 붓코로리. 홍마족 제일의 신발가게 아들. 아크위저드이자, 상급 마법을 펼치는 자……!"

……갑자기 로브를 펄럭이면서 자기소개를 했다.

원래라면 당황해야겠지만 나는 메구밍과 융융 덕분에 이미 내성이 생겼다.

"안녕하십니까. 저는 사토 카즈마라고 합니다. 액셀 마을에서 수많은 스킬을 습득했으며, 마왕군 간부와 싸워왔죠. 잘 부탁드립니다."

내가 방금 그 말을 개의치 않으며 상대의 스타일에 맞춰 자기소개를 하자…….

""""오오오오~!""""

홍마족들이 갑자기 탄성을 터뜨렸다.

"대단해, 정말 대단하다고! 평범한 인간은 우리의 자기소개를 들으면 미묘한 반응을 보이는데……! 외부인이 이런 식으로 대답할 줄은 꿈에도 몰랐어!"

붓코로리가 그렇게 말하자 다른 홍마족들이 고개를 끄덕였다.

"……카즈마는 붓코로리와 꽤 사이가 좋아 보이네요! 제가 자기소개를 했을 때와는 반응이 완전 딴판이잖아요!"

한편, 메구밍은 그런 묘한 소리를 했다.

음, 이럴 때는 어떤 반응을 보이면 좋을까.

평소 같으면 질투한다고 생각해서 약간 가슴이 뛰겠지만…….

상대는 연상의 남성인데다, 질투하는 이유를 짐작조차 할 수 없었다.

……그래도 홍마족의 감성에 비춰보면 짜증이 날 만한 일인 걸까?

이게 대체 뭐지?

질투하는 것 같지도 않고 나도 전혀 기쁘지 않았다.

러브코미디 상황으로 발전할 것 같은 기색 또한 전혀 느껴지지 않았다.

내가 뭐가 어떻게 진행되는 건지 생각하고 있을 때였다.

"내 이름은 아쿠아! 숭배 받는 존재이자, 머지않아 마왕을 멸할 자! 그리고 진짜 정체는 물의 여신!"

아쿠아가 느닷없이 자기소개를 하기 시작했다.
아무래도 홍마족들에게 영향을 받은 것 같았다.
""""그런가요. 대단하네요~!""""
"잠깐만~! 왜? 왜 나만 항상 이런 취급을 당하는 거야?!"
칭얼대는 아쿠아에게서 눈을 뗀 홍마족들은 기대에 찬 눈길로 다크니스를 쳐다보았다.
그들의 시선을 받은 다크니스는 머뭇거리면서도……!
"내, 내 이름은 더스티네스 포드 라라……티……나……. 액셀 마을에서…… ㅇㅇㅇㅇ……!"
……그들의 기대에 부응하려 했지만 부끄러운 탓에 그녀의 목소리는 점점 기어들어갔다.
무리하지 말라고…….
새빨개진 얼굴로 울상을 지은 채 작은 목소리로 말하는 다크니스를 웃는 얼굴로 지켜보던 붓코로리가 힘찬 목소리로 마법을 영창하기 시작했다.
"메구밍, 좋은 동료를 뒀구나. 이곳은 마을에서 많이 떨어진 곳이니까, 내가 너와 외부인 여러분을 텔레포트로 데려다줄게!"
붓코로리는 그렇게 말한 후, 텔레포트 마법을 펼쳤다.
갑작스러운 텔레포트 때문에 시야가 일그러졌다. 그리고 현기증이 난 순간, 주위의 경치가 바뀌었다.
내가 지금 있는 곳은 한적하다는 말이 어울릴 조그마한

마을이었다.

멍한 눈길로 마을을 둘러보는 우리에게 붓코로리가 미소를 지으며 말했다.

"외부인 여러분, 홍마의 마을에 어서 와. 메구밍과 융융도 잘 돌아왔어!!"

제3장 이 딱한 마을에서 휴식을!

1

“그럼 우리는 경계 임무를 하러 가볼게.”

붓코로리는 그렇게 말한 후, 우리에게서 멀어졌다.

그리고 다른 세 사람이 자신의 곁으로 다가오자 마법을 영창했고……!

“그럼 나중에 봐!”

그렇게 말하고 마법을 펼치자 붓코로리 일행은 홀연히 모습을 감췄다.

우와, 저들이 바로 진짜 마법사구나.

텔레포트를 사용해 다시 전장으로 돌아간 건가……!

“저 사람들, 꽤 멋지네. 전투의 전문가 집단 같은 느낌이야.”

그들이 사라진 장소에서 여전히 눈을 떼지 못하고 있는 내가 감동 섞인 목소리로 그렇게 중얼거리자…….

“그런가요. 그 네 사람도 그 말을 듣고 이 근처에서 기뻐하고 있을 거예요.”

메구밍은 나에게 부축 받으면서 그렇게 말했다.

"……이 근처에서 기뻐하고 있다고? 그들은 텔레포트로 이동했잖아."

내가 그렇게 말하자 이번에는 융융이 입을 열었다.

"빛을 굴절시키는 마법으로 모습을 감춘 거예요. 텔레포트 마법은 마력을 대량으로 소비하거든요. 전투 후에 텔레포트 마법을 몇 번이나 썼다간 마력이 바닥나고 말 거예요. 그러니 폼 나게 사라지는 장면을 연출하기 위해 모습을 감춘 거라고…… 아얏?!"

갑자기 그들이 있던 장소에서 돌멩이가 날아오더니, 말을 잇고 있던 융융의 머리에 맞았다.

마치 쓸데없는 소리를 하지 말라는 것처럼…….

거기 있는 거냐…….

"참고로 빛 굴절 마법은 사용자가 지정한 인물이나 사물의 주위 몇 미터에 결계를 펼쳐서, 그 결계 안을 밖에서 볼 수 없게 하는 마법이에요. ……그리고 가까이 다가가면 안이 보이죠."

메구밍이 별생각 없이 그렇게 말한 순간, 아쿠아가 아무 말 없이 걸음을 내디뎠다.

"……윽!"

숨을 삼키는 소리와 함께 뒷걸음질 치는 소리가 들렸다.

그걸 들은 아쿠아는 소리가 들린 곳을 쳐다보며 걸음을

멈췄다.

"…………."

"…………."

그리고 다음 순간, 아쿠아는 느닷없이 그곳을 향해 내달렸다.

""""윽?!""""

그와 동시에 다수의 사람들이 허둥지둥 도망가는 소리가 들렸다.

그, 그만 좀 해…….

희희낙락하며 보이지 않는 무언가를 쫓아다니는 아쿠아를 내버려둔 후, 우리는 마을 안으로 들어갔다.

일단 우리는 자초지종을 듣기 위해 융융의 집으로 향했다.

잠시 후, 그들을 쫓아다니는 것에 질린 아쿠아가 돌아왔다.

"저기, 저 사람들은 꽤 빠르네. 한 달리기 하는 나도 잡지 못했어."

지능과 행운 이외의 스테이터스 수치가 엄청 높은 아쿠아가 잡지 못할 줄이야.

헤어지기 직전 모습은 좀 미묘했지만 확실히 마왕군 유격부대답기는 했다.

분명 홍마의 마을이 자랑하는 엘리트들일 것이다.

그런 나의 동경에 가까운 환상을 메구밍은…….

"육체 강화 마법으로 도핑을 한 거예요. 평소 집에서 데굴거리기만 하는 백수 집단한테 그 정도 체력이 있을 리가 없거든요."

……그냥 흘려들을 수 없는 발언으로 산산조각 내버렸다.

"……백수 집단? 잠깐만, 방금 그 사람들은 마왕군 유격부대 아냐? 방금도 경계임무를 한다면서 갔다고."

내가 그렇게 말하자…….

"그들은 할 일 없이 빈둥거리는 백수들이에요. 다른 마을에 가서 모험가라도 되면 다들 못 데려가서 안달일 텐데 마을을 벗어나려고도, 부모 곁을 떠나려고도 하지 않는 사람들이죠. 매일같이 시간이 남아돌지만 남들에게 빈둥대는 것처럼 보이지 않으려고, 저렇게 멋대로 마왕군 유격부대를 자처하며 마을 주위를 어슬렁거리고 있어요."

메구밍은 그다지 듣고 싶지 않은 정보를 알려줬다.

그럼 뭐야?

이 마을은 백수조차도 저렇게 스펙이 뛰어난 거야?

내가 어떤 생각을 하고 있는지 눈치챈 융융이 말했다.

"모든 홍마족은 어른이 되면 상급 마법을 익혀요. 그리고 이 마을 사람들은 전부 아크 위저드죠. 상급 마법을 익힌 후에는 남은 포인트로 다양한 마법을 습득해요. 그게 상식인데……."

융융은 말을 이으면서 메구밍을 힐끔 쳐다보았다.

메구밍은 융융의 시선을 깔끔하게 무시하더니, 오랜만에

방문한 자신의 고향을 둘러보고 있었다.

홍마의 마을은 조그마한 농촌 규모의 촌락이었다.

때때로 눈에 들어온 홍마족들의 표정에서는 긴박한 느낌을 전혀 찾아볼 수 없으며, 따뜻한 봄이라 그런지 하품을 하고 있는 이도 있었다.

솔직히 말해 마왕군과 싸우고 있는 것처럼은 보이지 않았지만…….

"……으음, 이건 꽤 멋진 그리폰 석상이구나. 유명한 조각가가 만든 것이냐?"

다크니스는 마을 입구에 있는 석상을 만지면서 그렇게 말했다.

확실히 금방이라도 움직일 것 같은 리얼한 그리폰 조각상이었다.

"그건 우연히 마을에 들어온 그리폰에게 석화 마법을 걸어서 만든 거예요. 꽤 멋지니 관광명소 삼아 남겨두자는 의견이 있었죠. 지금은 주로 약속 장소로 쓰이고 있어요."

다, 당치도 않은 관광명소였다.

메구밍의 말을 듣고 석상에 흥미가 생긴 아쿠아는 그 석상을 만지면서 주문을 외우기 시작했다.

"……너, 지금 무슨 마법을 영창하고 있는 거야?"

"상태 이상을 치유하는 마법이야. 나, 실은 살아있는 그리폰을 본 적이 없거든."

우리는 아쿠아를 뜯어말린 후, 자초지종을 듣기 위해 융융의 집으로 향했다.

2

—마을 중앙에 위치한 커다란 집.

테이블 건너편의 소파에 앉은 중년 남자는 미간을 살짝 찌푸리고 있었다.

족장의 집 응접실로 안내받은 우리는 눈앞에 있는 중년 남성, 융융의 아버지에게서 충격적인 사실을 들었다.

"아, 그건 딸에게 보낸 근황 보고 편지란다. 편지를 쓰다 보니 흥이 나서 말이야. 홍마족의 피가 평범한 편지를 쓰는 걸 용납하지 않았다고 할까……."

"저기, 무슨 소리를 하는 건지 모르겠는데요."

나는 주저 없이 족장에게 태클을 걸었다. 한편, 내 옆에 있는 융융은 경악을 금치 못했다.

"……어? 저, 저기, 아빠? 아빠가 무사해서 정말 기쁘기는 한데, 한 번 더 이야기해주면 안 될까? 우선, 편지 첫머리에 적혀 있었던 『**이 편지가 전해졌을 즈음이면, 나는 이 세상에 없겠지**』는……."

"홍마족 사이의 계절 인사이지 않느냐. 학교에서 배웠을 텐데? ……아, 맞다. 너와 메구밍은 성적이 우수해서 조기

졸업을 했었지."

"……. 마왕군의 군사 기지를 파괴할 수 없는 상황이라는 건……."

"아, 그거 말이냐? 그 녀석들이 엄청 멋진 기지를 만들어서 말이다. 파괴할지, 아니면 새로운 관광명소로 삼기 위해 남겨둘지 가지고 의견이 갈렸단다."

"어이, 융융. 네 아버지를 확 두들겨 패버려도 돼?"

"그러세요."

"유, 융융?!"

족장이 융융의 말을 듣고 경악하고 있을 때, 다크니스가 고개를 갸웃거리면서 입을 열었다.

"……음? 잠깐만 있어봐라. 마왕군의 군사 기지가 건설됐다고 했지? 그럼 마왕군의 간부가 왔다는 건……."

"예. 편지에 썼던 대로 마법 내성이 뛰어난 녀석이 파견됐죠. 아, 슬슬 올 때가 됐네요. 괜찮다면 구경이라도 하시죠."

족장이 느긋한 목소리로 그렇게 말한 바로 그 순간이었다—.

『마왕군 경보, 마왕군 경보. 짬이 나는 이들은 마을 입구에 있는 그리폰 석상 앞으로 집합. 적의 숫자는 천 마리 전후로 보입니다.』

커다란 종소리와 함께 마을 전체에 안내방송이 울려 퍼졌다.

""처, 천?!""

나와 다크니스는 깜짝 놀랐지만 홍마족 세 사람은 태연했다.
이 녀석들은 천 마리라는 말이 들리지 않았던 것일까?
이 정도 크기의 마을이라면 인구는 많아봤자 삼백 명 정도일 것이다.
마을 전체 인구의 세 배 이상 되는 마왕군을 상대해야 하는데 왜 이렇게 여유로운 것일까.
"천 마리, 인가. 드디어 여신의 진정한 힘을 보여줄 때가 온 것 같네."
웬일로 얌전히 차나 마시고 있던 아쿠아가 갑자기 그런 소리를 했다.
이 녀석은 홍마의 마을에 온 후로 계속 이상한 영향을 받고 있는 느낌이 들었다.
제발 부탁이니까 더 심한 바보가 되지 말아줬으면 좋겠다.
너무 놀란 탓에 반쯤 엉덩이를 든 다크니스를 향해, 메구밍은 차분한 목소리로 말했다.
"당황할 필요 없어요. 이곳은 강력한 마법사들이 모여 사는 홍마의 마을이니까요. 다 같이 구경이나 하러 갈까요?"

3

……엄청났다.
"우왓! 우와아아아아아아앗!"

"실비아 님! 실비아 님~!! 부, 부디 실비아님만이라도 후퇴하십시오!"

"젠장! 젠장! 하다못해 저 녀석들에게 다가갈 수만 있다면 콧대를 눌러줄 수 있는데……!"

"이래서 홍마의 마을을 공격하는 걸 반대한 거야! 이럴 줄 알고 나는 가기 싫다고 했던 거라고……!"

마왕의 부하들은 마을 입구에도 다다르지 못한 채 쓰러졌다.

상대는 천 마리가 넘는 데도 홍마족의 숫자는 겨우 오십 명 정도였다.

그 오십 명 정도의 홍마족들이…….

"『라이트닝 스트라이크』!"

"『에너지 이그니션』."

"『프리즈 거스트』!!"

"『커스드 라이트닝』!!!!"

마왕군의 선봉을 향해 인정사정없이 상급 마법을 퍼부어 대고 있었다.

"우와……. 너무 일방적이라서 오히려 질릴 지경이야……."

그것은 전투가 아니라 일방적인 유린이었다.

하늘에서 마왕군 병사들을 향해 번개가 치더니, 열 마리가 넘는 도깨비들이 그대로 불타버렸다.

새하얀 안개에 휘말린 녀석들은 얼음 조각상이 되었고 검은 번개가 마왕군 병사의 가슴에 바람구멍을 냈다.

……바로 그때, 마왕군의 군세가 좌우로 갈라지더니 드레스를 입은 미녀가 모습을 드러냈다.

"너희들! 내가 방패가 되어줄 테니 내 뒤를 따라와! 상급 마법은 영창에 시간이 걸리기 때문에 연속해서 날리기 힘들어. 그 틈에……!!"

저 아름다운 사람이 마왕군의 간부인 걸까?

가슴이 깊게 파인 드레스를 입은 장신의 미녀는 겉모습만 보면 인간 같아 보였다.

오른쪽 귀에 착용한 파란색 피어스가 화려한 드레스와는 대조적으로 청초한 이미지를 자아내고 있었다.

그 미녀를 상대하려는 것처럼 한 쌍의 남녀가 앞으로 나섰다.

그 둘 중 남자 쪽은 눈에 익었다.

아까 우리를 이 마을에 데려다준 붓코로리였다.

붓코로리는 붉은 눈동자를 반짝이며 양손을 앞으로 내밀었다.

나는 메구밍과 꽤 오랫동안 동료로 지냈기 때문에 알고 있었다.

홍마족의 눈동자가 붉은 색으로 빛나는 것은 감정이 격해졌을 때와…….

"『토네이도』!!!!!"

대량의 마력이 필요한 대마술을 펼칠 때라는 사실을 말이다.

붓코로리가 펼친 마법은 마왕군의 한가운데에 거대한 소용돌이를 만들어냈다.

많은 병사들이 변변한 저항조차 하지 못한 채, 그 소용돌이에 휘말려 하늘 높이 날아올랐다.

그들은 곧 대지와 격돌한 후, 그대로 목숨을 잃으리라.

바로 그때, 붓코로리의 옆에 있던 엄청 예쁜 여성이 붉은 눈동자를 반짝이며 왼손을 앞으로 내밀었다.

그 여성은 홍마족답지 않게 오른손에 무기를 쥐고 있었다.

유심히 보니 그것은 드래곤이 새겨진 목도였다.

홍마족이 평범한 무기를 들고 있을 리 없으니, 저건 마법의 무기 같은 게 아닐까?

왼손을 앞으로 내민 여성은 오른손에 쥔 목도를 한 번 휘두르면서…….

"『인페르노』!"

아직 사라지지 않은 소용돌이 안에 불꽃으로 된 강렬한 폭풍을 만들어냈다!

4

우리는 홍마족의 전투를 구경한 후, 메구밍의 집으로 향하고 있다.

참고로 융융은 예의 그 편지를 보낸 아루에라는 친구에게 한소리 해주러 가겠다면서 우리와 헤어졌다.

나는 아까 본 홍마족의 마법을 떠올리고 말했다.

"이야, 구경 한 번 잘했어. 그들이 **진짜** 홍마족이구나."

"**진짜**가 있다는 건 **가짜**도 있다는 거겠네요. 어이, 가짜 홍마족이라는 게 누구인지 한 번 말해보실까."

나는 금방이라도 달려들 것 같은 메구밍을 부축하면서 낡은 목조 단층집 앞에 섰다.

솔직히 말해 일반 가정보다도 가난해 보이는 집이었다.

마력이 다 떨어져서 노곤한 메구밍은 피로가 묻어나는 표정으로 현관문에 노크를 했다.

이윽고 집안에서 발소리가 들려왔다.

그리고 현관문이 열리더니…….

안에서 메구밍을 많이 닮은 초등학교 저학년 여자애가 모습을 드러냈다.

"호오, 이 애가 메구밍의 여동생인가? 꽤 귀여운 애구나."

다크니스가 환한 표정을 짓고…….

"뭐랄까, 조그만 메구밍이 나타났네. 저기 미니 메구밍, 사탕 먹을래?"

아쿠아가 어딘가에서 사탕을 꺼내고 있을 때…….

"코멧코, 저 왔어요. 잘 지냈나요?"

메구밍은 나한테 부축을 받으면서 그 아이를 향해 상냥한 목소리로 말했다.

코멧코…….

아까 붓코로리의 이름을 들었을 때도 느꼈던 거지만, 홍마족의 이름을 듣고도 별다른 생각이 들지 않는 건 이미 이 녀석들에게 물들어서 그런 걸까.

참고로 코멧코는 메구밍을 보더니 그 자리에서 딱딱하게 굳어버렸다.

이제부터 감동적인 재회가 시작될 것이다.

코멧코는 깜짝 놀란 것처럼 눈을 치켜뜨더니 숨을 크게 들이마신 후…….

"아빠~! 언니가 남자를 데리고 돌아왔어~!"

어이, 꼬마 아가씨?! 이 오빠와 이야기 좀 하지 않을래?!

5

"밥상 위에 뒤집어 놓은 머그컵을 잘 봐. 이게 밥상 위를 자유자재로 움직인다구!"

"우와! 우와!! 어떻게 한 거야? 응? 어떻게 한 건데! 파랑머리 언니, 어떻게 한 거냐구!"

"자석이다! 밥상 밑에서 자석으로 움직이고 있는 거다! 어떠냐? 아쿠아, 내 말이 맞지?!"

메구밍의 집 거실에서…….

아쿠아는 컵을 이용한 마술을 보여줬고…….

코멧코와 다크니스는 그 마술에 완전히 빠져 있었다.

자석을 이용하고 있다는 다크니스의 예상은 아마 맞을 것이다.

아쿠아가 사용한 머그컵은 철제였다.

저것을 밥상 밑에 있는 자석으로 움직이고 있는 게…….

아쿠아가 펼친 마술의 트릭을 추측하며 은근슬쩍 그쪽을 쳐다본 나는 경악했다.

거실 한가운데 앉아 있는 아쿠아는 양손을 무릎 위에 올려놓았다.

그 상태에서 밥상 위의 머그컵을 지그시 쳐다보고 있을 뿐인데 컵은 자유자재로 움직이고 있었던 것이다.

…………어?!

내가 한 순간 눈을 의심하면서 그쪽에 주의를 기울이자…….

"아……! 어험!"

눈앞에 있는 인물이 헛기침을 했다.

어이쿠!

거실에 깔린 융단 위에, 단정하게 앉아 분위기에 휩쓸린 내 앞에는 굳은 표정을 한 메구밍의 아버지가 있었다.

언뜻 보기에는 검은색 머리카락을 지닌 평범한 아저씨 같았다. 하지만 날카로운 눈빛을 머금은 그는 아까부터 차분한 위압감을 자아내고 있었다.

예전에도 이름은 몇 번 들어봤던, 메구밍의 아버지인 효이자부로 씨다.

"……우리 딸이 신세를 많이 지고 있는 것 같군. 그 점에 대해서는 진심으로 감사한다."

효이자부로 씨는 그렇게 말하면서 나를 향해 고개를 꾸벅 숙였다.

그리고 효이자부로 씨의 옆에는 검고 윤기 넘치는 장발에, 입가와 눈매에 희미하게 주름이 있으며 메구밍과 닮은 아름다운 여성이 앉아 있었다.

"우리 딸이 폐를 많이 끼치고 있죠……? 딸의 편지에 카즈마 씨에 대한 이야기가 적혀 있어서……. 당신에 대해서는 잘 알고 있답니다……."

메구밍의 모친인 유이유이 씨 또한 고개를 깊이 숙였다.

어쩌지…….

나는 이 상황을 원만하게 해결해줘야 하는 녀석을 원망 섞인 눈길로 힐끔 쳐다보았다.

이 방 구석에는 이부자리가 깔려 있었다. 그리고 아까 폭렬마법을 쓴 탓에 마력을 다 쓰고 만 메구밍이 그 이부자리 안에서 깊은 잠에 빠져 있었다.

그런 메구밍을 감개무량한 표정으로 쳐다본 후, 다시 표정을 굳힌 효이자부로는…….

"……그런데 자네는 우리 딸과 어떤 사이지?"

나에게 이미 두 번이나 했던 질문을 또 했다.

"……몇 번이나 말했지만, 평범한 친구이자 동료예요."

그 말을 들은 효이자부로는 더는 못 참겠다는 듯, 아쿠아가 마술을 선보이고 있는 쪽으로 이동하더니 밥상을 손으로 잡았다.

"크아아아아아아아아아아아아아!"

"여보오오오오오오오! 밥상 뒤집어엎지 마세요! 부서진단 말이에요! 이번 달은 형편이 너무 안 좋다고요오오오오!"

홍마족 중에는 특이한 사람이 정말 많은 것 같습니다.

—효이자부로는 아내가 끓여준 차를 마시면서 한숨 돌렸다.

"흐트러진 모습을 보여서 미안하네. 자네가 뻔뻔하게도 계속 평범한 친구 사이라고 잡아떼니 울컥해서 말이야."

나는 목까지 올라온「지, 진짜로 평범한 친구사이 인데요」라는 말을 삼킨 후, 화제를 다른 곳으로 돌리기 위해 가방 안에 들어있던 물건을 꺼냈다.

그것은 지난 온천여행 때 아르칸레티아에서 샀던 만두 세트였다.

액셀에 도착한 직후, 바로 또 여행을 떠났기 때문에 가방 안에 들어있던 짐을 꺼내지 않았던 것이다.

"저, 저기…… 벼, 별것 아니지만 받아 주세요……."

내가 그렇게 말하면서 내민 만두 세트를, 효이자부로와 그녀의 아내가 동시에 움켜잡았다.

"……여보, 이건 카즈마 씨가 나에게 준 거니까 손 떼."

"어머, 당신도 참. 아까까지 자네 같은 호칭을 쓰면서 남 대하듯 해놓고 선물을 받자마자 카즈마 씨라는 친근한 호칭을 쓰는 건가요? 부끄러우니까 그만 하세요. 이건 오늘 저녁 반찬이에요. 당신이 술안주로 삼게 둘 수는 없다고요."

그녀는 그런 웃기지도 않는 농담을 했다.

저기, 그건 만두거든요? 술안주나 저녁 반찬이 아니라고요.

내가 태클을 날리고 싶은 마음을 참고 있을 때, 코멧코가 환한 목소리로 외쳤다.

"먹을 거?! 저기, 그건 단단한 먹을 거야?! 항상 먹는 멀건 죽 같은 게 아니라, 뱃속에서 오래가는 먹을 거 맞지?!"

……나는 가방 안에 있던 보존식량을 전부 꺼낸 후 입을 열었다.

"엄청…… 별건 아니지만……."

"카즈마 씨, 정말 잘 왔어! 여보, 가장 좋은 차를 내와!"

"우리 집에는 차가 한 종류밖에 없잖아요. 그래도 금방 끓여올 테니까 기다려주세요!"

—메구밍의 어머니가 끓여준 차를 홀짝이는 사이, 코멧코는 내가 가져온 만두를 양손에 하나씩 든 채 다람쥐처럼 먹

어댔다.

그런 코멧코가 만두를 우물우물 먹으면서 내 얼굴을 빤히 쳐다보았다.

코멧코가 양손에 쥔 두 개의 만두를 잠시 동안 쳐다보더니, 마른침을 삼킨 후…….

"……하나 줄게. 맛있어."

……아직 입을 대지 않은 만두를 나에게 내밀었다.

코멧코는 배가 고픈지, 나를 향해 내민 만두에서 눈을 떼지 못했다.

"코멧코, 다가가면 안 돼! 이 언니들 쪽으로 오렴!"

"그렇다, 코멧코! 그 남자는 네 언니에게 엄한 장난만 쳐대는 나쁜 오빠다. 그 남자가 본성을 드러내기 전에 이쪽으로 오거라!"

아쿠아와 다크니스가 그런 소리를 하자 코멧코는 고개를 갸웃거리면서 나를 쳐다보았다.

저 녀석들에게는 나중에 대가를 치르게 해줘야겠다. 그건 그렇고 코멧코는 진짜 천사네.

"마음 써줘서 고마워. 하지만 이 오빠는 지금 배가 부르거든? 그러니까 이건 코멧코가 먹어."

내가 그렇게 말하자, 코멧코는 「그렇구나!」 하고 말하면서 내 옆에 털썩 앉더니 만두를 묵묵히 먹었다.

그 모습을 보니 내 입가에는 절로 미소가 맺혔다.

그런 나를 본 효이자부로는 표정을 굳히면서 말했다.

"……먹을 걸 아무리 가지고 와봤자, 코멧코는 못 줘."

"오해예요! 저 두 사람 말을 믿지 말라고요!"

내가 필사적으로 그렇게 외쳐대고 있는 사이, 몰래 다가온 아쿠아가 만두를 먹고 있는 코멧코를 꼭 끌어안더니 내 마수로부터 코멧코를 지키려는 것처럼 낚아채갔다.

……저 녀석들, 진짜로 두고 보자.

코멧코는 아쿠아가 느닷없이 자신을 끌어안은 것도, 낚아채간 것도 개의치 않으면서 묵묵히 만두를 먹고 있었다.

이윽고 메구밍의 어머니가 차를 홀짝이고 있는 나를 향해 부드러운 미소를 지으며 말했다.

"그러고 보니 카즈마 씨는 엄청난 빚을 졌다고 들었어요. 카즈마 씨는 좋은 사람 같아 보이니 반대는 하지 않겠지만……. 저희 집 딸과의 결혼은 하다못해 빚을 청산한 후에 하는 편이 좋지 않을까요……?"

나는 입안에 있던 차를 힘껏 뿜었다.

"겨, 결혼이라뇨?! 평범한 친구 사이라고 몇 번이나 말했잖아요!"

내가 콜록거리면서 그렇게 말하자 메구밍의 어머니는 고개를 갸웃거리면서 말했다.

"딸의 편지를 읽고 두 사람이 매우 친밀한, 그러니까 그렇고 그런 사이라고 생각했는데 말이죠……."

"자, 잠깐만요. 그 편지에 뭐라고 적혀 있었는지 물어봐도 될까요?"

내가 마음을 진정시키는 사이, 효이자부로와 유이유이는 서로의 얼굴을 쳐다보았다.

이윽고 메구밍의 어머니가 입을 열었다.

"예를 들자면……."

함께 목욕을 했다든가.
소파에서
낮잠을 자고 있는
딸의 치마 안을
유심히 관찰했다든가.
춈스케에게
먹이를 주다가
「잘 들어. 이걸 훔쳐와.
그러면 더 맛있는
먹이를 줄게」라고
말하면서 팬티를
기억시켰다든가.
?

저희 딸을 점액 범벅으로
만들며 즐겼다든가.
마력을 다 쓴 저희 딸을
업어주면서
「너, 가슴 좀 커졌구나」라고
말했다든가.
Bust UP?

"……그런 성희롱을 일상다반사로 하는 사이라고……."

나는 그 이야기를 듣자마자 메구밍의 부모님 앞에서 무릎을 꿇었다.

그런 나를 향해 효이자부로가…….

"그래도 내버려둘 수 없는 소중한 동료라고 적혀 있더군. 빚더미에 앉은 데다 엄청 밝히고, 전투력도 어중간한 데다 입만 열었다 하면 폭언을 해대는 비상식적인 남자지만, 자기가 눈을 뗐다 하면 픽픽 죽어버린다고도 적혀 있었지? 우리 딸이 그렇게까지 말하는 걸 보면 분명 그렇고 그런 사이일 거라고 생각했는데……."

—하고 구구절절한 목소리로 말했다.

좀 걸리는 부분이 있었지만 소중한 동료라는 말을 듣고 조금 기뻤다.

그렇다. 이러쿵저러쿵 해도 우리는 서로의 결점도 털어놓을 수 있을 만큼 강한 유대로 이어져 있었다. 그러니 부모님에게 이딴 내용의 편지를 보냈다는 걸 알았다고 해도 메구밍을 향한 내 신뢰는…….

"그리고 자기가 카즈마 씨 파티의 메인 화력을 담당하고 있기 때문에, 자기가 빠지면 파티가 제대로 돌아가지 않는다더군요. 또한 직접 마왕군 간부 바닐을 해치웠고 다른 간부가 있던 성을 매일 공격해서 유인해낸 후, 그 간부를 해치우는 데에도 지대한 공헌을 했다고……."

……확실히 거짓말은 아니었다.

그리고 얼마 전에는 한스라는 간부도 해치웠다. 하지만 메구밍이 빠진다고 파티가 제대로 돌아가지 않는 건…….

"응응. 그뿐만 아니라 기동요새 디스트로이어에 결정타를 날렸다고도 했지! 이야, 내 딸이지만 정말 대단한걸!"

아내의 뒤를 이어 효이자부로 또한 진심으로 기뻐하며 그렇게 말했다.

거짓말은 아니다. 아니지만…….

나는 무심코 잠들어 있는 메구밍을 쳐다보았다.

방금까지 깊은 잠에 빠져 있던 메구밍은 나에게 등을 보이며 돌아누웠…….

이 녀석, 혹시 깨어 있는 거 아냐?

미심쩍은 눈길로 메구밍을 쳐다보는 나를 향해 그녀의 어머니는…….

"그 외에도 당신을 비롯한 동료들에 대해 많이 적혀 있었답니다……. 그런데 빚은 전부 얼마죠? 딸이 소속된 파티의 문제니 가능하면 도와주고 싶지만, 저희 집은 그렇게 유복한 편이 아닌지라……."

……미안해하는 목소리로 그렇게 말했다.

"아, 빚은 전부 갚았어요. 그리고 이번 여행을 끝내고 액셀 마을로 돌아가면 거금을 받기로 되어있죠. 그러니 이제 그런 걱정은 안 하셔도 돼요."

내가 별 생각 없이 한 말에 효이자부로가 반응을 보였다.

"……호오. 그럼 받기로 되어 있는 돈이 얼마나 되는지 물어봐도 될지……."

메구밍의 집에 온 탓에 약간 긴장한 나는 별다른 의문을 품지 않으며 솔직하게 말했다.

"3억 에리스 정도예요."

"""3억?!"""

……응? 괜한 소리를 했나?

효이자부로는 나에게 조금 다가왔다.

그리고 끝내주는 미소를 짓더니 가볍게 손뼉을 치며 말했다.

"아, 그래. 카즈마 씨. 오늘은 우리 집에서 자고 가게! 딸의 동료이자 친구이니 말이야! 뭣하면 쭉 여기서 살아도 되네! 모험가니까 제대로 된 집도 없을 것 아닌가!"

"그래요! 코멧코, 오늘은 이 거실에서 아빠, 엄마와 함께 같이 자자꾸나! 다른 두 분은 저희 방에서 주무세요! 하지만 집이 좁아서 방이라고는 거실과 저희 방, 그리고 옛날에 메구밍이 쓰던 방밖에 없답니다……. 여러분이 살게 된다면 여러모로 좁겠군요……. 저기, 당신. 이 기회에 리모델링이라도……."

그 두 사람이 당치도 않은 소리를 입에 담자 나는 약간 질린 표정을 지으면서 입을 열었다.

"그, 그게……. 저는, 그러니까, 액셀 마을에 있는 저택에서 살고 있거든요……."

"""저택!!"""

말실수를 했나.

나는 눈을 반짝이면서 나를 쳐다보고 있는 두 사람의 시선을 피하며 아쿠아와 다크니스에게 도움을…….

"자! 다음은 이 조그마한 상자에서 깜짝 놀랄 일이 일어날 거예요!"

"그 상자를 열면 안에서 뭔가가 튀어나오는 거겠지! 그래! 틀림없다, 코멧코!"

"우와! 우와!"

세 사람은 이쪽 이야기에는 전혀 관심이 없는 것 같았다.

6

이미 저녁때가 훌쩍 지났는데도, 메구밍은 여전히 자고 있었다.

뭐, 무리도 아닐 것이다.

파티 멤버 중에서 가장 똑 부러지는 녀석이지만 그래도

아직 열네 살에 불과한 것이다.

아르칸레티아에서의 여행을 끝낸 후, 제대로 쉬지도 않고 바로 여행을 떠난 데다가 폭렬마법을 쓴 바람에 마력이 고갈되고 말았다.

그렇게 여전히 잠을 자고 있는 메구밍을…….

"엄마! 고기! 고기!"

"여보, 배추는 미용에 좋대. 그러니 고기는 나한테 넘겨. 나는 네가 항상 아름다웠으면 좋겠어!"

"어머어머. 그러는 당신이야말로 요즘 들어 머리숱이 줄어들고 있잖아요? 그러니 해조 샐러드나 드세요!"

그녀의 가족들은 전혀 신경 쓰지 않았다. 오랫동안 메구밍을 만나지 못했던 그녀의 가족들은 여전히 잠에서 깨어나지 못하는 딸은 안중에도 없다는 듯, 내가 사온 식재료로 만든 요리를 앞 다투어 먹고 있었다.

식사 메뉴는 전골이었다.

아쿠아는 식재료와 함께 사온 술을 마셨고, 다크니스는 남들과 한 밥상에 둘러앉아 식사를 하는 게 처음인지 약간 긴장한 것 같았다.

이런 상황에서의 식사예절을 잘 모르는 그녀는 내 흉내를 내면서 기품 있게 식사를 하고 있었다.

이윽고 배가 찬 코멧코는 눈을 반짝이면서 말했다.

"저기, 아빠, 엄마! 파란머리 언니 말인데, 정말 대단해!

조그마한 상자 안에서 커다란 네로이드를 꺼내더라구!"

우와, 어떻게 한 건지 좀 궁금하네.

내가 코멧코의 말에 귀를 기울이고 있다는 사실을 눈치챈 다크니스가 입을 열었다.

"정말 엄청났다, 카즈마. 물리적으로 말도 안되는 일이 일어났지. 조그마한 상자에서 상자보다 큰 네로이드가 튀어나오더니 창밖으로 도망친 거다. 대체 뭘 어떻게 한 건지 아까부터 계속 생각해보고 있다만……."

나는 다크니스의 말을 듣고 술을 마셔서 기분이 좋아 보이는 아쿠아를 향해 고개를 돌렸다.

"……어이. 네 연회용 장기자랑을 나한테도 좀 보여주면 안 될까? 전부터 꽤 보고 싶었거든."

"싫어. 그런 건 말이야. 남이 보여 달라고 했을 때가 아니라, 내가 보여주고 싶을 때 선보여야 하는 거야. 정 보고 싶으면 내가 연회용 장기자랑을 선보이고 싶다는 생각이 들 정도의 연회를 베풀라구."

그렇게 말한 아쿠아는 술안주로 삼던 완두콩을 손가락으로 튕겨서 내 입을 향해 날렸다.

"형편없네……. 모처럼 입 근처를 향해 날려줬는데 받아먹지도…… 그, 그러지 마! 너, 술도 얼마 안 마시면서 내 완두콩을 전부 가져가지 말라구!"

그렇게 저녁 식사 시간은 평온하게 흘러갔다.

오랜만에 일본에서 가족들과 함께 식사하던 때를 떠올린 나는, 최근 며칠 동안 야외에서 지내며 느꼈던 긴장감을 잊고 편안한 식사를 즐겼다.

—그리고 내가 목욕을 마치고 거실로 돌아왔을 때였다.

"바보 같은 소리 하지 마라! 자기 딸을 아끼는 마음이 없는 것이냐?! 당신이 하려는 건 일주일 동안 굶긴 야수의 우리에 맛있어 보이는 새끼 양을 집어넣는 짓이나 마찬가지다!"

내가 우리 일행 중 마지막으로 목욕을 하고 거실에 가보니 다크니스의 고함 소리가 들려왔다.

왜 저러는 거지 하고 생각하며 거실을 쳐다보자 효이자부로가 거실 중앙에서 코를 골며 자고 있었다.

내가 목욕을 하러 갈 때까지만 해도 깨어 있었는데 말이다. 그 사이에 잠들어버린 건가?

아쿠아도 보이지 않았다. 아무래도 자신에게 주어진 방에 가서 자고 있는 것 같았다.

"하지만 지금까지 한 지붕 아래에서 같이 살았지만 아무 일도 없었다면서요? 그럼 문제될 건 없네요. 딸은 이미 결혼할 수 있는 나이이고 카즈마 씨 또한 분별력 있는 어른이잖아요. 설령 무슨 일이 있더라도 그것은 서로의 합의 하에서 일어난

일 아닐까요? 그렇다면 부모로서도 할 말은 없답니다."

아무래도 나와 메구밍이 한방에서 자는 것을 다크니스가 반대하고 있는 것 같았다.

개인적으로는 어디서 자든 아무 문제없는데 말이다.

한편, 메구밍의 어머니는 입가에 장난기 섞인 미소를 머금더니…….

"……그런데 다크니스 양은 왜 그렇게 반대하는 거죠? 카즈마 씨와 저희 딸이 한방에서 자는 걸 반대하는 이유라도 있는 건가요?"

나도 조금 신경 쓰이는 질문을…….

"뭐어?! 그런 식으로 말하면 내가 질투라도 하고 있는 것 같아 매우 불쾌하니, 그만해줬으면 좋겠다만……."

……응.

"그, 그런가요. 죄송해요. 제가 착각을 한 것 같군요. 하지만 다른 두 분이 묵는 방에 저희 딸까지 재운다면 너무 좁을 거예요. 그러니 누군가가 카즈마 씨와 같이 자야 할 것 같은데……."

메구밍의 어머니가 그렇게 말하자 다크니스가 반론했다.

"그럼 효이자부로 씨가 카즈마와 같이 자면 되지 않는가."

"아."

다크니스가 지당하기 그지없는 의견을 내놓자 메구밍의 어머니는 당황했다.

아니, 확실히 맞는 말이기는 하지만 그래도 분위기 파악을 좀 하는 편이…….

"그런 색기라고는 눈곱만큼도 없는…… 어, 어험, 딸의 편지에 적혀 있던 내용으로 볼 때, 코멧코를 카즈마 씨와 같이 재우는 것은 말도 안 된답니다. 그리고 제 남편을 같이 재우는 것도 조금 불안해요……."

어이, 아줌마. 무슨 소리를 하는 거야. 나를 대체 어떤 인간이라고 생각하는 건데?

내일이라도 메구밍이 보낸 편지를 전부 보여 달라고 해야겠다.

바로 그때, 다크니스가 흥분한 목소리로 힘차게 말했다.

"그렇다면……! 내가 같이 자겠다! 나라면 저 짐승이 말도 안되는 짓을 벌이더라도 필사적으로 저항하면 어떻게든 될 것이다……! 아니, 제아무리 저항을 한들 저 남자의 상상을 초월한 욕망에 굴복해 엄청난 짓을 당할지도 모른다. 그, 그래. 이번 여행 동안, 저 녀석의 욕망은 끝도 없이 쌓였겠지. 게다가 저 녀석은 어제 밤을 샜다. 남자들은 밤샘을 한 다음 날 특히 욕망이 끓어오른다고 하지……! 나를 꼼짝 못하게 잡은 후, 내 입을 막으면서「코멧코가 깰 거야. 다른 사람들이 들을지도 모른다고. 그게 싫으면 조용히 있어」라고 협박을……."

"『슬리프』."

메구밍의 어머니가 마법을 사용하자, 말도 안되는 소리를 늘어놓던 다크니스가 무너지듯 그 자리에서 쓰러졌다.

이, 인정사정없네.

……나는 이런 소동이 발생했는데도 깨어나지 않는 효이자부로를 문뜩 쳐다보았다.

혹시 효이자부로도…….

거실 입구에서 상황을 지켜보고 있던 나를 발견한 메구밍의 어머니가 꾸벅꾸벅 조는 코멧코는 한 손으로 안아들더니…….

"어머, 카즈마 씨. 목욕하고 오셨군요. 그럼 잠든 다크니스 양을 옮기는 걸 도와주지 않겠어요?"

—빙긋 웃으면서 그렇게 말했다.

7

"고마워요. 아무래도 다크니스 양은 여행을 하면서 피로가 많이 쌓인 것 같아요. 아마 내일 아침까지 일어나지 못하겠죠. 그리고 저나 남편, 그리고 코멧코도 한번 잠들면 제아무리 큰 소리가 나도 좀처럼 깨지 않는답니다. ……그럼 카즈마 씨도 피곤할 테니 이제 그만 쉬세요."

그녀는 그렇게 말하면서 나를 메구밍이 자고 있는 방 쪽으로 밀었다.

"으, 으음……. 그럼 저도 이만 자도록 할게요. ……그리고 혹시나 해서 말해두는 건데, 메구밍과 한방에서 자봤자 아무런 일도 일어나지 않을 거예요. 만년 발정기인 변태 크루세이더가 아까 한 말은 전부 헛소리라고요."

"알아요. 아니까 걱정하지 마세요! 그리고 만일의 사태가 벌어지더라도 제대로 책임만 져주시면 된답니다……!"

이 아줌마, 전혀 모르는 것 같은데?

그녀는 나를 메구밍이 있는 방에 억지로 밀어 넣었다.

"그럼 푹 쉬세요……!"

메구밍의 어머니가 한 말을 들으면서…….

나는 어두운 방 안을 쳐다보았다.

어느새 이 방으로 옮겨진 메구밍이 방 한가운데에서 자고 있었다.

자고 있을 때의 메구밍은 확실히 미소녀였다.

창문으로 스며들어오는 희미한 달빛이, 잠들어 있는 메구밍의 얼굴을 상냥하게 비췄다.

촉촉하면서도 윤기 넘치는 메구밍의 흑발을 보고 있으니, 마치 그대로 그녀에게 빨려들어갈 것만 같은 느낌이…….

……뭘 빤히 쳐다보고 있는 거야.

매일같이 보던 메구밍에게서 눈을 떼지 못하는 것도 오크들이 나에게 심은 트라우마 때문일지 모른다.

액셀 마을에 돌아가면 서큐버스 누나들에게 마음을 케어해달라고 하자.

나도 여러모로 피곤하니 이제 그만 자야겠다.

……내가 그렇게 생각한 순간이었다.

"『로크』!"

방 밖에서 그런 목소리가 들려왔다.

아마 메구밍의 어머니가 마법으로 이 방의 문을 잠근 것이리라.

곧 거금이 생길 거라는 소리를 함부로 한 나도 문제지만 저 아줌마도 정말 문제였다.

아무리 딸이 쓴 편지에서 자주 언급되던 남자라도, 부모로서 이런 짓을 해도 정말 괜찮은 걸까.

딸의 안목을 신뢰하고 있는 걸까.

……뭐, 좋다. 빨리 잠이나 자자.

그렇게 생각하면서 좁은 방 안을 둘러본 나는 그제야 깨달았다.

메구밍이 자고 있는 이부자리 이외에는 제가 잘 만한 곳이 없는데요.

8

창문을 통해 스며들어오는 달빛을 받으며 나는 딱딱하게 굳어 있었다.

내 시선은 깊은 잠에 빠져든 메구밍을 향하고 있었다.

지금 이 공간에는 나와 메구밍, 단 둘밖에 없었다.

술을 마신 아쿠아는 이미 잠들었고 훼방을 놓을 것 같은 효이자부로와 다크니스는 메구밍의 어머니가 마법으로 재웠다.

……게다가 밖에서 마법으로 문을 잠근 탓에 이 방에는 아무도 들어올 수 없고 우리 또한 나갈 수 없었다.

그야말로 밥상이 제대로 차려져 있었다.

게다가 이 방에는 이부자리가 하나만 깔려 있었다.

봄이라고는 해도 밤이 되면 꽤 추웠다.

아무리 방 안이라지만 이불도 덮지 않고 잠들었다간 감기에 걸릴지도 모른다.

만약 감기가 악화되어 폐렴에 걸리기라도 하면 어쩌지?

이 세계의 회복 마법으로도 병은 고칠 수 없다고 들었다.

병에 의한 사망은 수명이 다한 걸로 취급되기 때문에 리저렉션으로 소생시키는 것은 불가능하다고 한다.

즉, 전투 중에 죽는 것보다 병 때문에 쓰러지는 게 더 무시무시하다고 할 수 있었다.

그러니 내가 저 이부자리에 들어가 메구밍의 옆에서 자더라도 전혀 문제될 것은 없을 것이다…….

"…………."

나는 진지하게 생각해봤다.

이부자리에서 곤히 자고 있는 메구밍을 덮친다면 나는 다크니스와 아쿠아가 말하는 인간 말종, 쓰레기가 되고 만다.

나는 신사다. 결단코 그런 남자가 아니다.

하지만 이런 상황을 만든 사람은 바로 메구밍의 부모님이다. 즉, 부모님에게 허락을 받은 것이나 마찬가지였다.

그렇다면 메구밍에게 고소를 당하더라도 이길 수 있으리라.

아니, 진짜로 이길 수 있을까?

애초에 이쪽 세계의 재판 시스템은 어떻게 되어 있더라?

젠장, 이쪽 세계의 법률을 좀 더 공부해둘 걸 그랬어!

이럴 때는 좀 더…….

아니, 그게 아니다.

소송을 당하는 게 문제가 아닌 것이다. 논점 자체가 어긋났다.

아무래도 나 또한 이런 상황이라서 혼란에 빠진 것 같았다.

진정해, 진정하라고, 사토 카즈마. 일단 차분하게 생각해 보자!

뭔가를 생각하려 해도 추위 때문에 머리가 잘 돌아가지 않았다.

봄인데도 밤이 되니 꽤 추웠다. 일단 이불 안에 들어가서 몸을 따뜻하게 하자.

나는 메구밍을 깨우지 않기 위해 세심하게 주의를 기울이면서 이부자리 안으로 들어갔다. 그 후, 옆에 있는 메구밍의 체온을 느끼고 그녀의 깊은 숨소리를 들으며 다시 한번 잘 생각을…….

………….

나 지금 뭘하고 있는 거지?!

정말 교활하기 그지없는 함정이다. 나도 모르게 메구밍의 옆에 눕고 말았다.

나는 몸을 일으키려다 문뜩 눈치챘다.

이대로 허둥지둥 이부자리에서 뛰쳐나갔다고 가정해보자.

그러면 마치 이 타이밍을 기다리기라도 한 것처럼 메구밍이 눈을 뜨지 않을까?

그리고 그 후에는 만화나 애니메이션에서 흔히 나오는 상황이 벌어질 것이다.

그렇다. 메구밍이 다짜고짜 나를 치한으로 몰고 가는 것이다.

그렇게 되면 나는 아무 짓도 하지 않았다든가, 네 부모님이 멋대로 이런 일을 벌였다 같은 변명을 아무리 해본들 누구도 믿어주지 않을 것이다.

정말 불합리하기 그지없는 일이다.

이게 바로 치한 누명이라는 것인가.

나는 선조들이 범했던 실수를 반복하고 싶지 않았다.

아무 짓을 하지 않아도 그런 부당하기 그지없는 미래를 맞이하게 될 바에야……!

—발상을 전환시켜, 범죄를 저질러 버리기로 했다.

메구밍의 숨소리가 들려왔다.

우와, 왠지 가슴이 두근거리기 시작했다.

나, 혹시 엄청난 짓을 저지르려고 하는 게 아닐까?

하지만 오해는 하지 말아줬으면 한다. 나는 성욕이 없는 성자(聖者)가 아니다. 흔하디흔한, 성욕이 넘쳐흐르는 남자애다.

그런 건전한 남자가, 곤히 잠든 미소녀와 한 이부자리에 누워있는 상황에서 아무 짓도 하지 않을 리 없다.

게다가 이 상황을 만든 사람은 메구밍의 부모님이다.

걱정 없다. 이길 수 있다.

이 정도 상황이라면, 상대가 세나일지라도 재판에서 이길 수 있다……!

각오를 다진 내가 행동을 개시하려고 한 바로 그 순간이었다.

메구밍이 눈을 번쩍 뜨더니, 옆에 누워있는 나를 졸린 눈길로 쳐다보았다.

"안녕. 잘 잤어?"

"아……. 안녕하세요, 카즈마. ……으음, 저는 얼마나 잔거죠……?"

지금은 한밤중이다.

심야라고 할 시간은 아니지만, 메구밍이 잠시만 자겠다며 잠이 든 후로 얼추 여덟 시간 정도가 지났다.

내가 여덟 시간 정도 잤다고 말하자 메구밍은 그렇군요 하고 중얼거렸다.

……그리고 그제야 지금 상황을 눈치챈 것 같았다.

"……그런데, 저는 왜 카즈마와 한 이부자리 안에서 자고 있는 건가요?"

메구밍은 천장을 올려다보면서 그렇게 말했다.

나도 그녀와 마찬가지로 천장을 올려다보고 말했다.

"……부끄러우니까 묻지 마."

"예엣?!"

메구밍은 내 말을 듣자마자 벌떡 일어섰다.

"어이, 추우니까 이불 걷지 마. 그리고 좀 진정하라고."

"어떻게 진정하냐고요! 자고 일어나보니 그리운 제 방에서 카즈마와 함께 누워 있단 말이에요! 진정할 수 있을 리가……!"

그렇게 외치면서 이불 밖으로 튀어나간 메구밍은 자신의 몸을 손으로 더듬었다.

무슨 짓을 당한 것은 아닌지 확인하고 있는 것 같았다.

그리고 잠시 후, 안심한 표정을…….

“어이, 혹시 내가 자고 있는 여자애한테 이상한 짓을 하는 쓰레기라고 진짜로 생각하는 거야? 전부터 생각했던 건데 너희는 나를 어떻게 보는 거야? 1년 넘게 같이 지내면서도 아무 일도 없었잖아. 아까도 다크니스 녀석이 나와 메구밍을 한 방에서 재우면 안 된다며 말도 안되는 소리를 해댔다고.”

나는 메구밍이 뛰쳐나간 탓에 흐트러진 이불을 목까지 덮으면서 말했다.

그러자 메구밍은 말문이 막힌 반응을 보였다.

“……윽. 그, 그건……. 맞는 말이네요. 죄송해요……. 잠에서 깨어나 보니 이런 상황이 되어 있어서 약간 당황했어요……. 카, 카즈마는 장난치듯 성희롱을 하지만 장난으로 넘길 수 없는 이런 상황에서 진짜로 사고를 칠 사람은 아니죠.”

그렇게 말한 메구밍은 약간 안심이 되는지 미소를 지었다.

그런 메구밍을 본 나는 이불 밖으로 목만 내민 상태에서 말했다.

“당연하지. 나를 무시하지 말라고. 애초에 내가 이 방에 있는 건 네 어머니가 나를 이 방에 가뒀기 때문이야. 나를 이 방에 밀어 넣더니 마법으로 방문을 잠가버렸다고. 그래서 어쩔 수 없이 네가 누워있는 이부자리 안에 들어온 거야.”

메구밍은 내 말을 듣더니 땅이 꺼져라 한숨을 내쉬었다.

그리고 그제야 뭐가 어떻게 된 건지 알겠다는 듯이…….

“엄마라는 사람이 정말…….”

메구밍이 고개를 푹 숙인 채 그렇게 말하자, 나는 이불을 걷은 후 내 옆자리를 손으로 두드렸다.

"뭐, 그렇게 된 거야. 아무튼 추우니까 빨리 이불 안에 들어와. 아무 짓도 하지 않을 테니까 걱정하지 말라고."

내가 그렇게 말하자 메구밍은 한순간 표정을 굳히더니…….

그대로 고개를 숙이면서 가라앉은 목소리로…….

"……진짜로 아무 짓도 안 할 건가요? 단둘이 있는 데도요?"

그런 의미심장한 소리를 했다.

응?

뭐, 뭐야. 무슨 짓을 해도 되는 거야?

야영 때 내 손을 잡은 것도 그렇고 역시 나한테 마음이 있는 거냐!

나는 아까까지 자기 입으로 했던 말을 힘차게 부정했다.

"바보야. 단둘이 있는데 아무 짓도 하지 않을 리 없잖아! 나는 네 부모님에게 허락까지 받았다고!"

메구밍은 그 말을 듣자마자 창가를 향해 뛰어가더니…….

"그럴 줄 알았어요! 오늘은 융융의 집에 가서 잘래요!"

"아앗?! 젠장, 내 속마음을 떠본 거냐!!"

메구밍은 창밖으로 몸을 날리더니 어둠 속으로 사라졌다.

제4장 이 잠들기 힘든 밤에 대의명분을!

1

다음 날 아침.

일하러 가는 메구밍의 부모님을 배웅한 후, 아침 식사를 마친 우리는 거실에서 느긋하게 시간을 보내고 있었다.

"메구밍, 메구밍. 이 마을 관광 좀 시켜줘."

아쿠아가 융융의 집에서 자고 아침에 돌아온 메구밍에게 그렇게 말했다.

"관광이라니, 너……. 이 마을이 지금 마왕군과 싸우고 있다는 걸 잊은 거야?"

나는 어이없어 하면서 그렇게 말했다. 하지만 어제 홍마족이 마왕군을 일방적으로 유린하는 광경을 봤기 때문인지, 아쿠아가 이런 소리를 하는 것도 무리는 아니라는 생각이 들었다.

"뭐, 좋아요. 마을에는 별다른 문제가 없어 보이니 텔레포트 마법으로 액셀에 전송시켜 달라고 해도 되겠지만요. 뭐, 아쿠아 말대로 오늘 하루는 이 마을 구경을 하면서 느긋하게 보낸 후, 하룻밤 더 묵고 갈까요?"

게다가 홍마족 또한 이런 소리를 하고 있었다.

"흐음, 액셀로 텔레포트할 수 있는 사람이 있구나. 그럼 편하게 돌아갈 수 있겠네."

나에게 있어서는 무엇보다도 기쁜 소식이었다.

그렇게 하면 오크의 영역을 통과하지 않아도 된다.

"**카오물** 씨는 꽤 기뻐 보이네. 나는 메구밍과 같이 이 마을을 관광할 건데, 너희는 어떻게 할래?"

"뭐, 나도 딱히 할 일은 없으니 같이……. ……어이, 너 방금 나를 뭐라고 불렀어?"

내가 무심코 아쿠아 쪽을 쳐다보니 그녀는 영문을 모르겠다는 듯 고개를 갸웃거렸다.

"내가 방금 이상한 소리라도 했어?"

"아, 아냐……. 내 기분 탓……인가……? 뭐, 좋아. 다크니스는 어떻게 할래?"

내가 그렇게 묻자, 다크니스는 갑옷 손질을 멈추면서 말했다.

"나는 가보고 싶은 곳이 있다. 이 마을에는 솜씨 좋은 대장장이가 있거든. 갑옷 애호가로서 이 기회에 꼭 들러보고 싶다. **카레기**와 너희는 나를 신경 쓰지 말고 관광이나 해라."

"그래? 알았……. ……어이, 방금 뭐라고 했어?"

"그럼 아쿠아와 **카말종**, 두 사람만 관광을 하는 거네요. 이 마을에는 다양한 관광명소가 있으니 심심하지—."

"야 이 자식들아, 방금 뭐라고 지껄였어어어어어어어어어엇?!"

내가 고함을 지르자 아쿠아는 영문을 모르겠다는 표정을 지었다.

"왜 그래? 자고 있는 메구밍에게 엄한 짓을 하려고 한 **카오물** 씨."

"잘못했습니다……!!"

양손으로 얼굴을 가린 나는 그대로 무너지듯 고개를 숙였다.

내가 아침에 일어나기 전, 어젯밤 일이 두 사람의 귀에 들어갔나 보다.

하지만 나도 건전한 남자애다. 그런 상황에서 차려진 밥상을 사양하는 것은 힘들단 말이다.

솔직히 말해 여자애와 한 이불 안에서 자는데 아무 짓도 하지 않는 건 무례 아닐까?

내가 그런 내용의 열변을 토하자…….

"—오크에게 한 번 더 당했으면 좋겠어요."

메구밍이 쓰레기를 보는 눈길로 나를 쳐다보았다.

2

그 후, 이 마을에 딱 하나뿐인 카페에서 한턱 쏜 후에야 나를 인간 취급해주기 시작한 메구밍은 우리를 어떤 곳으로 안내했는데…….

"이게 뭐야?"

이게 내가 그 장소에서 처음으로 한 말이었다.

우리를 신사 같은 곳으로 안내한 메구밍이 「이게 이 마을의 신체(神體)[#1]예요」라고 말하면서 보여준 것은 바로…….

"이건 영락없는 고양이 귀 학교 수영복 소녀 피규어잖아."

신사 안쪽에 모셔져 있는 것은 미소녀 피규어였다.

"먼 옛날, 몬스터에게 공격받던 여행자를 선조님이 구해줬는데……. 그때 그 여행자가 답례라면서 준 게 바로 이 신체예요. 그 여행자는 「이건 나에게 있어 목숨보다 소중한 신체야」라고 말했대요. 어떤 신인지는 모르지만 효험이 있을지도 모르니 이렇게 소중히 모시고 있는 거예요. 이 신사라는 시설도 그 여행자가 가르쳐준 것 같아요."

그 여행자는 일본인이 틀림없어.

"저기, 카즈마. 미소녀 피규어가 신으로 여겨지고 있는 모습을 보니 짜증이 치솟아."

"이런 걸 가진 녀석을 이쪽 세계로 보낸 너야말로 홍마족에게 사과해."

#1 신체(神體) 신령이 깃든 것으로 여겨지는 신성한 물체

—그런 반응을 보이는 우리를 의아하게 여기던 메구밍이 다음에 안내해준 장소는…….

“이게 바로 뽑은 사람에게 커다란 힘을 준다는 성검이에요.”

“역시 홍마족의 마을이네! 엄청난 게 있잖아!”

검 한 자루가 꽂힌 바위가 있는 곳이었다.

이 검을 뽑은 자에게는 전설의 힘이…… 라는 건 게임에서 자주 나오는 유명한 이벤트였다.

“저, 저기, 한번 도전해 봐도 돼?”

“그건 상관없지만, 그게 뽑히려면 시간이 좀 걸릴 걸요? 대장간 아저씨에게 도전료도 내야 하고요. 도전할 거면 좀 더 나중에 하는 편이 좋을 거예요. 한 사람당 딱 한 번만 도전할 수 있거든요.”

흥분을 감추지 못하는 나에게 메구밍이 그런 소리를…….

뽑히려면 시간이 걸린다?

대장간 아저씨에게 도전료를……?

“선택받은 용사만이 이 검을 뽑을 수 있는 거 아냐? 아, 시간이 지나면 봉인이 약해져서 뽑기 쉽다든가…….”

“그 검은 관광객을 끌어들이기 위해 대장간 아저씨가 만든 성검이에요. 만 번째 도전자가 검을 뽑으려고 하는 순간에 풀리는 마법이 걸려 있죠. 지금까지 도전한 사람은 백 명 정도밖에 안 돼요. 저걸 만든 지 아직 4년밖에 안 됐거든요.”

"어이, 꽤 역사가 얕은 성검이네."
내가 어이없어 하고 있을 때, 아쿠아가 그 검에 다가가더니 감정을 해봤다.
"저기, 내 마법으로 이 검의 봉인을 풀 수 있을 것 같아. 이거, 가져가도 돼?"
"아, 안 돼요. 이 마을의 관광자원 중 하나니까 가지고 가지 마세요!"

—우리가 그 다음에 향한 곳은 나무 그늘에 존재하는 조그마한 샘이었다.
"이건 『소원의 샘』이라 불리는 샘이에요. 이 샘에는 전설이 하나 있는데요. 도끼나 코인을 공물로 바치면 금과 은을 관장하는 여신이 소환된대요. 그 덕분에 요즘도 때때로 도끼나 코인을 던지는 사람이 있다더라고요."
그건 우리 세계에서 유명한 전래동화와 비슷한 것 같은데?
"대체 누가 그런 소문을 퍼뜨린 건지는 모르겠지만……. 친절한 대장간 아저씨가 정기적으로 샘 안에 있는 걸 치우지 않았다면, 지금쯤 이 샘은 철제 잡동사니의 산이 되었을 거예요."
"……참고로 그 대장간 아저씨는 주워간 코인이나 도끼를 어떻게 하는데?"
"그야 물론 무기나 방어구의 재료로 재활용하죠."

그 소문을 퍼뜨린 장본인이 누구인지 알 것 같았다.

"그럼 다음 관광시설을……. 어? 아쿠아는 어디 간 거죠?"

그러고 보니 아쿠아의 모습이 보이지 않았다.

그리고 샘의 표면에 잔물결이 일더니—.

"……너, 내가 잠시 눈을 뗀 사이에 뭘 하고 있는 거야?"

샘의 중앙에서 자칭 물의 여신이 얼굴만 쏙 내밀었다.

우리가 잠시 눈을 뗀 사이에 샘에 뛰어든 것 같았다.

"코인을 던진다기에 좀 주워갈까 해서 말이야. ……저기, 관광 시즌이 되면 한동안 내가 샘의 여신으로 고용되어줄 수도 있어."

"좋아. 그럼 내가 철제 도끼를 던질 테니까 그걸 금도끼로 바꿔봐."

아쿠아는 던질 만한 게 없는지 주위를 살펴보는 나를 향해 물을 뿌렸다.

"둘 다 장난 그만 쳐요. 이제 그만 다음 장소로 가죠!"

—메구밍이 다음으로 우리를 안내한 곳은 별 특색 없어 보이는 지하 입구였다.

마치, 핵 피난소의 입구 같은 느낌의…….

"이곳은 『세계를 멸망시킬지도 모르는 병기』가 봉인되어 있는 지하시설이에요. 대체 언제부터 여기에 있었는지도 알 수 없는 시설인데……. 저곳에 있는 정체불명의 시설과 같이 만들어졌다고 해요…….”

메구밍이 정체불명의 시설이라고 부르면서 손가락으로 가리킨 곳에는 그녀의 말대로 정체불명의 거대 시설이 있었다.

저건 뭐지? 콘크리트 건물 같아 보이는데…….

“정체불명의 시설이 뭐야? 대체 뭐하는 데 쓰이는 시설인데?”

“정체불명의 시설은 말 그대로 정체불명의 시설이에요. 용도도 알 수 없고 누가 어떤 목적으로 만들었으며, 언제 만들어졌는지도 알 수 없는 시설이죠. 안을 탐색해봤는데도 뭘 하는지 알 수 없어서 정체불명의 시설이라고 부르며 그냥 남겨두고 있어요.”

대체 이 마을은 어떻게 되어먹은 곳인 걸까.

“그래도 세계를 멸망시킬지도 모르는 병기라……. 꽤 무시무시한 것도 있네. 뭐, 홍마족은 뛰어난 마법사 집단이잖아. 그렇게 쉽게 봉인이 풀리지는 않을 것 같으니까, 여기보다 좋은 보관 장소는 없을지도 모르겠네.”

내가 그런 말을 중얼거렸을 때…….

“저기, 메구밍. 여기 이외에 뭔가 엄청난 게 잠들어 있는 장소는 없어?”

“한발 늦었네요. 예전에는 『사신이 봉인된 무덤』과 『이름 없는 여신이 봉인된 토지』가 있었는데, 이런저런 일 끝에 양쪽 다 봉인이 풀려버리고 말았어요.”

"너희 마을의 봉인은 너무 엉성한 거 아냐?! 어이, 세계를 멸망시킬지도 모르는 병기의 봉인은 괜찮은 거지?!"

"괘, 괜찮아요. 그 시설의 봉인은 아무도 읽을 수 없는 고대 문자로 적힌 수수께끼(리들)를 해독한 후, 그 답을 입력해야만…… 그, 그런 눈으로 보지 마세요. 진짜로 괜찮으니까 믿어달라고요!"

—메구밍이 들르고 싶은 곳이 있다면서 우리를 어떤 가게로 데려갔다.

그곳은 옷가게 같아 보였다.

고풍스러운 옷 모양의 마크가 그려진 간판이 걸려 있으며 문에 달린 유리 너머로는 검은색 로브를 걸친 근엄한 가게 주인이 보였다.

메구밍이 안으로 들어가자 이 가게의 주인은 우리를 쳐다보더니…….

"어서 오세……. ……응? 메구밍, 혹시 그 사람들은 외부인이니?"

그런 소리를 하면서 날카로운 시선으로 우리를 지그시 쳐다보았다.

그 시선을 받고 기가 죽은 아쿠아는 내 등 뒤에 숨었다.

왜, 왜 저러지? 우리가 무슨 사고라도 쳤나?

혹시 외부인에게 편견이라도 가지고 있는 사람인가?

내 가슴이 콩닥거리고 있는 사이, 메구밍이 고개를 끄덕였다.

그러자 그 사람은 갑자기 벌떡 일어서더니 좁은 가게 안에서 로브에 달린 망토를 능숙하게 펄럭이며 말했다.

“내 이름은 체케라! 아크 위저드이자 상급 마법을 펼치는 자. 홍마족 제일의 옷가게 주인!”

이 마을 사람들은 이렇게밖에 자기소개를 못하는 걸까.

진지한 표정으로 자신의 이름을 밝힌 옷가게의 주인은 만족스러운 미소를 지었다.

“자, 어서 와! 이야, 외부인은 정말 오래간만에 보네! 얼마 만에 자기소개를 한 건지 모르겠다니깐! 덕분에 속이 개운해졌어.”

……속이 개운해지기 위한 행위인 건가.

“사토 카즈마라고 해요. 여기가 홍마족 제일의 옷가게군요. 정말 대단하네요.”

내 말을 듣고 기분이 좋아진 가게 주인은 방긋 웃으면서 말했다.

“아, 홍마의 마을에는 옷가게가 우리 가게뿐이거든.”

“나를 바보 취급하는 거지?”

나는 무심코 태클을 날렸다.

“이 마을에는 가게 자체가 몇 개 안 돼. 옷가게는 여기뿐이고, 신발가게도 하나뿐이지. 라이벌이 있는 가게는 하나도 없어."

그러고 보니 붓코로리라는 사람도 홍마족 제일의 신발가게 아들이라고 말했었다.

내 시선을 받은 메구밍은 거북하다는 듯 고개를 돌렸다.

"뭐, 그것보다 오늘은 무슨 일로 온 거지? 혹시 살 거라도 있어?"

가게 주인이 그렇게 묻자…….

"실은 여벌용 로브가 필요해서요. 이것과 똑같은 로브는 없나요? 옛날에 융융에게 받은 로브인데, 한 벌 밖에 없으니 여러모로 불편하네요."

메구밍은 그렇게 말하면서 자신이 입고 있는 로브를 옷가게 주인에게 보여줬다.

"—그 타입의 로브라면 막 염색이 끝난 게 있어."

옷가게 주인은 장대에 널어서 말리고 있는 로브 앞으로 우리를 안내했다.

그곳에는 메구밍이 입고 있는 것과 똑같은 타입의 로브가 널려 있었다.

"일단 여기 있는 걸 전부 다 주세요."

"전부 다? 흐음, 메구밍이 부르주아 같은 소리를 다 하네……. 모험가로서 성공했나 보구나!"

"뭐, 곧 제 이름이 이 마을에도 전해질 거예요. 그리고 이 로브는 제 승부 복장 같은 거니까요. 많으면 많을수록 좋아요. ……그런고로 곧 부자가 될 예정인 카즈마, 돈 좀 빌려 주세요.”

“너, 너어……. 뭐, 좋아. 당분간은 이 마을에 올 일도 없으니까 말이야.”

상품이 잔뜩 팔려 기분이 좋아 보이는 옷가게 주인은 장대에 널린 로브를 걷었다.

그리고 장대인 줄 알았던 그 물건을 본 나는 무심코 입을 열었다.

“……어이.”

“……응? 왜 그래요?”

장대를 보고 왜 그러냐는 표정으로 쳐다보는 메구밍에게…….

“너, 이건……. 아니, 잠깐만 있어봐. 왜 이런 걸 장대로 쓰고 있는 거야?”

“응, 손님. 이게 뭔지 알아? 이건 우리 집에 대대로 내려오는 유서 깊은 장대야. 녹도 잘 슬지 않기 때문에 애용하고 있지.”

옷가게 주인은 밝은 목소리로 그렇게 말했지만…….

아쿠아는 그것을 흥미로운 눈길로 쳐다보면서 말했다.

“아무리 봐도 라이플이잖아.”

그렇지?

장대 정도 길이의 무시무시한 라이플이 장대 대신 쓰이고 있었다.

이 마을 사람들은 이게 무기라는 사실을 모르는 것이리라.

고양이 귀 신사의 신체도 그렇고, 이 라이플도 그렇고, 콘크리트로 된 정체불명의 시설도 그렇고…… 이 마을은 도대체 어떻게 되어먹은 거지?

3

옷가게에서 나온 후, 마을 이곳저곳을 둘러본 우리는 언덕 위의 잔디밭에서 휴식을 취했다.

"경관이 좋은 곳이네. 도시락을 가지고 올걸 그랬어!"

"경관을 즐길 거면 산 정상에 있는 전망대를 추천할게요. 엄청 먼 곳까지 살펴볼 수 있는 마도구가 설치되어 있어서, 언제든지 마왕의 성을 살펴볼 수 있어요. 추천 감시 명소는 마왕의 딸이 지내는 방이래요."

"너희는 정말 골 때리는 종족이구나. 마왕의 성까지 돈벌이에 이용하는 거야?"

바로 그때, 잔디 위에서 뒹굴거리던 아쿠아가 말했다.

"저기, 메구밍. 확실히 경치가 좋기는 한데 말이야. 나는 분위기 있는 장소에 데려가 달라고 했었거든?"

"분위기 있는 장소 말인가요? 이 언덕의 이름은 『마신의 언덕』이에요. 이 언덕 위에서 고백한 후 맺어진 커플에게는 마신의 저주에 의해 영원히 헤어질 수 없게 된다는 전설이 있죠. 그래서 연인들 사이에서는 매우 인기 있는 로맨틱한 관광 명소……."

"완전 무시무시한 곳이잖아! 눈곱만큼의 로맨틱도 느껴지지 않는다고! ……어, 저건 뭐야?"

언덕 위에서는 마을이 한눈에 들어왔다.

마을 입구가 아니라 옆쪽—.

메구밍의 집 바로 옆에 있는 목책 너머에서 검은 그림자가 꿈틀거리고 있었다.

신경 쓰인 내가 천리안 스킬로 살펴보니…….

"어이, 메구밍. 저쪽에 마왕군 자식들이 있어! 잠깐, 저기는 메구밍의 집 근처잖아!"

메구밍의 집은 마을 구석, 즉 다른 주택에서 조금 떨어진 곳에 있었다.

그런 교외라고 할 수 있는 장소의 목책 밖에, 마왕군으로 보이는 녀석들이 몰려들고 있었던 것이다.

경보 방송이 들리지 않는 것을 보면 홍마족은 아직 저 녀석들을 발견하지 못한 것 같았다.

"어디 말이죠? 질리지도 않았는지 또 쳐들어온 건가요. 그렇게 당해놓고 이렇게 쳐들어오는 목적을 모르겠군요. 저렇게 몰래 접근하는 걸 보면 표적은 사람이 아니라 이 마을의 시설 아닐까요?"

이 마을의 시설……?

"그러고 보니, 여기에는 사신이 봉인되어 있던 무덤이 있다고 했지? 마왕군다운 목적이라면 역시 사신의 부활일 것 같지만……. 이미 봉인이 풀렸다면서?"

"예, 풀렸어요. 그러니 마왕군 간부가 노릴 만한 거라면……. 설마 고양이 귀 신사의 신체를 노리는 걸까요……?!"

"만약 마왕이 진짜로 그런 걸 노린다면 마왕군은 이 마을과 함께 멸망해버리는 편이 좋을 거라고 봐."

하지만 그렇다면 뭐가 목적인 걸까.

"세계를 멸망시킬지도 모르는 병기라는 걸 노리는 거 아냐?"

"그거야 말로 더 말이 안 돼요. 그 시설에는 다른 곳과는 다르게 특수한 봉인이 되어 있는데다, 아무도 그 병기의 사용법을 알지 못한다고요."

왜 그런 게 이 마을에 있는 걸까.

"아무튼 아직 마을 사람들이 눈치채지 못한 건 분명해. 이대로 있다간 마을 안에 침입하고 말 거야! 마을로 가서 사람들에게 마왕군 자식들이 어슬렁거리고 있다는 걸 일러바치자고."

"역시 카즈마. 남의 힘으로 화끈하게 위세를 부리네!"

멋대로 지껄여대라고!

4

도중에 만난 마을 사람들을 데리고 메구밍의 집에 가보니…….

"이 여자는 뭐야?! 대체 어디서 튀어나온 거지?! 아니, 그것보다 대체 무슨 짓이 하고 싶은 거야?!"

"실비아 님! 다른 사람을 부르러 가지도 않고 강력한 공격수단을 지니지도 않은 이 녀석의 목적이 뭔지 알 수가 없습니다. 어쩌면 함정일지도 모르니 물러나 주십시오!"

목책을 박살낸 마왕군이 대검을 든 다크니스와 대치하고 있었다.

"내 눈에 흙이 들어가기 전에는 너희를 통과시킬 수 없다! 반드시 지나가야겠다면 나를 쓰러뜨리고 가라! 하지만 나는 마왕군 놈들에게 지지 않아!"

"정말 성가신 여자네. 공격은 전혀 명중시키지 못하면서 맷집만 좋잖아! 그냥 포기하고 도망치라고! 실비아 님, 이 녀석은 그냥 내버려두고 빨리 목적을 달성하죠!"

아무래도 메구밍의 집에 있던 다크니스가 목책이 부서지는 소리를 듣고 나와서 시간을 벌고 있었나 보다.

목책을 부순 마왕군은 다크니스에게 막힌 탓에 침입을 하지 못한 것 같았다.

다크니스가 뜻밖의 활약을 선보이자, 이 녀석도 조금은

성장한 것 같다고 생각한 나는 감동을 느끼면서 말했다.

"다크니스, 잘 버텼어! 우리도 가세할게!"

"카, 카즈마?! 버, 벌써 온 것이냐……."

다크니스는 유감 섞인 목소리로 그런 말을…….

감동한 내가 바보였다.

"이 세상에 암컷 오크뿐이라는 말을 듣고 실망한 데다, 이 마을에 쳐들어온 마왕군 간부까지 여자다! 어이, 너희들! 마왕의 부하면 부하답게 주변머리를 보여 봐라! 나를 굴복시켜서 내가 너희를 주인님이라고 부르게 만들어보란 말이다!"

"인마, 모처럼 활약해서 따놓은 점수를 다 까먹지 말고, 입 좀 다물고 있어."

다크니스와 대치하고 있던 마왕군은 내가 데리고 온 홍마족을 보자마자 얼굴이 새파랗게 질렸다.

"흐음……. 일부러 공격을 빗맞혀서 별것 아닌 척하면서, 지원군이 올 때까지 시간을 번 거네. 너, 이제까지 버텨낸 방어력으로 볼 때 꽤나 레벨이 높은 크루세이더 같은 걸……. 내 부하에게 공격을 명중시키지 않은 것도 자신의 실력을 드러내지 않기 위한 연기지? 처음부터 고레벨 크루세이더라는 사실을 눈치챘다면 우리가 바로 후퇴했을 테니까 말이야. ……꽤 하잖아."

"……으, 음. 드, 들켜버렸으니…… 어쩔 수…… 없지……."

거짓말이 서툰 아가씨께서는 상대가 이상한 착각을 하자, 도움을 요청하듯 내 쪽을 힐끔힐끔 쳐다보았다.

내 뒤편에서는 홍마족 나리들께서 든든하게 서 있었다.

기왕 이렇게 됐으니 허세를 한번 부려보기로 했다.

"실비아라고 했지? 내 동료인 저 크루세이더는 마왕군 간부인 바닐과의 결전 때 폭렬마법을 정통으로 맞고도 버텨낸 강자야. 그녀의 실력을 이렇게 짧은 시간에 꿰뚫어보다니, 정말 대단한걸……."

"저기, 메구밍. 카즈마 씨가 이상한 소리를 하고 있어."

"쉿! 재미있을 것 같으니까 일단 좀 지켜보죠. 어쩌면 저희까지 띄워줄지도 몰라요."

내 옆에 있는 두 사람이 낮은 목소리로 소곤거렸다.

홍마족 사람들도 흥미진진한 눈길로 이 상황을 지켜보고 있었다.

좋아. 메구밍의 기대에 부응해주기로 할까.

"……바닐? 액셀 마을에 간 후로 돌아오지 않는다는 이야기는 들었는데, 설마 너희가……?!"

실비아는 경악을 금치 못했고 그와 동시에 마왕군은 뒷걸음질 쳤다.

"그래. 내 옆에 있는 메구밍이 그 녀석의 숨통을 끊어줬지."

내가 그렇게 말한 순간, 실비아뿐만이 아니라 홍마족들도 술렁거렸다.

내 말을 들은 메구밍이 입가를 히죽거리는 가운데, 나는 말을 이었다.

"그 녀석만이 아냐. 듈라한인 베르디아, 데들리 포이즌 슬라임인 한스. 그리고 거물 현상범인 기동요새 디스트로이어까지……! 우리 넷이서 해치웠다고!"

"뭐, 뭐어?! ……베르디아가 당했다는 이야기는 들었지만, 설마 한스까지 당한 거야?! 요즘 들어 아르칸레티아에 있는 한스가 정기 연락을 해오지 않는 걸 보면 거짓말은 아닌 것 같네……!"

오호라, 홍마의 마을과 아르칸레티아는 걸어서 며칠 거리이니 연락 정도는 취할 수 있겠지.

내 말에 신빙성이 있다고 느낀 실비아는 입술을 깨물었다.

"……네가 파티의 리더인 것 같네. 이름을 가르쳐 주지 않겠어?"

이, 이름이라. 마왕군에게 내 이름을 알려주고 싶지는 않은걸.

지명수배를 당할 것 같으니까 말이야.

"……미츠루기 쿄야다. 기억해두라고."

"미츠루기! ……그래, 이제 납득이 되네. 마검사 미츠루기의 이름은 예전부터 들었어. ……특이한 검을 가지고 있는 걸 보면 진짜 같네. 남자답게 생긴 미남이라고 들었는데, 실은 그렇게 잘 생기지는 않았는걸? 그래도 내 취향이기는 해. ……하지만 홍마족만이 아니라 너까지 있다니, 골치 아프게 됐네. 오늘은 그냥 보내주지 않겠어?"

내 칼을 마검으로 착각한 실비아는 그대로 속아 넘어갔다.

미츠루기라면 지명수배를 당해도 괜찮을 것이다.

뭐, 이미 마왕군들에게 이름이 알려져 있는 것 같으니까 말이다.

"……이 남자, 또 얼간이 본성을 드러냈네요. 하필이면 남의 이름을 댔어요."

"홍마족들이 같이 있다고 잘난 척 좀 해봤지만, 이제 와서 살짝 겁이 난 것 같네."

옆쪽에 있는 녀석들이 시끄럽게 쫑알거리고 있었다.

"뭐, 이대로 싸우더라도 틀림없이 우리가 이기겠지만, 이 자리에서 너를 쓰러뜨려봤자 홍마족의 힘을 빌려 이긴 것 같아서 마음이 개운하지 않겠지. 나는 이대로 너를 보내 줘도 괜찮아. ……내 뒤편에 있는 홍마족 분들이 동의한다면 말이야."

내가 그렇게 말하면서 자신만만한 미소를 짓자…….

"고마워, 미츠루기. 또 만나자! 그때야말로 결판을 내자구! 내 이름은 실비아. 마왕군 간부, 실비아야! ……후회해!"

"놓치지 마라! 『라이트닝 스트라이크』!!"

"『라이트 오브 세이버』!!"

"잡아서 마법 실험용 모르모트로 삼자아아아앗!"

도망치는 마왕군을 홍마족들이 쫓아갔다.

부하들과 함께 도망치는 실비아를 배웅한 후, 나는 가라앉은 목소리로 중얼거렸다.

"—마왕군 간부, 실비아……."

"어이, 카즈마. 언제까지 그딴 연기를 계속할 작정인 것이냐."

5

"이 언니, 정말 엄청나! 화살이나 마법을 아무리 맞아도 끄떡 안 해!"

—그날 밤.

메구밍의 집에서 하루 더 묵기로 한 우리가 저녁 식사를 끝내자, 그녀의 가족들이 멋진 활약을 보인 다크니스를 칭찬했다.

"아, 아니, 그게……. 크루세이더에게 그 정도쯤은 당연한 거라고 할까……."

칭찬을 받는 것에 익숙하지 않은 다크니스는 거실에 조신하게 앉은 채 코멧코의 말을 들으며 부끄러워하고 있었다.

"저도 들었어요, 다크니스 양. 실비아의 침입을 저지했다면서요? 정말 믿음직한 파티군요. 이런 파티를 이끄는 카즈마 씨에게라면 안심하고 딸을 맡길 수 있겠어요. 그러니 카즈마 씨. 오늘 밤 방 배정 말인데…….”

메구밍의 어머니가 그런 소리를 하면서 다가오자 나는 문득 뭔가가 신경 쓰였다.

“으음, 그런데 효이자부로 씨는 어디 계시죠?”

“남편은 일거리가 쌓였다면서 오늘은 이 집에 있는 공방에서 자겠다고 했어요. ……자, 그럼 목욕물을 데우고 올게요.”

그녀는 그렇게 말한 후, 허둥지둥 거실을 나섰다.

아까 다 같이 저녁을 먹을 때만 해도 효이자부로는 「딸이 걱정되니 오늘은 내가 카즈마 씨와 자겠다」라고 말했었다.

……혹시 저 아줌마가 또 사고를 친 걸까?

“그건 그렇고 아까 전의 발언은 정말 멋졌어요, 카즈마. 다음번에는 실비아와 결판을 내죠!”

“그래. 실은 나도 이 마을에 있는 솜씨 좋은 대장장이에게 요즘 유행한다는 신작 갑옷을 주문해뒀다. 가까운 시일 내에 완성된다고 하더구나. 후훗. 갑옷도, 실비아와의 결판도 정말 기대되는걸……!”

메구밍과 다크니스는 주먹을 말아 쥐며 그런 소리를 했다.

나는 그런 두 사람에게 딱 잘라 말했다.

“무슨 바보 같은 소리를 하는 거야? 내일은 돌아가야지. 이제 관광도 끝났으니 이 마을에 있을 이유가 없다고. 내일 아침 일찍 돌아가서 느긋하게 쉬자.”

““뭐어?!””

메구밍과 다크니스는 내 말이 뜻밖이라는 듯이 경악했다.

완두콩을 안주 삼아 술을 즐기던 아쿠아가 그 말을 듣고 입을 열었다.

“그렇게 허세를 부려놓고 냅다 튀는 거야? 또 만나자는 말을 듣지 않았어?”

“미인 간부여서 좀 찔리기는 하지만 그래도 안전을 우선시하자고. 집에 돌아가면 안전하고 부유한 백수 생활을 할 수 있는데, 일부러 여기에 남아서 마왕군 간부를 기다릴 필요는 없잖아.”

“너, 너어! 그렇게 폼 잡아놓고 그게 할 소리냐!”

“그렇게 의미심장하게 헤어져 놓고 돌아가 버릴 건가요?! 그건 너무하다고요!”

그렇게 반박하는 두 사람을 향해 나는 말했다.

“뭐, 내일 돌아갈 거라서 그렇게 폼 잡은 거야. 이제 더는 만날 일이 없을 테니까 말이야. 안 그러면 마왕군 간부 같은 무시무시한 녀석에게 그런 소리를 할 리가 없잖아? 안전한 홍마의 마을 안인데다, 등 뒤에 홍마족 여러분이 계셨기에 그런 소리를 할 수 있었던 거라고.”

“이 남자, 정말 최악이에요! 진짜 악랄하다고요!”

“너, 인간으로서 그런 짓을 해도 된다고 생각하는 것이냐?!”

내가 두 사람이 쏟아내는 불평불만을 귀를 막은 채 무시하고 있을 때였다.

“여러분, 목욕 준비가 끝났어요. ……어머, 무슨 일 있었나요?”

“아무 일도 없었어요. 아, 오늘은 제가 먼저 씻을게요.”

“어이, 도망치지 마라!”

“아직 이야기가 끝나지 않았다고요!”

나는 등 뒤에서 들려오는 고함 소리를 무시하며 욕실로 향했다.

—목욕을 끝내고 개운한 기분으로 돌아와 보니 말쑥해진 아쿠아가 방으로 향하고 있었다.

“응? 너, 왜 방금 목욕을 한 것처럼 말쑥한 거야?”

“다른 데서 씻고 왔어. 이 근처에 『혼욕 온천』이라는 이름의 커다란 목욕탕이 있더라구.”

어이, 나는 그런 이야기를 못 들었다고. 내일 돌아갈 건데 왜 안 가르쳐준 거야.

이 마을에 하루 더 묵을지 말지 갈등하고 있을 때…….

“메구밍, 이렇게 늦은 시간에 어디 가는 거야? 나이가 찬 여자애가 외박이라니, 절대 안 돼! 오늘도 아침에 들어왔잖니!”

“나이가 찬 여자애에게 있어서 이 집이 가장 위험하기 때문에 외박하려는 거예요! 어차피 오늘도 카즈마와 한방에서 재울 꿍꿍이잖아요!”

"어머, 카즈마 씨라면 괜찮단다. 이 엄마의 안목을 믿으렴. 이 분이라면 분명 기대에 부응해줄 테니까……."

"완전 옹이 구멍이네요! 아, 카즈마를 제대로 파악해놓고 그런 소리를 하는 거죠? 엄마의 기대에 부응한다는 게 어떤 의미인지 다 알고 있거든요?!"

메구밍과 그녀의 모친이 현관 앞에서 다투는 소리가 들려왔다.

"무슨 일인지 모르겠지만 나는 이제 잘래. 목욕하고 왔더니 다크니스도 이미 자고 있더라구."

술을 마셔서 그런지 졸려 보이는 아쿠아는 하품을 하면서 방으로 향했다.

고개를 돌려보니 다크니스가 부자연스러운 자세로 잠을 자고 있었다.

역시 메구밍의 어머니가…….

"더 이야기해봤자 입만 아플 것 같네요! 저는 융융의 집에 가서 자고 올 테니까……!"

"보내줄 수 없어! 『앵클 스네어』!!"

"뭐, 뭐하는 거예요?! 친딸에게 마법을 걸다니, 그러고도 엄마……."

"『슬리프』."

그 말과 함께, 털썩 하는 소리가 들려왔다.

이윽고 메구밍의 어머니는 방긋 웃으면서 말했다.

"어머나, 카즈마 씨. 제 딸이 이런데서 잠들어 버렸네요……. 죄송하지만 방까지 옮기는 걸 도와주지 않겠어요?"

6

—어쩌지.

진짜로 어떻게 하면 좋지.

"어이, 메구밍. 자는 척 하지 마. 실은 깨어 있지?"

나는 옆에서 곤히 자고 있는 메구밍에게 말을 걸었다.

이렇게 됐으니 그냥 이 상황에 몸을 맡겨도 괜찮지 않을까?

나는 항상 그때의 상황에 순응하며 살아온 남자니까 말이야.

그냥 이대로 갈 때까지 가버려도 되지 않을까?

저번 야영 때 메구밍이 느닷없이 내 손을 움켜잡았던 걸 떠올린 나는, 그녀의 숨소리를 들으면서 이불 안으로 손을 집어넣었다.

살짝 서늘한 메구밍의 손을 잡으니 기분 좋았다.

……나는 생각해봤다.

이대로 갈 때까지 가버리면 나는 범죄자다.

우선 메구밍과 한 이부자리 안에 누워도 되는 정당한 이유가 필요한데…….

……바로 그때, 나는 떠올렸다.

어젯밤, 메구밍이 깨어나자 나는 추워서 이불 안으로 들어갔다는 변명을 했다. 그걸 변명이 아니라 엄연한 사실로 만들어버리면 된다.

이 방안의 온도를 이불을 덮지 않으면 버틸 수 없을 만큼 떨어뜨리면 되는 것이다.

지금의 나에게는 그게 가능한 힘이 있었다.

그렇다. 내가 이 힘을 얻은 것은 아마도 이때를 위해서이리라.

오른손으로 메구밍의 손을 쥔 나는 머리와 왼손을 이불 밖으로 내밀고 방 창문을 향해 마법을 펼쳤다.

"『프리즈』!!!"

그것은 내가 지닌 대부분의 마력을 동원해서 펼친 회심의 프리즈였다.

내가 날린 프리즈는 이 방의 창문 표면을 간단히 얼리더니, 창 전체를 두께가 몇 센티미터 정도 되는 얼음으로 뒤덮었다.

그러자 방 안의 온도가 급격하게 내려갔다.

아, 맞아!

창문을 얼렸으니 어젯밤처럼 메구밍이 도망칠 수도 없어.

완벽해.

내가 생각해냈지만 완벽하기 그지없는 작전이야!

……내가 그런 생각을 하면서 기뻐하고 있을 때였다.

"……으응……."

방금 내 외침이 너무 컸는지 메구밍이 잠에서 깨어난 것 같았다.

"안녕. 잘 잤어?"

"……안녕하세요. 응? 여기는 제 방인가요?"

나와 손을 맞잡고 있는 메구밍은 아직 잠이 덜 깼는지 졸린 눈길로 방 안을 둘러보았다.

그리고 나와 손을 잡고 있다는 사실을 눈치챈 것 같았다.

"—으으으윽!! 결국 넘으면 안되는 선을 넘고 만 건가요?! 이 짐승! 카즈마는 짐승이에요!! 가벼운 성희롱은 해도 최후의 선만은 넘지 못하는 얼간인 줄 알았는데!"

메구밍이 이불 밖으로 뛰쳐나가더니 울먹거리면서 그렇게 외쳤다.

"자, 잠깐만! 나는 아무 짓도 안했어! 손 좀 잡았다고 난리 치지 마! 그리고 방 안은 어제보다도 더 춥단 말이야! 너무 추워서 무심코 네 손을 잡은 것 뿐이야!"

내 말을 듣고서야 방 안이 춥다는 사실을 눈치챈 메구밍은 몸을 부르르 떨었다.

그리고 자신의 몸을 살펴본 후, 얼굴을 새빨갛게 붉혔다.

"저, 정말인가요? 그래도 어제 일이 있으니 쉽사리 믿을 수가 없네요."

"바보야. 네가 잠든 후로 시간이 얼마나 흘렀는지 알기는 해? 나는 네가 깰 때까지 이렇게 얌전히 있었다고."

"그, 그런가요? 미안해요, 카즈마. 제가 괜한 오해를 한 것 같아요. 맞아요. 카즈마에게 그런 짓을 할 배짱이 있다면, 이미 다크니스를 겁탈하고도 남았겠죠. ……방금 그 말은 여러모로 무례했네요. 미안해요."

메구밍은 아련한 달빛을 받으면서 미안함 섞인 목소리로 그렇게 말했다.

"으, 응. 괜찮아. 그런데 말이야. 이제 그만 나한테 감사 인사 정도는 해도 되지 않을까? 나는 평소에 그렇게 고생을 해가면서 너희 뒤치다꺼리를 하고 있다고."

그러니 이 정도 이득은 봐도 돼.

그렇게 말하려던 나는…….

달빛 아래에서 나를 쳐다보는 메구밍의 얼굴을 본 순간, 말문이 막히고 말았다.

"……감사 인사 말인가요. 그것도 맞는 말이네요."

평소에는 화내거나, 어이없어 하거나, 불쌍하다는 듯이 나를 쳐다보던 메구밍이…….

웬일인지 자기 또래의 소녀 같은 표정으로 나를 향해 미소 짓고 있었다.

어, 어라.

저 녀석이 저런 순수한 표정을 짓고 있으니 긴장되는데.

"……그때, 액셀 마을에서 정처 없이 헤매고 있던 폭렬마법밖에 못 쓰는 마법사를 파티에 받아줘서 고마워요. 폭렬마법을 쓰고 움직이지 못하게 될 때마다 항상 업어줘서 고마워요. 항상 폐만 끼치는데도 파티에서 쫓아내지 않고 계속 데리고 있어줘서 고마워요."

평소 엄청 호전적인 메구밍이 솔직한 목소리로 그렇게 말했다.

검은 머리카락과는 대조적일 만큼 새하얀 볼을 살짝 붉힌 채…….

홍마족이라는 이름의 유래인 붉은 눈동자를 몽환적으로 반짝이면서…….

"왜 그러죠? 감사 인사를 했을 뿐이잖아요? 자기가 하라고 해놓고 왜 그렇게 부끄러워하는 건가요?"

메구밍은 딱딱하게 굳은 나를 향해 놀리는 어조로 그렇게 말했다.

응, 왠지 엄청 부끄러운데.

평소 나를 완전히 무시하던 애가 갑자기 이렇게 고맙다고 말하니 여러모로 난처하다.

나는 마음속으로 난처해하면서도…….

"……으, 응. 뭐, 나도, 그러니까, 이러쿵저러쿵해도, 너한테 도움을 많이 받았잖아. 너희 식으로 말하자면……. **내 이름은 사토 카즈마. 액셀 제일의 최약체 직업이자, 골치 아픈 일에만 휘말리는 자. 머지않아 거금을 손에 넣어, 너희와 함께 유쾌한 나날을 보낼 예정인 자.** ……아, 앞으로도 잘 부탁해!"

말을 하다 부끄러움을 느낀 내가 멋쩍어하자 메구밍은 웃음을 터뜨렸다.

"저야말로 앞으로도 잘 부탁해요. ……그런데 오늘은 정말 춥네요. 뭐, 워낙 낡은 집이니 찬바람이 스며들어오는 걸 거예요. ……저기, 카즈마. 진짜로 아무 짓도 안 할 거죠? 추우니까 저도 이불 안에 들어갈게요."

메구밍은 그렇게 말하면서 볼을 붉히더니 이불 안으로 들어왔다.

이런 분위기 속에서 그녀가 이불 안으로 들어오니 엄청 긴장되었다.

하긴, 오늘은 정말 춥잖아.

어쩔 수 없…………

……나는 그제야, 창문이 얼음으로 뒤덮였다는 사실을 눈치챘다.

메구밍이 저 창문을 본다면 뭐라고 설명하지.

얼음으로 뒤덮인 창문을 메구밍이 본다면 모처럼 올라간 나의 주가가 대폭락할 게 뻔했다.

내가 미쳤지, 왜 저런 얼간이 같은 짓을 한 것일까.

될 대로 되라는 식으로 폭주해버린 것 같았다.

그런 내 마음을 알리가 없는 메구밍은 내 옆에 누웠다.

그리고 아까 옆에서 잘 때보다도 더 밀착했다.

"…………메, 메구밍. 너, 너무 가까운 것 같은데……."

아까와는 전혀 다른 이유로 긴장한 나에게 메구밍은 놀리는 어조로 말했다.

"평소에는 그렇게 성희롱을 해대면서, 혹시 겁이라도 먹은 건가요? 그리고 아까 말했듯이 카즈마는 아무 짓도 안 할 거잖아요? 그럼 괜찮겠네요."

괜찮지 않거든요?

아니, 진짜로 괜찮지 않거든요?

하지만 그런 대화를 한 후에, 그것도 이렇게 나를 신뢰해주고 있는 메구밍이 얼어붙은 창문을 보기라도 한다면 평소 이상으로 열 받을 거라는 느낌이 들었다.

그런 생각을 하고 있을 때, 내 오른손이 차가운 무언가에 감싸였다.

이번에는 메구밍이 내 손을 잡은 것 같았다.

"……어, 어이. 나이도 찬 젊은 아가씨가 이렇게 적극적인 행동을 하면 안됩니다. 야영할 때도 그랬지만 갑자기 이런 짓을 당하면 가슴이 엄청 뛴다고. ……어제, 네 어머니에게 다크니스가 한 말인데 말이야. 나와 같이 자는 건 일주일 동안 굶긴 야수의 우리에 맛있어 보이는 새끼 양을 집어넣는 거나 마찬가지래."

나는 얼음장 같은 방 안에서 땀을 흘리면서 긴장 탓에 상기된 목소리로 그렇게 말했다.

그러자 메구밍은 웃음을 터뜨렸다.

"다크니스가 그런 소리를 했나요? 하지만 전에는 진짜로 그런 짓을 할 수 있는 상황이 되면 농담이나 하며 꽁무니를 뺄 얼간이라고 했어요."

빌어먹을 녀석~!

"저기, 평소에 다크니스와 단둘이 있을 때는 어떤 이야기를 하는 거야? 화 안낼 테니까 말해봐."

내가 그렇게 말하자 메구밍은 약간 당황한 표정을 지으면서 고개를 옆으로 돌렸다.

"……뭐, 어차피 말도 안되는 헛소리나 해대겠지."

"비밀이에요. 그, 그것보다 이제 그만 자죠. 내일 액셀로 돌아갈 거잖아요? 빨리 돌아가서 느긋하게 쉬자고요!"

이 녀석, 얼버무리고 있어.

……바로 그때, 이불 안에 있던 메구밍이 부끄러움 섞인 목소리로…….

“……저기, 화장실 좀 갔다 올게요.”

그렇게 말하면서 이불 밖으로 기어나갔다.

……응? 잠깐만 있어봐.

“어, 어이. 네 어머니가 오늘도 문을…….”

잠갔다고, 라며 내가 말하려던 순간, 메구밍이 쓴웃음을 지었다.

그리고…….

“엄마도 참……. 걱정하지 마세요. 오늘도 창문으로……….”

창문을 쳐다본 메구밍은 그대로 딱딱하게 굳어버렸다.

……나는 귀를 막으면서 이부자리 안으로 다시 들어간 후, 이불을 머리까지 뒤집어썼다.

그렇다. 지금이야말로 잠복 스킬을 쓸 때다.

내가 그러는 사이, 메구밍은 창문을 망연자실한 눈길로 쳐다보고 있었다.

“……카즈마. 이게 대체 어떻게 된 거죠?”

“……아까, 지나가던 동장군이 창문을 얼려버리고 갔어.”

메구밍은 내가 숨어있는 이불을 걷어냈다.

“카즈마, 이게 대체 어떻게 된 거죠?! 이거, 카즈마 짓이죠?! 맞죠?! 그런데 이런 짓을 한 이유를 짐작조차 못하겠거든요?! 대체 왜 창문을 얼린 거죠?!”

추워!

이불을 안 덮으니 진짜로 추워!

몸을 동그랗게 만 채 메구밍에게서 고개를 돌린 나는…….
"……솔직하게 말하면 화 안 낼 거야?"
"계속 입 다물고 있으면, 내일 아침에는 다른 사람들에게 오늘보다 더 차가운 눈길을 받게 될 거예요."

—나는 솔직하게 전부 털어놓았다.

"……바보예요? 카즈마는 임기응변의 천재인건지, 바보인 건지 모르겠어요. 아까 제가 했던 감사의 말을 전부 돌려주세요."
"할 말이 없습니다. 나도 왜 이런 바보짓을 한 건지 모르겠어."
요즘 들어 연달아 여행을 한 탓에 뇌가 이상해진 것일지도 모른다.
메구밍이 얼어붙은 창문을 가볍게 두드려봤다.
내가 전력을 다해 사용한 프리즈는 웬만큼 때려서는 부서지지 않을 만큼 두꺼운 얼음을 만들어냈다.
그것을 본 메구밍이 문 쪽으로 뛰어가더니…….
"문 좀 열어주세요! 여, 열어줘요……! 엄마~! 엄마~!"
……그런 고함을 지르면서 문을 쾅쾅 두드려댔다.
하지만 집안은 정적만 돌고 있을 뿐, 누군가가 깨어나는 기색은 느껴지지 않았다.

추위를 느낀 나는 이불을 다시 덮으면서 말했다.

“……추우니까 이제 자자. 아무 짓도 하지 않을 테니까 걱정하지 마. **그리고 도저히 못 참겠으면 저기 있는 빈병을 써.**”

“대체 저 병으로 뭘 하라는 거죠?! 아니, 아까까지의 카즈마는 믿을 수 있지만 지금은 정조의 위험을 엄청나게 느끼고 있다고요! 하아, 정말……!”

메구밍은 몸을 배배 꼬면서 그렇게 말했다.

아까까지의 좋은 분위기는 다 어디로 가버린 걸까.

“미안해. 진짜로 아무 짓도 안 할 거라고. 창문에 프리즈를 사용한 건 좀 울컥해서 그런 거야. 진짜로 잘못했다고 생각하고 있어. 정말 미안해.”

내가 그렇게 말하자…….

“하다못해 이불 밖으로 나와서 그런 소리를 해달라고요…….”

체념 섞인 목소리로 그렇게 말한 메구밍은 추운지 다시 이불 안으로 들어왔다.

“끼얏호!”

“카즈마. 내일 두고 봐요.”

기뻐하는 나에게 메구밍은 붉은 눈동자를 반짝이면서 그렇게 말했다.

위대한 선조들은 이렇게 말씀하셨다. 『**내일 일은 내일 걱정하자**』라고 말이다.

그 위대한 말에 따라, 나는 현재를 살기로 했다.

메구밍은 아까 내 손을 잡아줬지만 지금은 이불 가장자리에서 돌아누워 있었다.

뭐랄까, 권태기인 부부 같았다.

"……어이, 춥지 않아? 나는 추우니까 좀 다가오라고."

"……진짜로 아까까지의 좋은 분위기를 돌려주세요."

한숨을 내쉬는 메구밍을 향해, 나는 가능한 한 작은 목소리로…….

"『프리즈』."

"방금 춥다고 해놓고 또 동결마법을 쓴 건가요?! 대체 얼마나 저와 밀착하고 싶은 거예요?!"

메구밍은 어이없다는 목소리로 화를 낸 후…….

"하아……. 베개는 하나뿐이니까 카즈마가 쓰세요. 그 대신, 저는 카즈마의 팔을 벨게요."

체념한 말투로 그렇게 말하면서 나와 붙어 누웠다.

"어, 어이. 네가 이렇게 순순히 몸을 밀착시키면 당황스럽다고."

메구밍은 내 말을 못 들은 척 하면서 내 왼팔을 멋대로 베더니, 이불을 머리까지 뒤집어쓰고 내 가슴에 얼굴을 묻었다.

"역시 다크니스에게 『**진짜로 그런 짓을 할 수 있는 상황이 되면 농담이나 하며 꽁무니를 뺄 얼간이**』라는 말을 들을 만하네요.”

메구밍은 이불을 뒤집어쓴 채 그렇게 말한 후, 쿡쿡 웃었다.

……어라?

메구밍도 그다지 싫지 않은 눈치잖아?

역시, 나에게도 봄이 찾아온 건가……!

……하고 내가 기대를 품은 순간이었다.

『마왕군 출현! 마왕군 출현! 이미 마왕군의 일부가 마을 내부에 침입한 듯 하다!』

……뭐, 이렇게 될 줄 알았다고.

7

소동이 일어났다는 사실을 안 메구밍의 어머니는 아쉬워하면서 문에 건 마법을 풀었다.

나는 칼만 챙긴 후, 메구밍의 집에서 뛰쳐나갔는데…….

하필이면 상처투성이가 된 실비아가 집 앞에 있었다.

“하아…… 하아……! 조금만! 조금만 더……! ……어머, 하필이면 여기서 당신과 마주칠 줄이야! 역시 대단해! 부하들을 동원한 양동작전에 걸려들지 않은 걸로 모자라, 내 목적을 눈치채고 나를 찾으러 온 거지? 안 그래, 미츠—.”

“시끄러워. 닥쳐.”

잠옷 차림에 맨발인 나는 뽑아든 칼을 축 늘어뜨린 채 실비아에게 다가갔다.

내 말을 들은 실비아는…….

“닥치라구? 마검사라고 해도 겨우 인간 주제에 감히 나한테—.”

“닥치라고 했잖아, 이 녀석아! 확 자근자근 밟아버린다?! 딱 분위기 좋았는데 방해해놓고 뭐라고 지껄여 대는 거야! 그리고 지금이 몇 시인지 알기나 해?! 남한테 민폐 좀 끼치지 말라고!!”

태어나서 이렇게 화가 난 적은 없지 않을까 싶을 만큼 화가 난 나는, 다짜고짜 실비아의 말을 끊은 후 그대로 마왕군 간부인 그녀를 마구 꾸짖었다.

“자, 잘못했……!”

진짜로 열 받은 인간의 분노를 느낀 실비아는 한순간 기가 죽었지만 금세 정신을 차리면서 말했다.

“감히 나를 꾸짖다니, 배짱 한 번 좋네. 저기 있는 아가씨와 너, 둘 다 동시에 상대해주겠어!”

나는 그 말을 듣고 뒤를 돌아보았다.

그곳에는 나를 따라온 메구밍이 지팡이를 쥔 채 서 있었다.

실비아는 노란색으로 빛나는 맹수 같은 눈동자를 가늘게 떴다.

언뜻 보기에는 평범한 미녀 같지만 이 녀석의 종족은 뭘까?

낮에도 행동하는 것을 보면 뱀파이어는 아닐 것이다.

귀 끝이 뾰족한 걸 보면 악마족인 걸까.

딱히 무기를 쥐고 있지는 않았지만 허리에는 로프 같아 보이는 게 걸려 있었다.

분위기 좋은 상황에서 방해를 받고 열 받은 나는 메구밍을 감싸듯 실비아를 막아섰다.

그 모습을 본 실비아는 입술을 핥으면서 요염한 미소를 지었다.

"어머어머. 혹시 그 애와 좋은 시간을 보내던 중이었어? 그거 좀 미안하네."

실비아는 그런 도발적인 소리를 하면서도 나와 메구밍을 계속 경계했다.

내 칼을 힐끔힐끔 쳐다보는 걸 보니, 아직도 나를 미츠루기 쿄야라고 오해하고 있나 보다.

"저기~! 이런 밤중에 시끄럽게 떠들지 말라구! 대체 무슨 일이야? 메구밍이 잠결에 폭렬마법이라도 쏜 거야?"

소동이 일어난 탓에 잠에서 깨어난 아쿠아가 현관에서 얼굴을 쏙 내밀었다.

"어이, 아쿠아! 마왕군 간부가 쳐들어왔어! 효이자부로 씨나 유이유이 씨를 불러와!"

아쿠아는 내 말을 듣더니 집 안으로 다시 들어갔다.

나는 아까 전의 좋은 분위기를 망쳐준 실비아에게 하다못해 한 방 먹여주고 싶었다.

“미녀니까 봐줄 거라고 생각하지 마! 나는 진정한 남녀평등을 추구하거든?! 그러니 빌어먹을 여자에게 얼마든지 드롭킥을 날려줄 수 있다고!”

“어머어머, 좀 봐달라구! 그래도 미녀라고 말해주니 기쁘네! 확 따먹어버리고 싶을 지경이야!”

흙과 바람 마법으로 시선 차단 콤보라도 날려주고 싶지만, 아까 바보 같은 짓에 마력을 대부분 사용해버려서 마법을 쓸 수가 없었다.

나는 방에서 나올 때 들고 왔던 가방을 패스하듯 실비아를 향해 던졌다.

“어머, 뭐야? 혹시 나한테 주는 선물이야?”

실비아는 내가 던진 가방을 한 손으로 받아냈다.

나는 그 순간 공격을 날렸지만 실비아는 한 손으로 내 칼을 간단히 받아냈다.

어, 어이! 말도 안 돼! 이게 마왕군 간부의 실력이냐?!

내 공격을 간단히 막아낸 실비아는 내 애도를 잡더니 놓지 않았다.

이윽고 실비아는 의아한 표정을 지으며 말했다.

“……이딴 게 마검이야? 그리고 검술 실력도 완전 허접하네. ……저기, 너. 진짜로 그 미츠루기 맞아? 그리고 이딴 게 그 마검 그람이야?”

큰일 났다. 무기의 성능과 검술실력 때문에 정체가 탄로

날 것 같았다!

아니, 아직 포기하기에는 이르다. 이렇게 되면 또 허세로……!

"춘춘마루예요."

"……뭐?"

내가 무슨 말을 하기도 전에…….

"그 칼의 이름은 춘춘마루예요. 그건 유서 깊은 평범한 명도 춘춘마루예요. 그람이니 뭐니 하는 어디 사는 말 뼈다귀인지도 모르는 마검 같은 걸로 착각하지 말아주세요."

내 칼에 정신 나간 이름을 붙인 장본인이 씩씩거리면서 쓸데없는 소리를 했다.

"……후훗, 아하하하하핫! 너, 마검사 미츠루기가 아니지?! 본명과 가명을 댄 이유를 가르쳐주지 않겠어?"

뭐가 그렇게 웃긴 건지는 모르겠지만 실비아는 웃음을 터뜨리면서 말했다.

"……내 이름은 사토 카즈마야. 가명을 댄 이유는 너희에게 이름이 알려졌다간 지명수배를 당할 것 같더라고."

"아하! 아하하하하핫! 너, 정말 최고네! 정말 끝내주는 사고방식이야! 마음에 들었어!"

실비아는 내 대답을 듣더니 배를 잡으며 깔깔 웃었다.

바로 그때, 현관문이 열리더니 아쿠아가 얼굴을 쑥 내밀었다.

“저기, 다크니스를 깨우려고 하던 아줌마한테 빨리 이쪽으로 와달라고 말해뒀어!”

내가 아쿠아에게 뭐라고 말하기도 전에, 실비아는 내 칼을 쑥 잡아당겼다.

너무 갑작스러운 상황에 검을 놓지 못한 나는 그대로 발을 헛디디면서 실비아 쪽으로 끌려갔다.

그 후, 허둥지둥 검을 놓았지만 이미 한발 늦었다.

나는 실비아의 가슴에 얼굴을 들이밀고 말았다.

실비아는 쥐고 있던 칼을 놓더니 나를 꽉 끌어안았다.

감사합니…….

아니, 그게 아니다. 이건 함정이다!

그렇다. 이렇게 가슴이 크고 요염하며 몸집이 전체적으로 크기는 하지만 균형 잡힌 몸매를 지닌 미녀에게 안겼다고 기뻐할 때가 아니지만, 감사합니다!

나는 실비아의 가슴에 얼굴을 묻은 채 부질없는 저항이라도 해보려 했지만……!

“얌전히 있어! 『바인드』!”

그것은 예전에 본 적이 있는 구속 스킬이었다.

분명 저번의 남자 도적이 썼던 스킬이다!

이 녀석, 설마 도적 타입 마왕군 간부인가?!

실비아의 허리에 걸려있던 로프가, 그녀의 풍만한 가슴에 얼굴을 반쯤 묻은 나의 상반신을 꽁꽁 묶었다.

실비아와 몸을 밀착시킨 상태에서 로프에 꽁꽁 묶인 나는 평생 이렇게 사는 건 어떨까 하는 생각을 해보았다.

"이 남자는 인질로 데려가겠어! 거기 있는 홍마족 아가씨가 왜 마법을 쓰지 않은 건지는 모르겠지만, 이 상태에서 마법을 쓰면 이 남자도 휘말리고 말 거야!"

"뭐……! 카, 카즈마! 괜찮……아 보이네요. 그리고 왠지 행복해 보이는걸요."

메구밍의 눈빛이 차가워진 것 같지만, 이건 불가항력이니 좀 구해줬으면 좋겠다.

너무 서두르지는 말고 느긋하게 말이다.

"흐음? 너, 왠지 악마 같네! 놓치지 않겠어! 네 가슴에 얼굴을 묻은 채 행복에 겨워하고 있는 녀석은 내 소중한……! 소중한……. 저, 저기, 카즈마! 나와 카즈마는 어떤 사이야? 이럴 때 어떤 대사를 날리면 될까?!"

마법을 사용해서 실비아를 막으려던 아쿠아가 그렇게 외쳤다.

홍마의 마을에서 지내며 이 마을 사람들에게 영향을 받은 아쿠아는 아무래도 멋들어진 대사를 날리고 싶나 보다.

소중한 동료든 뭐든 괜찮으니까 빨리 구해달라고 말하고 싶었지만, 실비아의 가슴 계곡에 얼굴이 파묻힌 탓에 말을 할 수가 없었다.

……요즘 들어 나는 왜 이런 걸까.

융융이 내 아이를 가지고 싶다고 말한 순간부터 지금에 이르기까지…….

융융과 오크, 메구밍과 실비아.

오크는 벌칙게임에 가까웠지만, 그래도 전부 합쳐보면 플러스가 더 많을 만큼 행운이 계속되고 있었다.

역시 내 인생에도 봄이 찾아온 걸까.

아니면 드디어 내 유일한 장점인 높은 행운 수치가 불을 뿜고 있는 걸까.

내가 실비아의 가슴 계곡에 얼굴을 파묻은 채 그런 생각을 하고 있을 때였다.

"저기, 꼬마야. 너무 뜨거운 숨결을 토하지 마. 몸이 달아오른단 말이야. 얌전히 있으면 나중에 내가 상을 줄게."

틀림없다. 봄이 찾아온 게 틀림없었다.

"하, 하지만 이대로는 숨을 쉴 수가……!"

행복하기 그지없지만 이대로는 숨을 제대로 쉴 수가 없었다.

어떻게든 자세를 바꾸기 위해 내가 몸을 꿈틀거린 순간이었다.

"『세이크리드 엑소시즘』!"

아쿠아가 방심한 실비아를 향해 기습적으로 마법을 날렸다.

바로 그 순간, 나와 실비아의 발치에서 거대한 빛줄기가 생겨나더니 하늘을 향해 뻗어 올라갔다.
당연히 나 또한 그 빛에 휩싸였……!
"윽?! 아아아아아~?!"
실비아가 새된 비명을 질렀다.
하지만 그녀와 마찬가지로 악마를 퇴치하는 마법의 빛에 휩싸인 나는 아무렇지도 않았다.
멀쩡한 나와는 달리 마법을 맞은 실비아는 드레스가 너덜너덜해졌다.
"꽤, 꽤 하네……! 하급 악마의 가죽으로 만든 드레스가 걸레조각으로 변했잖아……! 하지만 아쉽겠네. 나는 순수한 악마가 아냐. 꽤 아프기는 했지만, 치명상을 입지는 않았다고. 그래도 이 말을 해둬야겠네. 또 나한테 공격을 날린다면 이 애를 죽여 버리겠어!"
반라가 된 실비아는 아쿠아를 협박한 후 재빨리 나를 묶고 있던 로프를 풀더니, 내 뒤통수가 자신의 가슴에 닿도록 몸을 돌려줬다.
숨을 쉴 수 없다는 내 항의를 받아들인 것 같았다.
"내 이름은 실비아! 강화 몬스터 개발국 국장이자, 자신의 몸에 합성과 개조를 되풀이해온 자! 내가 바로 그로우 키메라인 실비아야! 자, 이 남자는 내가 데려가겠어! 귀여운 꼬마야, 다시 나와 하나가 되자꾸나. 『바인드』!"

……내 이름은 실비아, 같은 소리를 하는 걸 보면 이 사람도 홍마의 마을 사람들과 오랫동안 싸우면서 그들에게 물들어버린 걸지도 모른다.

실비아가 그렇게 외친 순간, 로프가 또 나를 꽁꽁 묶었다.

솔직히 말해 무기가 없는데다 등 뒤를 잡힌 나에게는 저항할 방법이 없었다.

나는 잘 묶을 수 있도록 양손을 번쩍 들면서 그대로 꽁꽁 묶였다.

"카, 카즈마! 카즈마를 돌려……! 카즈마, 방금 딱히 저항하지 않은 것 같은데요. 설마 일부러 순순히 묶인 건가요?"

"그렇지 않아."

뒤통수를 실비아의 커다란 가슴에 댄 채, 나는 딱 잘라 말했다.

실비아는 키가 크기 때문에 뒤통수를 가슴에 댄 상태에서도 내 발은 지면에 닿지 않았다. 결국 로프에 묶인 채 공중에 대롱대롱 떠있었다.

이 안정감과 안도감은 뭐지.

오랫동안 찾아다닌 안식의 땅을 드디어 찾은 느낌이 들었다.

메구밍이 그런 나를 차갑기 그지없는 시선으로 쳐다본 바로 그때였다.

"크……! 이 내가 이런 추태를 보이다니……!"

귀에 익은 목소리가 들려온 곳을 향해 고개를 돌려보니,

갑옷을 걸치지 않은 다크니스가 러프한 차림으로 거친 숨을 내쉬고 있었다.

얇은 검은색 셔츠와 타이트스커트 차림의 그녀는 대검만 들고 있었다.

메구밍의 어머니가 깨워준 후, 바로 뛰쳐나온 것일까.

자다 일어난 바람에 머리카락이 약간 눌린 다크니스는 아쿠아를 감싸듯 그녀의 앞에 서서 실비아를 노려보았다.

"마왕군 간부! 이 집 사람들이 다른 홍마족을 부르러 갔다. 곧 있으면 지원군이 이곳에 도착하겠지. 그러니 네 가슴에 뒤통수를 댄 채 행복한 표정으로 눈을 감고 있는 그 얼간이를 놔두고 꺼져라! 정 인질이 필요하다면……. 내가……! 내가 그 남자 대신 인질이 되겠다! 부탁이다! 카즈마 대신 나를 인질로 삼아다오!"

다크니스가 느닷없이 그런 소리를 하자 실비아는 입가에 미소를 머금었다.

"어머어머, 꽤나 죄 많은 꼬마네! 너, 여자가 두 명이나 있는 거야? 하지만 그럴 수는 없어. 나는 이 애가 마음에 들었거든. 너, 이름이 카즈마라고 했지? 이대로 마왕군이 될 생각은 없어? 너와는 잘 지낼 수 있을 것 같아."

실비아는 그렇게 말하면서 내 머리를 쓰다듬었다.

"……저기, 카즈마가 어느새 적과 친해진 것 같지 않아? 적이 저 녀석 머리까지 쓰다듬어 주고 있네."

아쿠아가 어이없다는 투로 그렇게 말하자, 다크니스는 한 숨을 내쉬면서 말했다.

"……어이, 카즈마. 대체 왜 그런 곳에 붙어있는 것이냐. ……혹시 방심이라도 한 것이냐? 아마 저 여자의 가슴에 매료당하기라도 한 거겠지. 정말 여전하구나. 지금 구해줄 테니까, 얌전히……."

"안 구해줘도 돼요."

…………….

""""뭐?""""

내가 주저 없이 그렇게 대답하자, 이 자리에 있는 네 사람이 한 목소리로 그렇게 외쳤다.

한편 나는 고급 소파에 기대기라도 하듯 실비아의 풍만한 가슴에 뒤통수를 대면서…….

"진짜로 안 구해줘도 된다고요. 어이, 너희들. 특히 다크니스. 너, 요즘 나를 너무 막 대하지? 엉? 여기 있는 실비아 씨가 말이야. 내가 마음에 들었대. 너희가 요즘 나를 너무 막 대하니까, 확 마왕군으로 넘어가버릴까 싶은 생각도 들거든? 사과해. 항상 최선을 다하는 나한테 사과하라고! 메구밍은 아까 나한테 평소 잘 대해줘서 고맙다며 감사 인사를 했어. 자, 그러니까 빨리 사과해!"

……다크니스를 향해 그렇게 말했다.

내가 어리광 부릴 때의 아쿠아 같은 소리를 하자, 다크니스는 잠시 동안 어안이 벙벙한 표정을 지은 후 말했다.

"어……, 어이, 카즈마. 농담은 그만 해라. 네가 그런 소리를 하니 전혀 농담처럼 들리지 않는단 말이다. 저, 저기……, 확실히 요즘 들어 내가 너를 막 대하기는 했다. 메구밍의 가족에게 너를 소개할 때도 좀 심했다고 생각한다. 정말 미안하다. 아, 그러고 보니 훈장을 받고 싶다고 했지? 확실히 네가 지금까지 쌓은 공적을 생각하면 훈장을 받아 마땅하지. 좋다, 액셀 마을에 돌아가면……."

"성의를 보여! 이제 와서 훈장 같은 걸로 나를 낚으려고 하지 말고, 제대로 된 성의를 보이란 말이야! 너, 이 상태를 잘 보라고. 마왕 씨 측의 실비아 양께서는 풍만하기 그지없는 가슴을 어필하고 있단 말이다. 네 자랑거리는 뭐지? 말해봐! 자, 빨리 말해보란 말이야!"

나는 다크니스의 말을 끊은 후, 과감하게 그딴 소리를 했다.

그런 내 기세에 기가 죽은 다크니스는 불안한 표정으로 머뭇거리면서…….

"바, 방어력……?"

"그게 아니잖아! 네 자랑거리는 쓸데없이 남자를 유혹해대는 음탕한 몸뚱이라고! 새침데기처럼 말도 안되는 소리로 시치미 떼지 말아주겠어?!"

"이 남자는 이제 갈 데까지 갔어. 정신 나간 소리나 해대고 있잖아. 그냥 확 마왕군에게 줘버리자."

"아, 안 돼요. 저래 봬도 여차 할 때는 도움이 된단 말이에요."

내 말을 들은 아쿠아와 메구밍이 소곤대고 있었다.

분명 나를 구할 작전을 짜고 있는 것이리라.

한편, 다크니스는 내 말을 듣더니 부끄러운 듯 손으로 자신의 몸을 가리며 말했다.

"나, 나는……! 따, 딱히, 유혹한 적……!"

울상을 지으면서 그렇게 말하는 다크니스를 향해 나는 외쳤다.

"유혹했잖아! 정말, 쓸데없이 발육만 좋다니깐! 오늘 밤은 말이야! 내 행운이 최고조에 달하는 날이라고! 이렇게 이성에게 인기 있는 날은 두 번 다시 찾아오지 않을 거란 말이야! 자, 용서를 빌어! 장밋빛 인생을 즐기고 있는 내가 실비아 씨를 넙죽넙죽 따라가지 않도록 용서를 빌란 말이야! 그래……. 예를 들자면……!"

우선 미니스커트 메이드복을 입어!
두
둥
19금
그 차림으로 충실히 나에게 봉사해.
옷뿐만 아니라 속옷도 전부 갈아입히란 말이야!
나를 주인님이라고 부르게 하면 너한테 상을 주는 거나 다름없으니까
강하고 멋진 카즈마 님이라고 불러!

실수를 하면 당연히 벌을 줄 거야!
평범한 벌로는 네가 만족 못할 테니까
실수를 한 번 할 때마다 야한 포즈를 취하며 이렇게 말해!
냐
옹
강하고 멋진 카즈마 님, 용서해 주세요……!
쓸모없는 크루세이더라 죄송해요…!

내가 그딴 소리로 다크니스를 몰아붙이고 있을 때, 실비아가 내 머리 위에 손을 얹었다.

"음, 좋아……. 역시 너는 내 예상대로 끝내주는 남자네! 진짜로 마왕군에 데려가고 싶을 정도야! 하지만 저 크루세이더 아가씨를 너무 괴롭히지는 마. 조금은 여자 마음을 이해해주라구."

다크니스는 그 말을 듣더니 실비아를 노려보면서 말했다.

"마족 주제에 인간 여성의 마음을 꽤나 잘 아는 구나. ……네 나이는 모르겠지만, 여자로서 이런저런 일들을 많이 경험해봤나 보지?"

다크니스가 검을 치켜들면서 도발을 하자 실비아는 당연한 소리를 하듯 말했다.

"어머, 그야 물론 알지. 여자 마음도, 남자 마음도 말이야."

호오, 역시 미녀 마족답네. 남자의 마음도 여자의 마음도 아는 마성의 여자인가 보군.

실비아는 내 머리를 쓰다듬으면서…….

"나, 절반은 남자거든."

당연한 소리를 하듯, 그렇게 말했다.

"…………방금 뭐라고 했어?"

방금 실비아가 한 말을 이해하지 못한 나는 그녀를 돌아보며 되물었다.

마을에 불이라도 났는지 하늘이 붉은색으로 물든 가운데, 나는 어떤 사실을 눈치챘다.

실비아의 턱밑.

그 외에도 볼 언저리가 왠지 푸르스름한 듯한…….

"어머, 내 말을 알아듣지 못한 거야?"

실비아는 나를 쳐다보더니…….

뾰족한 오른쪽 귀에 달린 파란색 피어스를 반짝이면서…….

"나는 키메라거든? 네가 좋아하는 이 가슴은 합성해서 붙인 거야."

별 것 아니라는 투로 그렇게 말했다.

내 뇌가 그 말을 못 들은 걸로 하려고 노력하고 있었다.

그 말을 이해하는 것을 거부하고 있었다.

아니, 그렇다면…….

나는 방금까지, 남자 가슴 때문에 흥분…….

어? ……응?

"……카, 카즈마? 저, 저기……. 저, 정신을 바짝 차리세요. ……알았죠? 정신줄 놓지 말라고요. 지, 진정하세요……, 진정하란 말이에요……!"

메구밍이 가녀린 목소리로 하는 말을 들으면서…….

나는 옛날에 어딘가에서 들었던 말을 떠올렸다.

오른쪽 귀에만 피어스를 한 사람은 분명…….

"그건 그렇고, 너 정말 끝내주는 남자네……. 이렇게 머리만 쓰다듬고 있는데도 가슴과 하반신이 불끈거린다니깐."

실비아는 그런 소리를 했다.

그리고 키 차이 때문에 내 엉덩이 부분에 실비아의 하복부가 닿아있었다.

그런데…….

"저기, 실비아 씨? 왠지 제 엉덩이에 뭔가가 닿아 있는데요."

내 말을 들은 실비아는…….

일본에서 매우 유명한 그 대사를, 부끄러워하면서 말했다.

"일부러 대고 있는 거야."

—그 순간, 내 뇌는 활동을 정지했다.

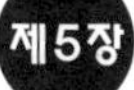

제5장 이 원망스러운 유물에 폭염을!

1

“저기, 좀 일어나봐.”

누군가가 흔든 탓에 나는 퍼뜩 정신을 차렸다.

아무래도 악몽을 꾼 것 같았다. 트랜스젠더에게 희롱당하는 악몽을…….

“……우오오오오오! 하지 마, 실비아! 나한테 다가오지 마! 확 죽여 버린다?!”

“조, 좀 진정해! 이상한 짓은 하지 않을 테니까 걱정하지 마. 홍마족 녀석들을 따돌렸으니까 이제 놔줄게. 낮에는 네가 나를 놔줬지? 그 답례야.”

실비아의 그 말을 듣고도 나는 경계심을 풀지 못했지만 마음은 조금 진정되었다.

그리고 주위에 아무도 없다는 사실을 눈치챘다.

주위를 둘러보니 여기는 눈에 익은 장소였다.

“여기는 홍마의 마을 지하 격납고의 입구야. 홍마족이 『세계를 멸망시킬지도 모르는 병기』를 봉인해둔 장소지.”

실비아는 나를 향해 그렇게 말하면서 어떤 마도구를 꺼냈다.

"……그게 뭐야?"

"후후. 너라면 이게 뭔지 예상 정도는 할 것 같은데? 『결계 킬러』라고 하면 알려나?"

그 말은…….

"너희가 무모하리만치 침입을 계속 시도했던 건 여기 있는 병기를 빼앗기 위해서였던 거네."

"딩동댕. 이 지하에는 강력한 마도병기가 잠들어 있대. 그게 내가 들은 대로의 물건이라면 이 마을 녀석들에게 있어 천적이나 다름없는 병기일 거야."

대, 대체 뭐가 잠들어있는 거지?

"하지만 이곳의 봉인은 특수해서 아무도 풀 수 없다고 들었어. 게다가 병기의 사용법조차 아무도 모른다던데?"

"흐음? 그래도 상관없어. 내가 준비해온 건 마족이 지닌 마도구 중에서도 손꼽히게 강력한 결계 킬러. 설령 신들의 봉인일지라도……. 어머? 이, 이상하네."

격납고 앞에서 몸을 웅크리고 있던 실비아는 마도구를 한 손에 든 채 당황한 목소리로 말했다.

"마도구가 반응을 보이지 않잖아! 이건 마법적인 봉인이 아냐! 어, 어떻게 하지……."

실비아는 당황할 대로 당황하고 말았다.

내가 옆에서 그 봉인이라는 걸 쳐다보니 거기에는 알파벳과 숫자, 그리고 게임의 십자 키 같은 것이 달려 있었다. 아무래도 암호를 입력하기 위한 터치패널 같았다.

터치패널 위쪽에는 눈에 익은 문자로 글자가 적혀 있었다.

"『코나미 커맨드』……? 이게 뭐야? 코나미 커맨드를 입력하라는 건가?"

"너, 이, 이 고대 문자를 읽을 수 있는 거야?!"

실비아는 내 중얼거림을 듣고 깜짝 놀랐다.

고대 문자? 무슨 소리를 하는 건지 모르겠다.

이건 평범한 일본어잖아.

참고로 코나미 커맨드란 일본의 유명 게임회사인 코나미의 유명한 입력 커맨드다.

"이건 내가 살던 나라의 문자야. 아무래도 코나미 커맨드라는 유명한 치트 코드 커맨드가 패스워드이니 그걸 입력하라는 소리……."

거기까지 말한 내가 화들짝 놀라면서 손으로 입을 막으려 한 순간, 실비아가 내 손을 움켜잡았다.

"너는 내 상상을 뛰어넘는 남자인 것 같네. 설마 나와 홍마족조차 풀지 못했던 봉인의 비밀을 파헤칠 줄이야……."

"이, 이래 봬도 나는 모험가야. 쉽게 자백을 받아낼 수 있을 거라고 생각하지 말라고. 아까 너를 공격한 아크 프리스트는 소생 마법도 쓸 수 있으니까, 나를 고문해봤자 헛수고……."

"자백을 받아내는 방법은 협박과 폭력만이 아니거든? 후훗, 내 테크닉은 서큐버스에 버금간다는 소리를 들어. 자, 내가 주는 쾌락에 얼마나 견뎌—."

실비아가 말을 끝까지 잇기도 전에, 나는 한 치의 주저도 하지 않으며 코나미 커맨드를 입력했다.

쿠쿵 하고 기계적인 소리를 내면서 묵직해 보이는 문이 열렸다.

"……너, 인간적으로 이래도 되는 거야? 뭐, 시간도 거의 없으니까 됐어. 엄청 어둡네. 안은 어떻게 되어 있지?"

실비아는 안을 살펴보면서 불빛을 준비했다.

나에게 무방비한 등을 보여주면서 말이다.

……아무리 내가 무기를 들고 있지 않다고 해도 너무 방심하는 것 아닐까.

뭐, 맨손인 나에게 가능한 공격수단이라고는 드레인 터치뿐이지만 말이야.

"어머? 도망치던 도중에 떨어뜨린 걸까? 큰일 났네. 나의 암시(暗視)로는 완벽한 어둠 속이 선명하게 보이지 않는데……."

바로 그때, 나는 깨달았다. 이 상황이라면 꼭 싸울 필요가 없다는 사실을 말이다.

나는 실비아의 등 뒤로 다가간 후…….

"저기, 너. 혹시 불 피울 만한 걸……."

나에게 무슨 말을 하던 실비아를…….

툭.

"어."

—칠흑처럼 어두운 지하 격납고 안으로 밀어 넣었다.

2

"—?! —! —!!!!"

실비아가 뭐라고 외쳐대고 있었다.

입구가 다시 닫힌 격납고 안에서 문을 두드려대면서 말이다.

"카즈마! 무사한가요?! 실비아는 어디 있죠?!"

그 목소리를 듣고 고개를 돌려보니 메구밍 일행이 허둥지둥 뛰어오고 있었다.

메구밍이 불러왔는지 융융과 붓코로리처럼 아는 얼굴도 그 안에 있었다.

"왜 이렇게 늦은 거야. 실비아는 내가 재치를 발휘해 이 안에 가둬놨어. 안에서는 열 수 없는 것 같으니까, 이대로 한 달 정도 방치해두면 조용해질 거야."

내 말과 격납고 너머에서 들려오는 희미한 고함소리를 들은 메구밍은 약간 질린 표정을 지었다.

"이, 이 안에 가둔 건가요?! 뭐, 이 안에 있는 병기를 조종할 수는 없을 거예요. 가동 방법을 아는 사람은 한 명도 없으니까요. 하지만 실비아는 용케도 봉인을 풀었군요."

……내가 봉인을 풀었다는 사실은 비밀로 해두자.

"마, 마왕군 간부를 가둬서 굶겨죽이는 건가. 사, 상대가 좀 불쌍하구나……."

다크니스가 연민이 어린 눈길로 상대를 쳐다보고 있는 가운데…….

"우리가 몇 번이나 놓친 실비아를 잡다니, 외부인치고는 꽤 하는걸!"

"이 사람들은 마왕군 간부를 셋이나 해치웠다잖아. 실비아 정도는 식은 죽 먹기겠지."

이곳으로 온 홍마족들이 입을 모아 나를 치켜세웠다. 그리고 그 옆에 있던 아쿠아가 입을 열었다.

"저기, 카즈마. 여기는 위험한 병기가 보관된 곳 아냐? 그런 곳에 저 트랜스젠더를 가둬놔도 되겠어?"

아쿠아의 말을 들은 홍마족들이 말했다.

"걱정 없어. 우리도 사용법을 알아내지 못했는데, 실비아가 해낼 리가 없다고."

"그래. 만약 실비아가 병기를 가동시킨다면 물구나무서기를 한 채 이 마을을 한 바퀴 돌아주지."

"자, 돌아가서 한 잔 할까?"

"……저기, 이 사람들은 일부러 이런 소리를 하는 거야? 홍마족은 트러블 같은 것에 일부러 고개를 들이미는 습성이라도 지닌 거야? 플래그를 세우지 않으면 직성이 풀리지 않는 거냐고."

"뭐, 뭐어, 홍마족이 트러블에 고개를 들이미는 습성이 있다는 건 부정하지 않겠지만, 그래도 괜찮을 거예요. 안쪽에서 소리가 들리지 않는 걸 보면 산소결핍으로 이미 기절한 걸지도 몰라요."

그 말을 듣고 귀를 기울여보니, 아까까지만 해도 들리던 고함 소리가 이제 들리지 않았다.

왠지 불길한 예감이 들었지만, 아마 괜찮겠지?

안에 있는 병기는 아무도 가동시키지 못했다고…….

"어? ……어이, 카즈마. 지면이 흔들리고 있는 느낌이 들지 않느냐?"

다크니스가 지면을 몇 번 밟아보면서 그런 소리를…….

"왠지 불길한 예감이 들어! 빨리 이 자리를 피하는 편이……!"

"카즈마, 갑자기 왜 그러는 거야? 이미 마왕군 간부를 해치웠잖아. 참, 이번에는 카즈마 혼자서 해치웠지만, 그래도 우리는 파티잖아? 그러니 상금은 똑같이 나눌 거지? 후후, 이번 상금으로는 뭘 살까?"

그런 소리를 하면서 들떠 있는 아쿠아를 본 순간, 나는 분명 무슨 일이 터질 거라는 확신을 가졌다.

"왜 너는 매번 플래그를 세워대는 거야! 어이, 메구밍! 다크니스! 일단 여기를 벗어나자! 아니, 홍마족 사람에게 부탁해서 액셀로 텔레포트를……."

내가 그렇게 말한 바로 그 순간, 갑자기 지면이 부풀어 오르더니 주위에 흙먼지가 날렸다.

그 흙먼지에서 빠져나와 달빛을 쬔 이는…….

"아하하하하핫! 꽤 하네, 꼬마야! 우리가 단순히 병기를 가지고 가기만 할 줄 알았어? 내 이름은 실비아! 보다시피―."

하반신이 금속 빛깔을 띤 거대한 뱀 모양으로 변한…….

"병기든 뭐든, 몸에 받아들여 일체화시키는 힘을 지닌…… 마왕군 간부! 그로우 키메라인 실비아야!"

의기양양한 웃음을 터뜨리고 있는 실비아였다―.

"『마술사 킬러』! 『마술사 킬러』를 빼앗겼다!"

홍마족이 비명을 질렀다.

마술사 킬러?

"크크크크, 큰일 났어요, 카즈마! 진짜로 큰일 났다고요! 도망치죠! 지금 바로 도망쳐요!"

아까까지와는 달리 얼굴이 새파랗게 질린 메구밍이 내 소매를 잡아당겼다.

하지만 이 자리에 있는 홍마족들은 아까까지 자신감이 넘쳐흘렀다.

그들이라면 분명 이런 상황에 대비한 비장의 카드가―.

“큰일 났다! 『마술사 킬러』야!”

“이 마을을 버리고 도망치자! 그 수밖에 없어!”

“『텔레포트』!”

……없는 것 같았다.

“어이, 메구밍. 뭐가 어떻게 된 건지 설명해봐! 마술사 킬러가 뭐야? 대체 저게 뭔데? 설마 저게 세계를 멸망시킬지도 모르는 병기야?!”

도망치는 홍마족들을 본 나는 역경에 처하면 멘탈이 약해지는 메구밍을 앞뒤로 흔들어대며 물었다.

“세계를 멸망시킬지도 모르는 병기는 저게 아닐 거예요……! 하지만 실비아가 일체화한 저건 그에 버금갈 만큼 위험한 『마술사 킬러』라고 불리는 거예요……!”

메구밍과 마찬가지로 얼굴이 새파랗게 질린 융융이 말했다.

“마법이 통하지 않는다는 특성을 지닌 마법사 대적용 병기에요! 저희들 홍마족의 천적이라고요!”

—완전 끝났네.

3

홍마족들과 함께 커플들을 위한 명소인 마신의 언덕으로 피난한 우리는 활활 타고 있는 홍마의 마을을 내려다봤다.

“마을이…… 불타고 있어…….”

그 말이 들려온 쪽을 쳐다보니, 메구밍과 비슷한 안대를 한 여자애가 슬픈 표정으로 홍마의 마을을 쳐다보고 있었다.

마을에서는 라미아 같은 모습을 한 실비아가 입으로 불꽃을 뿜으며 날뛰고 있었다.

홍마족들 중에는 텔레포트 마법을 쓸 수 있는 이가 많았다.

그래서 사상자는 없었지만, 마을의 주택가는 불꽃에 휩싸이고 말았다.

그 모습을 보니 가슴 언저리가 아파왔다.

내, 내가 봉인을 풀었기 때문이야?

하지만 그 상황에서는 어쩔 수 없잖아?

애초에 병기의 가동 방법과 사용법을 모른다고 하기에, 내 정조를 지키기 위해 봉인을 푼 건데…….

"그런데 실비아는 어떻게 그 봉인을 푼 거지?"

한 홍마족이 그렇게 말한 순간, 나는 무심코 움찔했다.

"결계 킬러라도 가지고 왔나? 하지만 그 봉인은 결계 킬러로도 풀 수 없을 텐데……."

그 말을 듣고 가슴이 콩닥거리기 시작한 내가 불타고 있는 마을을 내려다보고 있을 때…….

"아무튼 이 마을은 이제 버리는 수밖에 없겠군. 마왕군의 뜻대로 되는 건 화나지만, 살아만 있으면 얼마든지 다시 시작할 수 있어."

족장은 진지한 표정으로 그렇게 말했다.

……어쩌지.

진짜로 이 상황을 어떻게 하지?

큰일 났네. 전부 내 탓인 거야?

내가 순순히 봉인을 풀었기 때문에 이렇게 된 건가?

"어, 어이, 메구밍. 저 마술사 킬러라는 건 진짜로 해치울 방법이 없는 거야?"

나는 괴로운 나머지 옆에 있는 메구밍에게 그렇게 물어봤지만…….

"아까도 말했다시피 마술사 킬러는 그 명칭대로 마술사 대적용 병기예요. 마술사 킬러에게는 마법이 거의 통하지 않아요. 옛날에 마술사 킬러가 느닷없이 폭주해 맹위를 떨친 적이 있는데, 저희 선조님이 현재 지하 격납고에 봉인되어 있는 병기로 겨우겨우 파괴했다고 해요. 기왕 이렇게 된 거, 기념 삼아 남겨두자면서 마술사 킬러를 수리해서 다시 봉인했다던데……."

"왜 그런 무시무시한 녀석을 그런 어이없는 이유로 소중히 보관해둔 거냐고! ……잠깐만 있어봐. 그럼 격납고 안에는 마술사 킬러에 대항할 수 있는 병기가 있다는 거지?"

독을 가지고 다닐 때는 해독제도 같이 가지고 다니는 법이다.

만일 폭주하더라도 막을 수 있도록 마술사 킬러를 보관해둔 장소에 그걸 파괴할 수 있는 병기도 놔둔다.

흔한 이야기이며 곰곰이 생각해보니 당연한 이야기였다.

분명 홍마족의 선조님도 마술사 킬러가 다시 가동됐을 때 파괴할 수 있도록 보험 삼아 그 병기를 가까운 곳에 보관해 뒀으리라.

그렇다면 그걸 사용하면—.

내가 무슨 생각을 하는지 눈치챈 메구밍이 입을 열었다.

"……카즈마. 유감이지만 마술사 킬러를 없앨 수 있는 그 병기의 사용법은 누구도 알지 못해요. 사용법이 적힌 걸로 추정되는 문헌도 남아 있지만, 이 마을의 족장인 융융의 아버지도 해독할 수 없는 문자로 되어 있어요……."

메구밍은 불타고 있는 마을을 눈에 새기듯 쳐다보면서 말했다.

홍마족은 지능이 좋다. 이미 그것도 생각해봤으리라.

마법이 통하지 않는다면 솔직히 말해 우리에게는 손쓸 방법이 없다.

장신인 실비아가 작아 보일 만큼 뱀으로 변한 그녀의 하반신 부분은 거대했다.

다크니스 이외의 인간이 저 몸통에 휘감겼다간 순식간에 으스러지고 말 것이다.

……방법이 없는 건가.

내가 그렇게 생각한 순간이었다.

"흠. ……그럼 내가 미끼가 되어서 실비아를 유인하지. 홍마족이 엄호해준다면 쉽게 당하지는 않을 거다."

그런 바보 같은 소리를 한 이는 뇌가 근육으로 된 아가씨였다.

"너 지금 무슨 소리를 하는 거야? 손쓸 방법이 없다는 걸 모르겠어? 바보야? 고블린조차도 이기지 못하는 싸움은 피한다고. 네 머리는 고블린보다도 못한 거냐?"

"너, 너와는 액셀에 돌아가면 제대로 결판을 내야겠구나! 아까 나에게 한 폭언도 전부 기억해뒀다! 그리고 나도 다 생각이 있어서 이런 소리를 하는 거다."

……생각?

"내가 적을 유인하는 사이에 암시(暗視)가 가능한 너와 아쿠아는 잠복 스킬로 저 지하 격납고에 침입해라. 그리고 그 병기라는 걸 가지고 오는 거다."

"……그 병기를 사용하는 법을 모른다고. 너, 우리 이야기를 제대로 듣기는 한 거야?"

내가 어이없다는 투로 그렇게 말하자 다크니스는 반박했다.

"물론 들었고, 이해도 했다. 하지만 사용법만 알면 어떻게 되지 않느냐. 그렇다면 이대로 지켜보는 것보다 할 수 있는 일을 하는 편이 나을 것이다. 걱정하지 마라. 그 병기가 어떤 건지는 잘 모르지만, 나는 마도구에 대해 꽤 해박한 편이다. 옛날에 아버지의 마도 카메라를 몇 번 두들겨서 고친 적도 있지."

뇌가 근육으로 된 아가씨의 상상을 초월하는 발언 때문에 내가 현기증을 느끼고 있을 때였다.

"……좋아요. 한 번 해보죠."

뜻밖에도 가장 반대할 줄 알았던 메구밍이 동의했다.

"나도 모 아니면 도 같은 작전을 싫어하지 않아!"

"오히려 대환영이지! 너희들, 홍마족도 아니면서 뭘 좀 아는 구나!"

그뿐만 아니라 홍마족 사람들 또한 흥분을 감추지 못했다.

아무래도 이 작전이 그들의 심금을 울린 것 같았다.

평소 같으면 이런 위험한 짓을 사양하겠지만, 아까 본 안대 소녀의 쓸쓸한 표정이 뇌리에서 사라지지 않았다.

젠장, 몰래 숨어들어가서 그 병기라는 걸 가지고 오기만 하면 돼. 그게 속죄가 된다면……!

"저기, 마왕군 간부가 마을에서 날뛰고 있는 상황에서 그런 곳에 숨어들고 싶지 않거든?! 내가 할 일은 그딴 위험한 짓이 아니라 안전한 장소에서 너희를 지원해주는 거거든?!"

"헛소리 하지 말고 빨리 따라와! 나 혼자서 그 병기라는 걸 찾는 건 무리라고!"

나는 완강히 버티는 아쿠아를 데리고, 정체불명의 시설 옆에 있는 지하 격납고로 향했다……!

4

홍마족들은 실비아를 유인하기 위해 멀찍이서 각종 마법을 날려댔다.

마을 사람들은 실비아가 접근하자, 또 거리를 벌린 후 마법을 쏘아대는 방법을 취하고 있었다.

하지만 그 어떤 마법도 실비아에게 대미지를 입히지 못했다.

"부질없는 짓거리를 하고 있네. 홍마족은 머리가 좋은 종족 아니었어?"

실비아는 금속으로 된 거대한 하반신을 꿈틀거리면서 홍마족을 놀렸다.

우위에 선 실비아는 홍마족을 한껏 괴롭히며 지금까지 쌓인 울분을 풀 생각인 것 같았다.

하지만 그런 실비아도 거리를 두고 싸우는 홍마족들에게 좀처럼 공격을 명중시키지 못해 초조해 하고 있었다.

실비아는 뱀 같은 형상을 한 병기와 일체화한 몸에 익숙해지지 않았는지 이동속도가 매우 느렸다.

초조해진 실비아는 몇몇 홍마족을 쳐다보며 숨을 들이마신 후…….

격렬한 살의와 적의를 지닌 눈길을 보내며 그들을 향해 활활 타오르는 불꽃을 토했다.

무시무시한 업화(業火)가 홍마족들을 휘감기 직전, 그 안에 있던 이들 중 한 명이 주저 없이 외쳤다.

“『텔레포트』!”

그 순간, 그 자리에 있던 홍마족들은 불꽃에 휩싸이기 직전에 사라졌다.

아무래도 텔레포트 담당과 공격 마법 담당이 나뉘어 있는 것 같았다. 그리고 긴급한 상황이 벌어지면 바로 탈출할 수 있도록 텔레포트 담당이 마법의 영창을 끝낸 상태에서 대기하고 있는 것이리라.

또 사냥감을 놓치고 만 탓에 짜증이 난 실비아가 한 여성을 표적으로 삼았다.

그리고 실비아는 다른 이들이 날리는 마법은 개의치 않으며 가장 가까운 곳에 있는 그 여성만을 쫓아다녔다.

아무래도 실비아는 한 명씩 확실하게 해치우는 전법을 사용하기로 결심한 것 같았다.

떨어진 곳에서 그 광경을 본 남성이 비통한 절규를 토했다.

그는 바로 마왕군 유격부대의 리더인 붓코로리였다.

“머, 멈춰, 실비아! 부탁이야! 그 사람을 건드리지 마!”

실비아가 표적으로 삼은, 목도를 쥔 그 여성은 전에 본 적이 있었다.

저번에 마을을 습격한 마왕군을 붓코로리와 함께 격퇴했던…….

저 여성은 붓코로리의 연인인 걸까.

붓코로리는 실비아를 향해 비통한 절규를 토하며 애원하듯 무릎을 꿇었다. 그리고 실비아와 대치한 여성을 지켜보고 있었다.

실비아는 붓코로리의 목소리를 듣고 희열로 가득 찬 미소를 지었다.

"너희도 내 부하들을 몰살시켰잖아? 이건 그 답례야! 안심하라구! 이 여자만이 아니라 너도, 너희 가족도 전부! 이 마을과 함께 다 태워버리겠어! ……자, 각오해!"

자신을 괴롭혀댔던 홍마족에게 드디어 복수할 수 있게 됐다고 생각한 실비아는 붓코로리의 절규를 무시하며 여성을 쫓았다.

목도를 쥔 그 여성은 빙긋 웃으면서 비통한 표정을 짓고 있는 붓코로리를 향해 말했다.

"당신 혼자만이라도 도망쳐……. 당신이 도망칠 수 있도록, 내 마지막 남은 힘을 쥐어짜내 실비아를 공격해볼게!"

어, 어이, 그러지 마!

내가 정조를 지키자고 봉인을 푼 탓에 드디어 희생자가 생기는 건가……!

여성은 자신을 향해 달려들려 하는 실비아를 결의에 찬 눈으로 노려보았다.

"실비아, 두 눈 크게 뜨고 잘 봐! 이게 내 비장의 카드야! 그리고……."

말을 잇던 여성은 붓코로리를 힐끔 쳐다보며 덧없는 미소를 지었다.

"부탁해, 붓코로리. ……나를 잊어줘. 그리고 당신만이라도 행복해야해……."

"소켓토! 부탁이야, 실비아! 하지 마! 소켓토, 나는 너를……!!"

어이, 멈춰! 젠장, 멈추…………!

"멋진 각오네! 자, 네 비장의 카드를 보여 봐! 그 어떤 마법이든 다 받아—."

"『텔레포트』."

실비아가 말을 이으려던 순간…….

텔레포트라는 말이 들려오더니 여성이 눈앞에서 사라졌다.

방금까지만 해도 비통한 표정을 짓고 있던 붓코로리는 그 모습을 보자마자 아무 일도 없었다는 표정을 지었다. 그리고 무릎을 털면서 몸을 일으키더니 태연한 눈길로 실비아를 쳐다보았다.

기분이 고조된 상태에서 느닷없이 눈앞에 있던 표적이 사라지자, 실비아는 쓸쓸한 목소리로 중얼거렸다.

"나는 홍마족이 정말 싫어."

……그 마음은 충분히 이해가 돼.

5

한 홍마족 남성이 실비아의 앞을 막아섰다.

그리고 처연한 표정을 지으며…….

"실비아. 흉측한 꼴이 되었구나……. 하다못해, 내 비장의 카드로 너를 편하게…… 우와앗?! 뜨, 뜨겁잖아. 남의 대사를 방해하는 건 매너 위반이라고, 실비아!"

실비아를 향해 말을 잇다 불꽃 브레스를 맞을 뻔한 그 남자는 허둥지둥 물러섰다.

"이제 너희에게 어울려주는 것도 지쳤어! 싸울 마음이 없으면 빨리 꺼지라구!"

홍마족들이 연달아 도발을 해댄 탓에 실비아는 평정심을 잃은 것 같았다.

실비아가 지하 격납고 쪽에서 멀어진 지금이 기회였다.

솔직하게 말하면 도망치고 싶지만 이 일은 내가 봉인을 푼 탓에 벌어진 것이다.

"좋아, 갔다 올게! 어이, 다크니스! 홍마족들이 궁지에 몰리면 그때는 네가 나서. 저 녀석들이 아무리 세다고 해봤자 어차피 마법사야. 마력을 다 쓰고 나면 텔레포트로 도망치지도 못할 거야."

"알았다. 나에게 맡겨다오!"

내 말을 들은 다크니스가 힘차게 고개를 끄덕였다. 한편, 그녀의 옆에 서 있는 메구밍은…….

"저, 저는 어떻게 하죠? 저는 텔레포트를 쓸 수 없으니 시간도 벌 수 없을 것 같은데요……."

……그런 소리를 하면서 불안한 표정으로 나를 올려다보았다.

"너는 비장의 카드야. 마술사 킬러에게는 마법이 잘 안 통하는 거지, 아예 안 통하는 건 아니잖아? 상급 마법은 효과가 없는 것 같지만 마술사 킬러에게 폭렬마법을 날린 녀석은 아직 없을 거야. 그러니 폭렬마법이라면 마술사 킬러에게 대미지를 줄 수 있을지도 몰라."

나는 메구밍에게 그런 **변명**을 했다.

사실 이번만큼은 폭렬마법을 쓰게 할 생각이 없었다.

융융에게서 메구밍이 폭렬마법밖에 쓸 수 없다는 사실이, 이 마을 사람들에게 알려져선 안 된다는 이야기를 들은 것이다.

방금 내가 한 말을 듣고 납득한 메구밍은 지팡이를 움켜쥐며 기세등등한 표정을 지었다.

한편, 홍마족들은 여전히 실비아를 유인하고…….

"아하하하하하. 뭐하는 거야?! 자, 빨리 텔레포트를 써보라구!"

"잠깐, 아직 영창이……! 어이, 큰일 났어! 실비아의 움직임이 점점 빨라지고 있다고!"

……아니다. 저 몸에 익숙해진 실비아는 유인당하는 게 아니라, 홍마족을 궁지에 몰아넣고 있었다.

"저기, 카즈마. 격납고 입구는 내가 지킬 테니까, 마음 편히 안쪽을 탐색해."

"엉뚱한 소리 하지 말고 빨리 따라와!"

나는 헛소리를 지껄여대는 아쿠아를 데리고 잠복 스킬을 펼친 채, 홍마족들이 실비아를 향해 쏜 마법이 어지럽게 날아다니는 전장을 나아갔다.

이윽고 격납고 앞에 도착한 나와 아쿠아는 실비아가 만든 구멍을 통해 안으로 침입했다.

실비아 쪽을 힐끔 쳐다보니 아직 홍마족을 쫓아다니는데 열중하고 있는 것 같았다.

해가 뜰 때가 다 되었는지 산 너머가 밝아오고 있었지만, 격납고 안은 여전히 어두컴컴했다.

어둠 속을 볼 수 있는 아쿠아와 함께 안에 들어간 나는 예의 그 병기를…….

"……어이, 이 안에서 찾아야 하는 거야?"

지하 격납고의 중앙에는 용도를 알 수 없는 대량의 마도구가 산처럼 쌓여 있었다.

이 안에 그 병기가 있는지 없는지도 모르는데다, 어느 것이 그 병기인지도…….

“저기, 카즈마. 이것 좀 봐!”

고민에 잠긴 나에게, 아쿠아는 밝은 목소리로 그렇게 말하면서 뭔가를 보여줬다.

그것은…….

“게임걸이잖아! 이렇게 오래된 게임기가 왜 이런 곳에 있는 거야?!”

내가 태어나기도 전에 유행했던 일본의 휴대용 게임기였다.

아쿠아는 게임기를 바닥에 놓더니, 산처럼 쌓여 있는 마도구들을 살펴보기 시작했다.

“게임기가 있는 걸 보면 게임 소프트도 있을 거야. 저기, 카즈마. 혹시 트레리스 소프트를 발견하면 나 줘. 나중에 카즈마한테도 빌려줄게.”

“우리가 게임 소프트를 찾으러 여기 왔냐아아아앗?! 우리가 찾아야 하는 건 병기라고! 병기 같아 보이는 물건이나 찾아보란 말이야! ……잠깐만, 여기는 대체 뭐하는 곳이야? 왜 지구의 물건이 이런 곳에…….”

격납고 중앙에 산더미처럼 쌓여있는 것들은 대부분 지구의 게임기였다.

게이머로서 마음이 아파왔지만 지금은 그럴 때가 아니었다.

하지만 그 게임기들은 하나같이 상태가 이상했다.

마치 잘 알지도 못하는 사람이 무리하게 만든 것처럼 말이다…….

바로 그때, 아쿠아가 방구석에서 뭔가를 발견했는지 나를 향해 손짓을 했다.

"저기, 카즈마. 여기 이런 게 있어."

아쿠아가 그렇게 말하면서 보여준 것은 수기(手記)였다.

아쿠아의 곁으로 간 나는 옆에서 그 수기를 쳐다보았다.

수기에는 홍마족이 고대 문자라고 부르는 글자가 적혀 있었다.

……그렇다. 그 수기에는 일본어가 적혀 있었다.

아쿠아는 수기를 소리 내어 읽기 시작했다—.

"—○월×일. 큰일 났다. 이 시설의 존재를 들켰다. 하지만 다행스럽게도 내가 만든 게 뭔지는 모르는 것 같았다. 국가에서 준 연구 자금으로 게임 같은 걸 만들었다는 사실이 알려졌다간 정말 큰일 났을 것이다……."

오호라, 이제 납득이 되었다.

이 시설은 나보다 먼저 이쪽 세계에 보내진 일본인이 만든 것이리라.

그래서 입구의 패스워드가 코나미 커맨드였던 것이다.

그렇다면 이 수기에 단서가 될 만한 게 적혀있을지도 모른다.

"—○월×일. 내 낙원에 쳐들어온 잘나신 분들이 게임의 용도를 나에게 물었다. 오락용 도구라고 솔직하게 말할 수는 없었다. 이것들은 세계를 멸망시킬지도 모르는 병기예요, 하고 진지한 표정으로 대충 둘러댔다. 동료 여자 연구원이 『이, 이게……』라고 말하면서 경악했다. 게임걸의 전원 버튼을 멋대로 누르더니, 삐용 하는 작동음이 들리자 화들짝 놀랐다. 평소에는 그렇게 드세면서, 왜 게임기 때문에 그렇게 겁을 먹는 건데?"

……어?
이 위화감은 뭐지?

"—○월×일. 내 연구에 할당된 예산을 대폭 늘려주겠다는 말을 들었다. 그 대신, 마왕에게 대항할 수 있는 병기를 만들어달라고 했다. 아니, 말도 안되는 소리 하지 말라고. 내가 이 세계에 오면서 받았던 치트 능력은 이미 실컷 썼거든? 이 나라에 엄청 공헌했거든? 나한테 더 많은 걸 바래봤자 무리라고. 『다툼은 아무 것도 낳지 않아……』 같은 말을 진지한 표정으로 했더니, 여자 연구원이 내 뺨을 때렸다. 마왕과 전쟁 중이기 때문에 너한테 일거리가 들어오는 거라면서 화를 냈다. 맞는 말이다. 하지만 마왕에게 대항할 수 있는 무기라. 뭘 만들지?"

그렇다. 위화감이다.
나는 과거에도 이런 어이없는 수기 내용을 들은 적이 있는 것 같은데…….
내가 위화감을 느끼고 있는 사이에도 아쿠아는 수기를 계속 읽었다.

"—○월×일. 인간형 거대 로봇을 만들기로 했다. 변신 합체가 가능한 로봇 말이다. 그런 계획서를 제출했더니 장난치지 말라는 소리를 들었다. 장난치는 것 아닌데 말이다. 뚜껑이 열린 내가 마법에 내성이 있고 큼지막한 녀석을 만들면 되겠네요, 하고 코를 파면서 말했더니 그 제안이 바로 통과했다. 뭐야, 진짜로 그런 거면 되겠어? 설계도를 만들라고 하는데, 뭘 모델로 삼지? ……어? 마침 들개가 있네. 이 녀석이면 되겠지. 견형(犬型) 병기, 『마술사 킬러』라고 이름을 짓자."

……견형 병기?

"—○월×일. 설계도를 제출했더니, 『오호라, 뱀인가. 다리를 다는 것보다 쉬울 것 같군. 머리 좀 썼는걸』이라는 말과 함께 칭찬을 들었다. 저기, 이건 개를 그린 건데. 너희한테 그림 보는 눈이 없는 건 알지만 좀 자세히 봐. 몸통이 길쭉한 개라고. ……다시 보니, 이건 뱀 맞네."

………….

"—○월×일. 실험 개시. 음, 제대로 움직이는군. 움직이지만 배터리가 오래 안 가네. 마족과 싸움을 붙여봤는데 금방 정지했다. 하지만 그 녀석들은 멋대로 겁을 먹었다. 마침 잘 됐네. 이건 우리 인류에게 버거운 병기라고 하면서 여기에 놔두자. 배터리가 없어 움직이지 못하지만 키메라 재료로 써서 생체병기로 만들 수는 없을까. 성공만 한다면 배터리 걱정은 안 해도 되는데다, 꽤 멋질 것 같은데 말이야."

아하, 알겠다.

이 수기를 쓴 녀석과, 그걸 만든 녀석은 동일인물이 분명하다.

"―○월×일. 마왕에 대적하기 위한 새로운 병기가 완성됐다. 뭐, 정확하게 말하자면 병기가 아니라 개조인간이지만 말이다. 이 나라 사람들 중에서 개조 수술을 받고 싶다는 녀석을 모집했더니, 추첨을 해서 뽑아야 할 만큼 지원자가 많았다. 다들 그렇게 개조인간을 동경하는 거냐. 정말 괜찮겠어? 수술 후에는 기억이 전부 사라지거든? 수술 희망자에게 마법사 적성을 최고 레벨까지 끌어올리기만 하는 간단한 수술이에요, 하고 설명했더니 희망자들은 겸사겸사 눈도 빨간 색으로 만들어 달라, 몸에 기체번호 같은 것을 새겨달라 같은 억지를 부려댔다. 왜 이 나라에는 이런 녀석들만 잔뜩 있는 걸까."

아니, 이런 골 때리는 글을 쓰는 녀석이 몇 명이나 있으면 진짜로 곤란하다.

"―○월×일. 개조 수술이 드디어 끝났다. 그러자 『마스터. 저희에게 새로운 이름을 붙여 주십시오』 같은 소리를 했다. 마스터가 누군데? 너희 대체 개조인간 역할에 얼마나 몰입한 거야? 귀찮아서 대충 별명을 지어줬다. 그랬더니 기뻐했다. 이 녀석들의 감성은 대체 어떻게 되어먹은 걸까. 하지만 이 녀석들, 강하네. 엄청 강해. 잘나신 분들에게 칭찬을 받았다. 출세시켜 주겠다고 한다. 나, 내일부터 소장이래. 하지만 지위 같은 건 필요 없으니까 보너스나 줘. 아, 기왕 이렇게 된 거 이 녀석들에게 종족명도 지어주자. 눈 색깔에 맞춰 『홍마족』. 여자 연구원이 너무 안이한 명칭이라면서 나를 바보 취급했다. 젠장."

"어엇?!"

내가 무심코 소리를 내자 아쿠아는 나를 쳐다보았다.

"아, 미안. 계속 읽어줘."

홍마족이 개조인간?

느닷없이 이야기가 심각…….

"―○월×일. 홍마족 녀석들이 자신들의 천적인 『마술사 킬러』에 대항할 수 있는 병기를 만들어달라고 떼를 썼다. 어이, 그건 가동 안되거든? 그리고 너희의 천적 삼아 만든 게 아닌데다, 배터리도 다 떨어졌다고. 내가 아무리 설명을 해도 그들은 들은 척도 하지 않았다. 반항기냐. 어쩔 수 없기에 대충 무기를 만들어줬다. ……대충 만들 생각이었는데 의욕이 불타오른 나머지 엄청난 걸 만들어버렸다. 이것이야말로 세계를 멸망시킬지도 모르는 병기 아냐? 완전 레이저 포 같네. 전자 가속 요소 같은 건 전혀 없지만, 적당한 이름이 떠오르지 않으니 『레일건(가칭)』이라고 불러야겠다."

……해지지 않았다.

"—○월×일. 레일건(가칭), 엄청나. 진짜 엄청나다고. 솔직히 말해, 너무 엄청나서 질리고 말았다. 마법을 압축해서 쏘기만 하는 단순한 병기인데, 그 녀석들에게 한번 써보게 했더니 위력이 너무 엄청나서 깜짝 놀랐다. 우와, 이거 엄청 무섭네. 하지만 이렇게 엄청난 위력을 낼 수 있는 것도 몇 번 뿐이겠지. 남는 부품으로 만든 거니까 몇 번 쏘고 나면 박살나 버릴 것이다. 악용당하기라도 하면 무서우니까 이것도 넣어두자. ……잠깐만. 이건 꽤 기니까 빨래 장대로 써도 좋겠는데. ……하지만 골치 아프네. 홍마족 계획이 잘 되어서 자신감이 생겼는지, 잘나신 분들이 막대한 국가예산을 들여 초대형 기동병기를 만드는 계획을 추진하기 시작했다. 그런 걸 쉽게 만들 수 있을 거라고 생각하는 걸까? 진짜 바보 아냐? 뭐, 나와는 상관없는 이야기지만 말이야."

……틀림없다.

이 수기를 쓴 사람은…….

"이걸로 끝인 것 같네. ……저기 말이야. 나 이 글씨체를 전에 본 적이 있어."

기동요새 디스트로이어를 만든 후, 그 안에서 백골이 되어버린 연구원이다.

이 수기의 내용으로 볼 때, 아마 이 이후에 디스트로이어를 만든 것이리라.

"너, 전에 기동요새 디스트로이어의 안에서도 수기를 읽었지? 그 수기의 글씨체가 똑같지 않아?"

내가 그렇게 말하자, 아쿠아는 납득한 것처럼 손뼉을 살짝 쳤다.

이 녀석, 필적 감정 같은 특기도 지니고 있는 걸까?

……아니, 잠깐만 있어봐.

"어이, 네가 전에 디스트로이어 안에서 읽은 수기도 혹시 일본어로 적혀 있었어?"

"응."

"인마, 왜 그렇게 중요한 걸 말해주지 않았던 거야?!"

"그, 그야 물어보지 않았잖아!"

아쿠아가 그렇게 말하자 나는 욱신거리는 머리를 손으로 누르면서 말했다.

"젠장! 그러니까, 네가 대충 이곳으로 보낸 이름 모를 치트 소유자 때문에 이런 소동이 일어난 거냐?! 디스트로이어도 그렇고, 마술사 킬러도 그렇고, 이 녀석은 왜 이딴 것만 만들어낸 건데! 그리고 너, 아무나 이세계로 보내지 좀 말라고! ……아니, 잠깐만 있어봐."

퍼뜩 뭔가를 눈치챈 내가 입을 다물자 아쿠아는 영문을 모르겠다는 듯이 고개를 갸웃거렸다.

"……어이, 지금까지는 신경 쓰지 않았는데 말이야. 너 대체 나이가 어떻게 돼? 적어도 기동요새 디스트로이어가 만들어지기 전부터 너는 여신이었던 거지?"

아쿠아의 손에서 떨어진 수기가 툭 하는 소리를 내면서 바닥과 부딪혔다.

"……저기, 카즈마. 여신에게 나이를 묻는 거야? 너, 그러다 진짜로 천벌 받을 거야. ……미리 말해두겠는데 내가 너와 만났던 그 방에서는 시간이 매우 천천히 흘러가. 즉, 네 연령 계산법으로는 내 연령을 계산할 수 없다는 거지. 알았으면 두 번 다시 그런 질문을 하지 마세요. 안 그러면 진짜로 천벌을 내릴 거예요. 사토 카즈마 씨."

아쿠아가 진지한 목소리로 그렇게 말하자 나는 그녀에게 들릴락말락하는 목소리로 중얼거렸다.

"뭐야. 할망구였구나……."

"뭐어어어어어엇?! 헛소리 하지 마! 누가 할망구라는 거야?! 내가 살던 장소에서는 시간이 천천히 흐르기 때문에 너보다 오래 산 것 뿐이라구! 방금 한 말 취소해애애애애앳~!"

—지금 내 눈앞에 있는 것은 게이머로서 꼭 챙겨가고 싶은 것들이지만 그럴 때가 아니었다.

"젠장, 뭐가 그 레일건이지?! 장대 정도 길이라면 눈에 잘

떨 텐데!"

내가 산더미처럼 쌓여 있는 게임기와 가전제품들 안에서 레일건(가칭)를 찾고 있을 때였다.

"저기, 카즈마. 일본과 천계, 그리고 이 세계는 말이야. 시간의 흐름이 달라. 예를 들어 일본에서의 한 달은 천계에서의 한 시간 정도야. 하지만 이 세계에서의 몇 달 정도이기도 해. 그러니까 말이야. 내 나이는……. 저기, 내 말 듣고 있어?"

아쿠아는 아까부터 그런 변명을 하고 있었다.

"그딴 건 아무래도 상관없으니까 너도 찾기나 해! 레일건 말이야, 레일건! 장대 정도 길이의……."

……장대 정도 길이의 물건?

레일건?

잠깐만 있어봐. 최근에 그런 물건을 이 마을에서 본 적이 있었다.

그렇다. 그건 체케라라는 옷가게 주인이……!

"어이, 아쿠아! 그 병기가 어디 있는지 알 것 같아……!"

내가 그렇게 말하면서 고개를 돌려보니…….

삐용~!

"아, 이건 작동되네. 전지 대신 마력을 사용하는 것 같아. 소프트는 몇 개나 있을까? 가능하면 전부 가져가고……."

나는 아무 말 없이 아쿠아에게서 빼앗은 게임기를 머리 위로 치켜든 후…….

"우랴아아아아아아아앗!"

"꺄아아아아아아아! 내 게임걸~!"

6

마을 곳곳에서 불똥이 튀고 있는 가운데, 나는 필사적으로 달렸다.

……아쿠아의 시끄러운 목소리를 들으면서 말이다.

"물어내! 내 게임걸을 물어내란 말이야~! 이 세계에서는 이제 구할 수 없는 거란 말이야! 변상해! 액셀 마을에 가서 받을 돈으로 변상해! 그 녀석의 희소가치를 생각하면 3억 정도로는 어림도 없다구!"

"아까부터 거 되게 시끄럽네! 지금은 그럴 때가 아니라고!! 애초에 그건 거기 떨어져 있었던 거지, 네 물건이 아니잖아! 나보다 훨씬 연상이면서 어린애 같은 소리 좀 하지 말라고!"

"너, 결국에는 나를 화나게 만들었구나. 여신은 나이를 먹지 않는다고 내가 말했을 텐데?! 물의 여신을 화나게 만들 걸 후회하게 만들어주겠어! 변기통에서 물이 안 나오거나, 뜨거운 물이 나오던 샤워기에서 갑자기 찬물만 나오게 되는 저주를 걸어줄게!"

수수하기 그지없는 천벌을 늘어놓는 아쿠아와 말다툼을 벌이던 나는 드디어 옷가게 앞에 도착했다.

그 가게의 마당에는 은색을 띤 라이플이 장대처럼 걸려 있었다.

디스트로이어, 마술사 킬러, 그리고 이걸 만든 녀석을 향한 살의가 내 마음속에서 싹텄다.

그리고 이게 왜 이런 곳에 있는 건데. 좀 소중히 보관해두라고.

이 마을 녀석들도 문제다. 이런 무시무시한 병기를 장대로 쓰지 말라고 한나절 동안 설교를 해주고 싶었다.

병기의 길이는 3미터 정도 되는 것 같았다.

은색으로 빛나는 그 병기를 짊어지려 했지만, 무게가 상당하기 때문에 혼자 옮기는 것은 무리였다. 그래서 아쿠아에게 도와달라고 했다.

라이플의 뒷부분에는 마법을 흡수하는 장치 같아 보이는 게 달려 있었다.

레일건이라는 이름 자체는 꽤나 건성으로 지은 것 같지만, 확실히 겉모습 자체는 미래병기처럼 생겼다.

"좋아. 이제 이걸 홍마족들에게 가져다주기만 하면…….
……어?"

나는 가슴 떨림과 함께 위화감을 느꼈다.

나는 이상하게 생각하면서 주위를 둘러보았다.

실비아는 몸집이 거대하기 때문에 마을 어디에 있어도 한눈에 알 수 있었다.

실비아는 꽤 떨어진 곳에서 꼼짝도 하지 않고 있었다.

7

들키지 않도록 주의를 기울이면서, 라이플을 들고 실비아가 있는 곳으로 가보니…….

실비아가 움직임을 멈춘 채 지그시 한곳을 쳐다보고 있었다.

실비아가 쳐다보고 있는 곳에는—.

"융융이잖아! 대체 뭘 하고 있는 거야……?!"

커다란 바위 위에 선 융융이 실비아를 노려보고 있었다.

나는 융융이 왜 혼자서 실비아와 대치하고 있는 것인지 알아챘다.

다른 홍마족들은 이미 마력을 다 써버린 것이다.

하지만 홍마족들이 융융을 주시하고 있는 이유는 그것만이 아니었다.

"융융……."

"융융이……!"

"족장의 딸인 융융이……!"

홍마족 사람들이 마치 동경하는 히어로라도 쳐다보는 눈빛으로 융융을 쳐다보는 가운데…….

한 홍마족이 말했다.

"자기 이름을 밝히는 것조차 부끄러워하던 괴짜 융융이, 무슨 바람이 불어서 저렇게 나선 거지……?"

나와 아쿠아가 마른침을 삼키며 지켜보고 있을 때…….

실비아가 자신을 막아선 융융을 비웃듯 그녀에게 서서히 다가갔다.

이제 홍마족의 도발에 넘어가지 않을 줄 알았는데 왜 저러는 걸까?

그 의문은 실비아가 입에 담은 말, 그리고 융융이 앞으로 내민 물건을 본 순간 풀렸다.

"……확실히 네 모험가 카드의 스킬 란에는 공간전이 마법이 없네. ……자기가 텔레포트로 도망치지 못한다는 걸 알려주다니, 제정신이야?"

내가 없는 사이 두 사람이 나눈 대화를 듣지는 못했지만 얼추 상상은 되었다.

융융은 실비아의 주의를 끌기 위해 자신이 텔레포트를 쓸 수 없다는 사실을 밝힌 것이리라.

실비아는 위기에 처할 때마다 텔레포트로 도망치는 홍마족들 때문에 짜증이 잔뜩 난 것 같았다.

하지만 실비아의 눈앞에 서 있는 융융은 텔레포트를 쓸

수 없다는 사실을 자기 입으로 밝혔다.

게다가 융융은 커다란 바위 위에 서 있기 때문에 즉시 도망칠 수도 없었다.

뛰어내릴 수는 있겠지만, 그대로 내달리더라도 멀찍이 떨어진 곳에서 쳐다보고 있는 동포들의 곁에 도착하기 전에 실비아에게 따라잡히고 말 것이다.

아무리 실비아의 주의를 끌기 위해서라고 해도 왜 이렇게 무모한 짓을…….

내가 떨어진 곳에 있는 융융에게 말을 걸려고 한 순간, 갑자기 누군가가 내 옷자락을 잡아당겼다.

고개를 돌려보니 코멧코의 손을 잡은 메구밍과 왠지 풀이 죽은 다크니스가 어느새 내 옆에 서 있었다.

"카즈마, 병기는 찾아냈나요? 코멧코가 피난소에 없다는 사실을 알고, 융융이 저렇게 실비아의 주의를 끄는 사이에 저희가 집에 있던 이 애를 구출했어요……."

코멧코를 쳐다보니 그녀는 졸린 표정을 짓고 있었다.

이렇게 난리가 난 와중에도 집에서 잠을 자고 있었던 것 같았다.

장래에 거물이 될 것 같은 애다.

"잘했어. 실은 우리도 몰래 그 병기를 찾아냈어. 그런데 다크니스의 표정이 왜 저래? 무슨 일 있었어?"

"실비아의 주의를 끌려고 했다만……. 처음에는 뜻대로 잘

됐다. 하지만 곧 나 같은 딱딱하기만 하고 공격력이 없는 여자를 상대하기 싫다면서……."

다크니스가 쓸쓸한 표정을 지은 채 고개를 숙이자 아쿠아가 그녀의 머리를 쓰다듬어줬다.

다크니스가 방어력 외에는 별 볼일 없다는 사실을 안 실비아가 그녀를 무시해버린 건가.

하지만 지금은 그런 걸 신경 쓸 때가 아니었다.

"어이없는 이유로 그러고 있다는 사실은 알겠어. 그것보다 저기 있는 융융을 빨리 구해야 해……!"

"아뇨. 그녀를 방해해선 안 돼요! 저 애는 뭔가를 노리고 있는 게 분명하다고요! 그리고 걱정하지 마세요! 바위 주위의 풀이 밟힌 자국으로 볼 때, 이미 그녀를 도울 준비는 끝난 것 같아요. 그러니 지금은 이대로 지켜보죠!"

메구밍은 기대로 가득 찬 표정을 지으며 그렇게 말했다.

도울 준비는 끝났다?

아니, 융융에게 다가가려고 하는 사람도 보이지 않는데?

한편, 수많은 홍마족들의 주목을 받고 있는 융융은 바위 위가 좁은지 한 발을 들고 학처럼 서더니…….

"내 이름은 융융! 아크 위저드이자, 상급 마법을 펼치는 자……."

그리고 내 옆에 있는 메구밍을 힐끔 쳐다본 후 말했다.

"홍마족 제일의 마법사이자, 머지않아 이 마을의 족장이 될 자!"

"아앗?!"

융융이 당당한 목소리로 그렇게 말하자, 메구밍은 아연실색했다.

홍마족 제일의 마법사라는 말 때문인 것 같았다.

홍마족 사람들의 주목을 한 몸에 받고 있는 융융은…….

평소처럼 부끄러워하지도 않으면서 망토를 펄럭이더니…….

"마왕군 간부, 실비아! 홍마족 족장의 딸로서……! 당신에게는 홍마족의 족장이 될 자에게만 전수되는 금주(禁呪)를 보여주겠어!"

한 손에 든 지팡이를 머리높이 치켜들더니 하늘을 올려다보며 뭔가를 읊조렸다.

아무래도 영창을 끝내둔 번개 계열 마법을 시전한 것 같았다.

아침의 맑은 하늘에서도 확연하게 보일 만큼 새파란 번개가 굉음을 내면서 융융의 등 뒤에 떨어졌다.

마치 히어로가 등장한 순간의 특수효과 같았다.

천둥이 굉음을 자아내고 융융의 등 뒤에서 번개가 치고 있는 가운데…….

멋진 포즈를 취한 융융을 쳐다보고 있던 홍마족들이 엉엉 울기 시작했다.

어?

"……으…… 흐흑…… 흑……!"

울음소리를 듣고 옆을 바라보니 메구밍도 울고 있었다.

……어?

내 머릿속이 딱딱하게 굳어버린 가운데, 홍마족들이 느닷없이 고함을 내질렀다.

"융융! 융융이! 융융이 각성했어!"

"족장의 딸인 융융이, 드디어 껍질을 깨고 나왔구나!"

"멋져! 융융, 정말 멋져!"

"융융 안에 잠들어 있던 힘이 드디어 깨어난 거야!"

"내 학생이야! 저 애는 내가 가르친 학생이라고!! 융융! 내가 가르쳐준 걸 제대로 활용하고 있구나……!"

홍마족 사람들에게는 방금 그게 끝내주게 멋진 연출로 보였던 것 같았다.

방금 벌어진 일련의 과정을 통해, 고립되어 있던 융융은 마을 주민들에게 진정한 동료로 받아들여진 것이다.

이 순간, 정상이었던 한 소녀가 결국 타락해버리고 말았다.

지금은 동포들을 구하고 싶다는 일념으로 부끄러움도 느끼지 않으며 저러고 있는 것이리라.

하지만 나중에 문뜩 이 일을 떠올린 융융이 엄청난 흑역사 때문에 무심코 자살을 도모할지도 모르니 그녀를 지켜볼 필요가 있을 것 같았다.

각성한 융융은 실비아와 대치한 채 꼼짝도 하지 않았다.

융융은 한순간 아무 것도 없는 자신의 옆쪽을 힐끔 쳐다보았다.

“왜 그래? 텔레포트를 쓰지 못하는 아가씨. 오의니, 비장의 필살기니, 같은 헛소리만 지껄여대는 입만 산 홍마족의 대표가 너인 거지? 자, 그 금주라는 걸 보여주실까?”

실비아가 도발을 했지만 융융은 한 발짝도 떼지 않았다.

그 모습을 본 실비아는 융융에게 다가가기 시작했다.

그런데도 융융은 꼼짝도 하지 않았다.

이윽고 실비아는 자세를 낮추더니 뱀 같은 하반신을 활시위를 당기듯 굽힌 후, 그대로 바위 위의 융융에게 달려들었다.

하지만 융융은 그보다 먼저 바위에서 뛰어내리더니 그대로 내달리기 시작했다!

그러자 홍마족에게 실컷 농락당한 탓에 눈에 핏발이 설 정도로 분노한 실비아가…….

“놓치지 않겠어, 놓치지 않겠어, 놓치지 않…………?!”

환희에 휩싸인 채 그녀를 쫓았다. 하지만 바위 위에 선 실비아는 융융을 쳐다보더니 그대로 움직임을 멈췄다.

융융이 향하고 있는 곳에 있는, 방금까지 보이지 않던 무언가를 발견한 것처럼 말이다.

내가 그쪽을 향해 고개를 돌려보니, 융융이 향하고 있던 아무것도 없는 공간에 갑자기 두 남녀가 모습을 드러냈다.

붓코로리와 소켓토였다.

아무래도 둘 중 한 명이 빛을 굴절시키는 마법을 사용해 몸을 감춘 상태에서 접근한 후, 지금 그 마법을 푼 것 같았다.

그리고 지금 상황에서 유추해볼 때, 다른 한 사람은 텔레포트 마법의 영창을 이미 끝내뒀을 것이다.

융융이 두 사람에게 다가가자 실비아가 허둥지둥 그녀를 향해 손을 뻗으며……!

"자, 잠깐……! 기다……!"

"『텔레포트』!"

이건 너무하네.

홍마족이 마른침을 삼키면서 두고 보는 가운데 실비아는 부들부들 떨기 시작했다.

"……우후후후, 아하핫! 뭐가 최강의 마법사 집단, 홍마족이라는 거야! 하나같이 입만 산 근성 없는 집단이잖아! 너희 같은 홍마족, 그리고 너희와 가깝게 지내는 놈들도 전부 근성 없는 얼간이들이야!"

분노 때문일까, 아니면 진짜로 웃겨서일까.

실비아는 거대한 몸을 부들부들 떨면서 웃음을 터뜨렸다.

그런 실비아에게서 좀 떨어진 곳에 숨어있는 우리는…….

"어이, 아쿠아. 저 녀석이 저렇게 빈틈을 보이고 있는 사이에 공격 준비를 하자. 아까 네가 실비아의 드레스를 걸레 조각으로 만든 파마(破魔) 마법을 압축해서 날리자고. 내가 부탁받은 건 이걸 찾아오는 거지만, 기왕 이렇게 됐으니 우리가 멋지게 저 녀석을 해치워버리는 거야."

"흐음, 드디어 내가 나설 차례인 거네. 좋아. 폼 나는 역할은 나한테 맡겨줘."

사전 통보 같은 걸 할 필요는 없었다.

이대로 한방에 가버린다면 빈틈을 보이고 있는 저 녀석의 자업자득이었다.

마법 준비가 끝났는지 아쿠아가 고개를 끄덕였다.

나는 잠복 스킬로 공격을 시도하는 기색을 숨긴 후, 저격 스킬로 조준했다.

표적은 여전히 웃음을 터뜨리고 있는 실비아였다.

왠지 스나이퍼가 된 기분이었다. 그렇다면 수많은 스나이핑 게임을 섭렵한 내 실력을 보여줄 때였다.

"『세이크리드 엑소시즘』!"

아쿠아가 마법을 날린 순간, 레일건의 뒤편에 달린 마법 흡입구가 마법을 흡수했다.

"『저격』!!!!"

나는 실비아를 향해 압축된 파마 마법을 쏘기 위해 주저 없이 방아쇠를……!

……당겼지만, 아무 일도 일어나지 않았다.

"응?"

찰칵찰칵 소리를 내면서 몇 번이나 방아쇠를 당겼지만, 뭔가가 발사되는 느낌이 들지 않았다.

"어이, 뭐가 어떻게 된 거야?! 혹시 고장 난 거야? 아니면 안전장치 같은 게……."

내가 당황한 상태에서 레일건을 흔들어댔지만 여전히 작동하지 않았다.

"『세이크리드 엑소시즘』! 『세이크리드 엑소시즘』!"

고개를 갸웃거리고 있는 내 옆에서는 아쿠아가 마법이 빨려 들어가는 게 재미있는지, 몇 번이나 파마 마법을 사용하고 있었다.

으음, 오랫동안 장대로 쓰인 탓에 고장이라도 난 걸까.

"어디, 한번 줘봐라. 이런 건 요렇게 하면 작동하는 법이지."

다크니스는 그렇게 말하면서 레일건을 손으로 두드렸다.

이 녀석은 정말로 높은 수준의 교육과 예의범절을 배운 상류층 아가씨인 걸까.

"어이, 다크니스. 두드릴 거면 좀 더 위쪽을…… 그래. 거기야. 그 안에 마법이 들어있지 않을까?"

"잠깐만요. 그게 예의 병기인가요? 체케라가 소중히 여기던 이상한 형태의 장대 같아 보이는데요. ……혹시 안쪽이 막힌 거 아닐까요? 내부를 청소할 길쭉한 봉이라도 가지고 올까요?"

다크니스가 레일건을 두드리고 메구밍이 봉을 찾으러 가려고 한 순간이었다.

"저기……. 저, 저기……!"

아쿠아가 내 옷소매를 잡아당기면서 어딘가를 손가락으로 가리켰다.

"왜 그래? 너는 또 마법을 걸어봐. 아까 그 마법이 레일건과 상성이 나쁜 걸지도 모르니까, 다른 파마 마법을……."

내가 그렇게 말하면서 아쿠아가 가리키고 있는 쪽을 쳐다보니…….

실비아가 핏발 선 눈으로 이쪽을 노려보고 있었다.

"어머어머, 그런데서 뭘 하고 있는 거야? 어머? 꽤나 재미있어 보이는 걸 들고 있네!!"

실비아는 떨어진 곳에 있는 나를 표적으로 삼았다!

8

"꼬마야, 거기 서! 네가 들고 있는 그걸 두고 가렴! 마왕군 간부의 감이, 그 물건은 위험하다고 외쳐대고 있어!"

자신을 막아서는 홍마족들을 전부 무시한 실비아는 은색을 띤 거대한 몸을 꿈틀대며 우리를 쫓아왔다.

내가 들고 있는 레일건이 위험한 물건이라는 사실을 알아챈 것 같았다.

어쩌지? 확 이걸 다른 사람에게 패스해버릴까?!

"기다려어어! 카즈마 씨는 나보다 스테이터스가 낮으면서, 왜 도망칠 때는 이렇게 빠른 거야?! 이러려고 도주 스킬을 익힌 거야?! 두고 가지 마!"

코멧코를 안아든 아쿠아는 내 바로 뒤에서 따라오고 있었다.

참고로 아쿠아에게 안겨있는 코멧코는 언제부터인가 춈스케를 꼭 끌어안은 채 가만히 있었다.

이 애도 정말 거물이었다.

"뭐하고 있는 거야?! 빨리 쫓아오라고! 앗, 다크니스가 뒤처지고 있잖아! 하긴, 저 녀석은 무겁지!"

"무, 무겁다고 하지 마라! 입고 있는 갑옷이 무거운 거란 말이다!"

어느새 갑옷을 입은 다크니스는 갑옷의 무게 때문에 뒤처지고 있었다.

짜증나는 소리를 하는 다크니스의 바로 뒤편에서 실비아가 바짝 쫓아오고 있었다.

젠장, 이렇게 되면 이 무거운 병기를 내던져……!

"도망쳐봤자 아무 소용없어, 사토 카즈마! 그리고 잘 들어, 홍마족! 오늘부터 내가 너희의 천적이야! 이 세상 어디에 숨어있든 반드시 찾아내서 멸족시켜줄게! 이 세상 어디에 마을을 만들든, 반드시 박살내러 가주겠어!"

실비아는 불타고 있는 마을 전체에 울려 퍼질 만큼 큰 목소리로 그렇게 말했다.

이 레일건을 넘기면 우리는 놔줄려나…….

"겁쟁이 홍마족! 너희도, 그리고 너희와 연관된 자들도! 이제부터는 언제 습격당할지 몰라 공포에 벌벌 떨면서 살라구!"

실비아가 그런 식으로 도발하는데도 홍마족들은 딱히 개의치 않는다는 듯 대꾸도 하지 않았다.

빛을 굴절시키는 마법도 그렇고, 융융과의 연계도 그렇고, 텔레포트 마법의 사용방식도 그렇고…….

이 사람들은 정말 머리가 좋은 것 같았다.

가능하면 그 점을 좀 더 올바른 방향으로 써줬으면 좋겠다.

"우리 언니는 겁쟁이가 아냐!"

실비아의 웃음소리마저 묻어버릴 만큼, 커다란 목소리가 들려왔다.

그것은 춈스케를 꼭 끌어안은 코멧코가 아쿠아에게 안긴 상태에서 실비아를 향해 외친 소리였다.

코멧코에게 안긴 촘스케가 축 늘어져 있고 이빨자국이 나 있는 게 신경 쓰였지만, 지금은 그런 것보다 더 신경 쓰이는 점이 있었다.

"그 말은 흘려들을 수가 없군요. 이건 홍마족과 마왕군 사이의 문제예요. 카즈마가 들고 있는 병기를 넘기면 이 세 사람은 놔줄 건가요?"

분노 포인트가 뭔지 알 수 없는 우리의 성질 급한 마법사는…….

갑자기 걸음을 멈추더니, 실비아를 향해 지팡이를 들었다.

그 모습을 본 실비아도 움직임을 멈추더니 혀로 입술을 핥으면서 웃음을 흘렸다.

"어머, 아까부터 존재감이 없던 아가씨네. 그러고 보니 아직 네가 마법을 쓰는 모습을 못 봤어. 네 특기 마법은 뭐야? 역시 뭐시기포트야?"

실비아가 도발하듯 그렇게 말하자, 메구밍은 퉁명스러운 목소리로 말했다.

"그러고 보니 아직 당신에게 제 이름을 밝히지 않았군요. 저는 메구밍이라고 해요. 그리고 제가 진짜 홍마족 제일의 마법사예요."

메구밍은 아까 융융이 입에 담았던 홍마족 제일이라는 대사를 신경 쓰고 있는 것 같았다.

그녀는 평소와 달리 담담한 목소리로 자기소개를 했다.

실비아는 그녀의 말을 듣더니 뜻밖이라는 표정을 지었다.

"너는 특이한 홍마족이구나……. 그 이상한 자기소개는 안 하는 거야? 홍마족에게 허세만큼 중요한 건 없잖아."

실비아가 놀리는 목소리로 그렇게 말했지만 메구밍은 눈썹조차 찌푸리지 않았다.

바로 그때였다.

"우리 언니는 진짜 대단하다구! 엄청난 마법으로 사신(邪神)도 해치울 수 있단 말이야!"

아직 아쿠아에게 안겨있는 코멧코가 그렇게 외쳤다.

메구밍은 그런 코멧코를 힐끔 쳐다보며 빙긋 웃었다.

"죄송하지만 코멧코를 지켜봐주세요. 저 애는 아무한테나 무턱대고 달려들거든요. 저는 그 사이에 필살마법으로 저 녀석을 날려버리고 올게요."

메구밍은 그렇게 말하더니…….

"어, 어이."

그녀를 말리려 하는 내 말을 깡그리 무시하며 한쪽 눈을 가리고 있는 안대를 풀었다.

마을 사람들에게 네가 폭렬마법을 사용한다는 사실이 알려지면 안되잖아.

내가 그런 걱정을 하고 있을 때, 메구밍의 말을 들은 실비아가…….

"어머어머. 필살마법이라는 말이 또 튀어나왔네! 오늘 몇 번이나 들었는지 모르겠다니깐!"

……놀리듯이 그렇게 말했다.

홍마족들이 소곤거리는 소리도 들려왔다.

"효이자부로의 딸이 왜 저렇게 변했지? 예전에는 이렇지 않았는데 말이야."

"필살마법을 쓸 거면 좀 더 기운을 모아야할 거 아냐!"

"좀 더 의미심장한 말들을 늘어놓아야 한다고."

홍마족 사람들은 메구밍이 진짜로 필살마법을 쓸 수 있다는 사실을 모른다.

메구밍에게는 네가 비장의 카드라고 말해뒀지만, 그건 이 성질 급한 마법사가 이 마을에서 폭렬마법을 쓰지 못하게 하기 위한 방편이었다.

메구밍은 폭렬마법을 쓸 생각인 것 같지만 이 마을 사람들에게 그녀의 비밀이 알려지게 해서도, 안 통할지도 모르는 폭렬마법을 쓰게 해서도 안 될 것 같은 느낌이 들었다.

마력이 다 떨어진 메구밍을 업고 도망칠 자신 또한 없었다.

"……어이, 메구밍. 할 이야기가 있는데……."

"카즈마."

내가 설득을 하려고 한 순간, 메구밍이 작은 목소리로 말했다.

"아까 아쿠아에게 들었는데……. 카즈마는 지하 격납고에 적힌 고대 문자를 읽을 수 있죠?"

그 말을 들은 순간, 나는 뜨끔했다.

그 녀석, 괜한 소리를 하기는!

그것보다 이런 상황에서 나에게 이런 소리를 하는 건…….

메구밍은 입가를 히죽거리면서 말했다.

"……항상 우리 뒤치다꺼리를 하게 해서 미안하긴 했거든요. **그러니 오늘은, 제가 카즈마의 뒤치다꺼리를 할게요.**"

……홍마족은 머리가 좋다.

나는 그 사실을 뼈저리게 이해했다.

—메구밍의 붉은 눈동자가 찬란히 빛나고 있었다.

실비아는 그런 메구밍을 재미있다는 듯이 쳐다보며…….

"아가씨, 그쯤 하면 됐잖아? 어차피 너도 나한테 덤비지는 않을 거지? 내가 너한테 접근하면 텔레포트로 도망칠 거잖아."

……도발하듯 그렇게 말했다.

하지만 그 말을 들은 우리의 성질 급한 마법사는 그저 조용히 지팡이를 들어올렸다.

그러자 실비아뿐만 아니라 이 광경을 지켜보고 있던 홍마족들까지 의아한 표정을 지었다.

……큰일 났다.

이 녀석, 완전 진심이야.

나는 메구밍이 사용하는 폭렬마법의 위력을 잘 알고 있다.

그래서 현재 다른 홍마족들이 폭렬마법의 효과범위 가장자리에 있다는 사실도 알 수 있었다. 저곳에 있으면 폭렬마법에 휘말리기는 하지만 죽지는 않으리라.

동료들이 휘말리기는 해도 죽지는 않는 상황이라면, 이 녀석은 주저 없이 폭렬마법을 쓸 것이다.

"어이, 다들 도망쳐! 실비아한테서 빨리 떨어지라고! 가능한 한 멀리 떨어지란 말이야!"

홍마족들은 내 외침을 듣더니 오오, 하고 탄성을 지르면서…….

"역시, 메구밍의 동료군! 외부인인데도 분위기를 띄울 줄 아는 걸!"

"꽤하네……. 저 필사적인 표정은 도저히 연기 같아 보이지 않아."

차례차례 그런 느긋한 소리를…….

"이 바보들아! 진짜로 필살마법이 날아올 거라고! 도망쳐! 빨리 도망치라고!"

내가 그렇게 외치자 실비아뿐만 아니라 홍마족들까지 웃음을 터뜨렸다.

이, 이 녀석들, 하나같이 내 말을 농담 취급 하고 있잖아……!

될 대로 되라고 생각한 나는 다른 동료들과 함께 메구밍의 옆에 섰다.

“메구밍, 걱정하지 마. 폭렬마법이 통하지 않더라도 내가 저 뱀여자를 저지하겠다. 저 강철 같은 몸이 나를 졸라댄다면……. 아아, 정말……!”

“너는 정말 언제 어느 때나 한결같구나.”

“나는 코멧코를 지키기 위해 멀찍이 떨어져 있을게!”

나는 피난하려 하는 아쿠아를 잡은 후, 레일건을 발치에 내려놓고 칼을 뽑아들었다.

메구밍이 그런 우리를 보더니 입가에 미소를 머금었다.

그리고 주저 없이 폭렬마법을 영창하기 시작했다.

멀찍이서 지켜보고 있던 홍마족들은 그 영창을 듣더니 그대로 침묵에 휩싸였다.

역시 마법 전문가인 홍마족들은 눈치챈 것 같았다.

메구밍이 아까부터 허세를 부린 게 아니라는 사실을 말이다.

표정이 딱딱하게 굳은 홍마족들이 허둥지둥 도망치는 가운데, 실비아는 영문을 모르겠는지 주위를 두리번거렸다.

근 1년 동안, 나는 메구밍의 영창을 매일같이 들었다.

그렇기에 영창이 끝나는 시간도 얼추 알고 있었다.

아무래도 메구밍에서 뿜어져 나오는 마력의 흐름, 그리고 홍마족들의 반응을 본 실비아는 메구밍이 아까 한 말이 농담이 아니라는 사실을 눈치챈 것 같았다.

지금까지 계속 골탕만 먹었던 탓인지, 실비아는 진심인 메구밍을 보고 약간 겁을 먹은 것 같았다.

"필살마법? ……자, 작렬마법이든, 폭발마법이든, 그 어떤 상위 마법이든! 마술사 킬러와 하나가 된 나에게 얼마든지 써보라구! 그게 통하지 않는 때가 바로 너희가 최후를 맞이하는 순간이야……!"

실비아는 두 손을 교차시켜 얼굴을 지키면서 고함을 질렀다.

메구밍은 붉은 눈동자를 치켜뜨더니 모든 마력을 쏟아 부으면서 마법을 시전했다!

"『익스플로전』!!!!"

압도적일 정도로 부풀어 오른 마력이, 메구밍이 쥔 지팡이 끝에서 뿜어져 나왔다!

"어, 어엇?!"

메구밍이 사용한 마법이 무엇인지 눈치챈 실비아의 얼굴이 공포에 의해 일그러졌다. 그리고 메구밍이 날린 섬광이 실비아를 향해 일직선으로—!

……날아가지 않고, 내가 내려놓은 레일건의 뒷부분에 빨려 들어갔다.

""""어.""""

그 순간, 우리뿐만 아니라 실비아와 홍마족까지 어이없어

했다.

그리고 마력을 전부 다 쓴 메구밍이 무너지듯 쓰러지는 가운데…….

실비아가 한순간이라도 겁먹은 게 분해 죽겠는지…….

“빌어먹을, 저 꼬맹이 때문에 겁 한번 제대로 먹었잖아! 이 녀석, 갈가리 찢어 죽여주마!”

남자 말투로 그렇게 외치면서 얼굴을 한껏 일그러뜨리더니, 그대로 우리를 향해 돌진했다.

트랜스젠더가 진짜로 뚜껑 열리니 엄청 무섭네!

하다못해 여자말투라도 계속 쓰라고!

“젠장~! 이 잡동사니 때문에 진짜로 큰일 났잖아!”

“카, 카즈마! 실비아가 이쪽으로 오고 있다! 너는 마력을 다 쓴 메구밍을 데리고 도망쳐라! 내 걱정은 하지 마라! 한 시간 정도만 즐길 테니, 그 후에 나를 구하러 와주면 된다……!”

“카즈마 씨~! 나는 여신답게 코멧코라는 조그마한 생명을 지켜야만 하니까, 먼저 실례할게!”

하나같이 아무짝에도 쓸모가 없다니깐!

“저거, 반짝반짝 거리고 있어.”

내 옆에 있는 아쿠아에게 안겨있던 코멧코가 느닷없이 그런 소리를 했다.

고개를 돌려보니—.

지면을 굴러다니고 있던 레일건의 측면에 『FULL』이라는 글자가 반짝거리고 있었다.

나는 아까 본 수기를 떠올렸다. 거기에는 이 레일건이 마법을 압축해서 발사하는 병기라고 적혀 있었다.

이 녀석은 고장 난 게 아니었다. 그저 한 방을 날리기 위해 필요한 만큼의 마력을 흡수하지 못한 것뿐이었다.

반사적으로 그것을 주워든 나는 코앞까지 다가온 실비아를 향해 레일건을 든 후……!

"마왕군 간부, 실비아! 내 이름을 기억해둬! 그리고 저 세상에 가면 다른 간부들에게 안부 전해달라고! 내 이름은 『두웅!』."

나는 멋진 대사를 날리면서 방아쇠를 당기려 했다. 하지만 아쿠아에게 안겨있던 코멧코가 나보다 먼저 방아쇠 부분을 당겼다.

강렬한 반동이 느껴지더니 레일건의 끝에서 눈부신 빛이 뿜어져 나왔다.

레일건에서 발사된 섬광은 실비아가 자신을 지키기 위해 들어 올린 은색 꼬리를 간단히 꿰뚫었다. 그리고 그대로 실비아의 가슴에 커다란 구멍을 냈다.

그 후에도 위력이 줄어들지 않은 그 빛은 홍마의 마을 뒤편에 있는 산봉우리까지 날아가 그대로 산에 부딪히더니……!

눈부신 빛과 폭음을 내면서 그 일대를 없애버렸다.

내가 열기 때문에 변형된 레일건의 잔해를 떨어뜨린 순간, 실비아가 묵직한 소리를 내면서 대지에 쓰러졌다.

빈사 상태인 실비아는 지면에 쓰러진 채 피를 토하면서 중얼거렸다.

"……어, 어머? 나, 나, 이, 이걸로 끝인 거야……?"

그런 실비아를 멀찍이 떨어진 곳에서 지켜보던 홍마족을 비롯해, 이 자리에 있는 이들 모두가 망연자실해 하는 가운데…….

아쿠아에게 안겨있던 코멧코가 지면에 내려서더니 포즈를 취하면서 말했다.

"내 이름은 코멧코. 홍마족 제일의 마성의 여동생! 마왕군 간부보다 강한 자!!"

내 역할을 가로채갔어!

9

숨을 거둔 실비아의 사체는 홍마족이 처리하기로 했다.

마술사 킬러와 일체화된 실비아의 몸은 마법을 튕겨내는

방어구의 소재로서 활용될 것 같았다.

전화위복이라는 말은 이럴 때 쓰는 것이 아닐까 하는 생각이 들었다.

그리고—.

오늘 아침, 실비아 때문에 궤멸적인 피해를 입은 홍마의 마을은…….

"말도 안 돼."

엄청난 속도로 복구되고 있는 마을을 본 나는 망연자실한 목소리로 그렇게 중얼거렸다.

건물 파편은 마법으로 치워버렸고, 암반에서 잘라낸 건축자재는 일시적으로 골렘으로 변형시켜 건설현장으로 걸어가게 했다.

그리고 소환마법으로 불러낸 팔이 여섯 개 달린 악마가 팔마다 목공용 도구를 쥐더니…….

"……어이, 메구밍. 이게 어떻게 된 거야? 왜 이렇게 빠른 속도로 복구되는 건데?"

나는 홍마족의 불합리함을 다시 한번 느끼면서 메구밍에게 물었다.

"왜냐고 물어도 답변을 하기가 곤란하네요. 다른 마을의 복구 속도를 모르기 때문에 이게 얼마나 빠른 건지 알 수가 없거든요."

"……아무튼, 마을이 원상 복구되는 데는 며칠 정도 걸려?"

"사흘은 걸릴걸요?"

사흘이라.

마왕군 간부에 의해 괴멸적인 피해를 입은 마을이 사흘만에 원래대로 복구되는 거냐.

"……나, 『마을이…… 불타고 있어……』라며 덧없는 목소리로 중얼거리는 여자애를 보고 엄청 죄악감을 느꼈거든?"

"그거 이상하네요. 이 마을 사람이라면 다소 피해를 입더라도 금방 복구시킬 수 있다는 걸 알 텐데요……. 어떤 사람이 그런 소리를 한 거죠?"

어떤 사람?

분명, 메구밍처럼 안대를 한…….

"……이 애야."

나는 눈앞을 지나가고 있는 안대 소녀를 손가락으로 가리켰다.

"뭐야? 외부인, 나한테 볼일이라도 있어? 아, 메구밍. 실은 너를 찾고 있었어."

"아루에잖아요. 오래간만이에요."

아무래도 이 안대 소녀는 메구밍의 지인 같았다.

잠깐, 아루에?

"메구밍, 이걸 읽어주지 않겠어? 이건 방금 집필을 끝낸 **『홍마족 영웅전』**의 2장이야. 홍마의 마을이 불타는 장면의

묘사가 끝내줘."

홍마의 마을이 불타는 장면…….

아루에……?

아루에라면……!

분명 나를 이 마을에 오게 만든…….

"흐음, 그럼 잘 읽을……."

그 엉터리 편지를 보낸 장본인이잖아!

"너냐아아아아아아앗!!"

"아아아아아~?!"

나는 메구밍이 건네받은 종이 다발을 가로챈 후, 그대로 쫙 찢어버렸다.

"아아아아……. 내, 내 걸작이……. 일주일 밤샘의 결정체가……."

"그 어떤 상황에서도 동요하지 않던 아루에가 이러는 모습은 처음 봤어요."

메구밍은 종이 다발을 꼭 끌어안은 채 지면에 주저앉은 아루에의 어깨를 가볍게 두드렸다.

"너 때문에……! 너 때문에 내가 얼마나 큰 기대와 기쁨을 느꼈는지 알아?! 그리고 그 후에 얼마나 실망했는지 아냐고! 남자를 가지고 놀지 말란 말이다!"

"메, 메구밍, 이 무례한 남자는 뭐야?! 그리고 초면인 사람한테 이런 짓을 하다니, 정말 놀랍네!"

"너의 그 무시무시한 행적들이 더 놀랍다고! 『마을이…… 불타고 있어……』 같은 의미심장한 소리를 왜 한 거야?! 그리고 뭐? 신작? 너는 우리가 필사적으로 싸우는 동안, 집에 틀어박혀서 이딴 걸 쓰고 있었던 거냐?! 네가 융융에게 보낸 불쏘시개급 소설 때문에 내가 어떤 꼴을 당했는지 알아?!"

"불쏘시개급 소설?!"

"두, 두 사람 다 진정하세요. 초면이면서 왜 이렇게 사이가 좋……, 잠깐……, 두 사람 다 그만해요! 싸움을 멈추지 않으면 고레벨이 된 저의 끝내주는 스테이터스 맛을 보게 될 줄 알라고요!"

10

엄청난 속도로 마을이 복구되는 모습을 본 우리는 홍마의 마을에서의 마지막 밤을 보내고 있었다.

"—카즈마. 아까부터 왜 그러는 거죠? 다 같이 저녁을 먹을 때만 해도 기분이 좋아 보였는데, 잠시 나갔다 온 후부터는 계속 기분이 나빠 보이네요."

"그야 뻔하잖아! 어이, 그 『혼욕 온천』이라는 목욕탕은 뭐야?! 왜 그딴 이름을 붙인 건데?! 거기는 혼욕도, 온천도 아니잖아!"

내 말을 듣고 메구밍은 뭐가 어떻게 된 건지 눈치챈 것 같았다.

“아, 거기 갔다 왔군요. 거기는 이 마을을 찾은 관광객용 시설 중 하나예요. 마을에 온 여행자들은 그 목욕탕에 한 번은 꼭 가보죠.”

“이 마을은 대체 어떻게 되어먹은 거야?! 목욕탕까지 사람을 가지고 노는 거냐! 하아, 이번 여행은 정말 최악이야!”

실비아는 쓰러졌고 마왕군 잔당도 소탕했다.

마을도 별 탈 없이 복구되니 전부 잘 마무리된 것 같지만…….

“저는 이번 여행이 꽤 즐거웠는데요?”

메구밍은 내 옆에 누우면서 말했다.

마지막 밤 정도는 평온하게 보내고 싶었지만 나는 또 메구밍의 방에서 자게 됐다.

메구밍의 어머니가 또 일을 벌인 게 아니라, 메구밍이 슬리프 마법에 걸리는 것보다는 낫다면서 자원을 한 것이다.

메구밍이 이렇게 나오니 성희롱을 할 수가 없었다.

다크니스는 또 반대를 했지만, 효이자부로와 마찬가지로 슬리프 마법에 걸리고 말았다.

그리고 나는 이렇게 메구밍과 한 이부자리에 누워 있었다.

"……하지만 나는 오크와 실비아처럼 좋아하지 않는 상대 때문에 정조의 위기를 느꼈다고."

"아, 그런가요. 실은 저도 요 며칠 동안 비슷한 일을 겪었어요."

"자, 잘못했습니다……!"

요 며칠 동안 자신이 했던 일을 떠올린 나는 고개를 돌렸다.

옆에서 메구밍의 웃음소리가 들려왔다.

"만약 카즈마가 나쁜 짓을 했다고 생각한다면……. 재미있는 이야기라도 해주지 않겠어요? 가능하면 카즈마의 고향에 대한 이야기를 듣고 싶어요."

메구밍은 그렇게 말하면서 나를 쳐다보았다—.

"—그래서, 나는 재치를 발휘해 옆집 딸에게 이렇게 말했어. 이 돈으로 초콜릿을 사서 당일에 나한테 건네준다면, 잔돈을 전부 주겠다고 말이야. 이 작전은 성공했지. 내 남동생이 받은 초콜릿은 엄마가 준 것뿐이었지만, 나는 엄마와 그 애에게서 하나씩 받았어. 그 순간, 나와 남동생이 벌여온 기나긴 싸움에 종지부가 찍혔어. 이렇게 나는 형으로서의 위엄을 지키는 데 성공한 거야."

내 이야기를 계속 듣고 있던 메구밍은…….

"즉, 돈으로 사람을 고용해서 이긴 거군요. 카즈마는 옛날부터 그런 사람이었다는 걸 알고 안심했어요. ……그건 그렇고, 특이한 나라군요. 그 날 초콜릿이라는 걸 받지 못하는 게, 그렇게 큰일인 건가요?"

……내 고향에 존재하는 무시무시한 날에 흥미가 생겼는지 메구밍은 고찰을 해보기 시작했다.

"큰일 정도가 아니라고. 만약 내가 딱 한 번만 과거로 갈 수 있다면 이런 이상한 풍습을 생각해낸 녀석을 자근자근 밟아주러 갈 거야. 그 정도로 초콜릿을 받지 못하는 남성에게 있어서 골 때리는 날이란 말이야. 게다가 그 날을 어찌어찌 넘기더라도 말이야. 그 다음에는 답례라는 함정이 기다리고 있다고."

"……답례? 그게 무슨 소리죠?"

나는 메구밍에게 그 악질적인 관습을 설명했다.

"여성에게 초콜릿을 받은 경우, 한 달 후에 받은 초콜릿의 세 배 정도 되는 금액의 물건을 줘야 한다는, 악의에 찬 관습이 있어. 이걸 하지 않으면 여성들 사이에서는 사회적으로 말살되고 말아. 초콜릿을 받지 못하면 손가락질을 당하고 받으면 지갑이 거덜 나고 말지. 밸런뭐시기라는 날은 그런 악마 같은 이벤트라고."

메구밍은 내 말을 가만히 듣고 있었다.

그리고 의외라는 듯이 고개를 갸웃거리며 입을 열었다.

"왜 카즈마는 초콜릿을 받지 못한 거죠? 카즈마가 인간에게 있어 소중한 것이 결여된 사람이라는 건 알고 있어요. 하지만 같이 지내보면 카즈마의 좋은 면도 알게 될 텐데요. 예를 들자면 엄청……. 엄청……? 상냥한 사람……은 아니죠. 진지……? 그렇지도 않아요. ……어? ……응? 처세술이 뛰어나다? 아, 그런 사람이 빚을 질 리가 없죠. ……어, 응~?"

응~? 는 무슨 응. 어이, 좀 더 머리를 쥐어짜내 보라고.

힘 좀 내봐. 이것저것 있잖아.

"……뭐, 솔직하지는 않지만 그래도 동료를 아끼기는 하죠. 저는 카즈마의 그런 점을 싫어하지는 않아요."

동료를 아낀다, 라.

그건 결국 여자 사람들이 흔히 입에 담는, 이성으로는 여기지 않는 이에게 하는 대표적인 칭찬, 「너, 좋은 사람이구나」와 비슷한 말이지 않나요.

뭐, 메구밍에게서 색기 같은 걸 바라지는 않으니까 딱히 분하지도 않지만 말이야.

나는 오크 때문에 생긴 트라우마와 실비아와 있었던 일 때문에, 겉보기에만 제대로 생겼다면 그 어떤 이성도 의식하게 될 만큼 정신적으로 약해진 상태인 것뿐이다.

그러니 제대로 된 칭찬을 듣지 못하더라도 아무렇지 않다고!

"만약 제가 카즈마의 나라에 가게 된다면, 아까 말한 날에 초콜릿을 줄게요. 그러니 그걸 남동생에게 자랑하세요."

이 녀석도 이런 소리를 아무렇지도 않게 하고 있었다.

"너, 내 말을 제대로 안 들었지? 그 뭐시기 타인은 『좋아하는 사람』에게 초콜릿을 주는 날이라고. 너처럼 사이가 조금 좋을 뿐인 남자에게 휙휙 초콜릿을 주는 여자애는, 괜한 착각을 한 남자들 때문에 곤욕을 톡톡히 치를 거라고. 너, 얼굴은 반반한 편이니까 우리나라에서 그런 짓을 했다간 악녀 취급을 당할 거야."

내가 그렇게 말하자…….

"저는 카즈마를 좋아하는데요?"

메구밍은 태연하게 그런 소리를…….

"방금 한 말을 한 번 더 말씀해주세요."

내 귀는 중요한 타이밍에 결정적인 대사를 놓칠 만큼 쓸모없지는 않았다.

이불 밖으로 목만 내민 메구밍은 웃음을 터뜨렸다.

"카즈마를 싫어하지는 않아요."

"어이, 방금 했던 대사와 다르잖아. 내 기억력은 그렇게 나쁘지 않다고."

메구밍이 그 말을 듣고 또 웃었다.

그리고 마치 잡담이라도 하듯 말했다.

"카즈마, 혹시나 해서 묻는 건데 말이죠."

"뭔데? 혹시나 뭐? 아, 나는 항상 오케이야. 언제든지 웰컴이라고."

혹시 무드에 휩쓸려 고백이라도 하려는 걸까?

그런 건가?

실비아를 쓰러뜨렸으니 오늘 밤에는 누군가에게 방해받을 일도 없었다.

메구밍은 결의를 다진 목소리로 말했다.

"카즈마는 기회가 된다면……."

기회가 된다면, 뭐?

빨리!

빨리 말해봐!

기대로 가슴을 가득 채우고 있는 나에게, 메구밍은 차분한 목소리로 말했다.

"—우수한 마법사를, 얻고 싶나요?"

종 장 『내가 원하는 것은 최강의 마법사』

다음 날.

나는 메구밍과 함께 마을 안을 돌아다녔다.

산책 도중에 융융과 마주친 우리는 셋이서 함께 다니기로 했다.

융융은 한동안 마을에 남을 줄 알았는데, 아무래도 우리와 함께 액셀 마을에 가려는 것 같았다.

뭐, 솔직히 말해 융융이 한시라도 빨리 액셀에 가려고 하는 것도 이해는 됐다.

그것은 실비아와의 싸움이 끝난 후로 이 홍마의 마을에서 발생한 변화 때문이었다.

"아! 『**푸른 번개를 짊어진 자**』 융융! 오래간만이야. 지금 밥 먹으러 가는 길인데, 같이 안 갈래?"

우리와 함께 걷던 융융에게 그녀와 비슷한 또래로 보이는 소녀가 그렇게 말했다.

융융은 그 말을 듣더니 얼굴을 새빨갛게 붉히면서 고개를 세차게 저었다.

융융의 그런 반응을 보고도 딱히 기분 나빠하지 않은 그 소녀는 「그래? 아쉽네」라고 말하더니 손을 흔들면서 어딘가로 향했다.

"……인기 좋네요, 『**푸른 번개를 짊어진 자**』. 식사 권유 정도는 받아주는 게 어때요?"

"하지 마! 그 이름으로 부르지 말라구! 내, 내가 왜 그런 바보 같은 짓을 했지……?!"

메구밍이 그렇게 말하자 융융은 울상을 짓고 새빨개진 얼굴을 두 손으로 가렸다.

그 일 이후로, 홍마족들이 융융을 대하는 모습이 달라졌다.

원래 마을 제일의 괴짜이자 이상한 센스를 가지고 있다는 평가였는데, 마을의 카리스마적 존재가 되고만 것이다.

바로 그때, 지나가던 남자가 융융에게 말을 걸었다.

"어, 『**뇌명을 부르는 자**』 융융! 지금 밥 먹으러 가는 길인데……."

"안 가요! 안 갈 거라고요!!"

융융이 울상을 지으면서 거부하자, 그 남자는 아쉽다고 말하더니 손을 흔들면서 가버렸다.

일단 이건 신종 괴롭힘은 아닌 것 같았다.

"……인기 좋네요, 『**뇌명을 부르는 자**』. 따라가서 얻어먹지 그랬어요."

"그만해! 부탁이니까 그만하라구! 나를 이상한 별명으로 부르지 말란 말이야!"

융융은 양손으로 얼굴을 가린 채 고개를 내저었다.

메구밍은 갑자기 쥐고 있던 지팡이 끝으로 융융의 볼을 꾹꾹 누르면서 말했다.

"홍마족 제일의 마법사가 무슨 소리를 하는 거예요! 제 앞에서 멋대로 그딴 소리를 했으면서, 이제 와서 별명은 싫다는 건가요? 정말 제멋대로군요! 자, 한 번 더 그때 그 멋진 포즈를 취해 보세요!"

"하, 하지 마! 메구밍은 아직도 그 일을 신경 쓰고 있는 거야?! 한 번 정도는 괜찮잖아!"

자신을 볼을 지팡이로 꾹꾹 눌러대는 메구밍에게서 벗어나기 위해, 융융이 격렬하게 저항하고 있을 때…….

"너희 둘, 사이가 좋구나."

나는 별 생각 없이 그렇게 중얼거렸다.

내 중얼거림을 들은 메구밍이 나를 힐끔 쳐다보았다.

그리고 메구밍은 화난 것처럼 지팡이를 마구 휘둘러대면서 말했다.

"자, 빨리 가죠! 전송 가게에서 액셀을 텔레포트 가능 지역으로 등록해줬대요! 빨리 가서 액셀 마을로 돌아갈 준비를 하죠!"

"아앗! 메구밍, 기다려!"

나는 허둥지둥 메구밍의 뒤를 쫓는 융융을 미소 띤 얼굴로 지켜보며 그녀들의 뒤를 따랐다.

……바로 그때, 메구밍과 비슷한 또래로 보이는 두 소녀가 우리 앞에 나타났다.

"앗, 후니후라 양, 도돈코 양!"

대체 어떻게 아는 사이일까.

그 두 사람은 메구밍을 손가락으로 가리키면서 말했다.

"오래간만이야. 융융과 엉터리 마법사! 잘 지냈어?"

"아하하하하하! 홍마족 제일의 천재가 마을 최고의 엉터리 마법사가 됐네! 너 지금 마을 사람들 입에 엄청 오르내리고 있다구!"

놀림을 당한 메구밍은 주저 없이 그 두 사람에게 달려들었다.

"어이, 오래간만에 만난 반가운 동급생에게 정말 멋들어진 인사를 하는구나!"

"조, 좀 놀린 것뿐이잖아! 미, 미안해! 너, 너야말로 오랜만에 만난 동급생한테 왜 이렇게 공격적인 거야?!"

"그만해! 악력이 왜 이렇게 센 거야?! 너, 대체 레벨이 얼마인 거냐구! 아, 아야야! 폭력 반대!"

메구밍이 느닷없이 달려들자 그 두 사람은 울상을 지었다.

……어떤 사이인지는 모르겠지만, 아무래도 이 두 사람은 메구밍과 친한 편이 아닌 것 같았다.

바로 그때, 두 소녀 중 한 명이 융융에게 말했다.

"……저기, 어제는 정말 멋졌어. 이상한 애인 줄만 알았던 너한테 그런 면이 있는 줄은 몰랐어."

그렇게 말하더니 부끄러워하며 고개를 돌렸다.

"응, 솔직히 말해 다시 봤어! 융융, 정말 멋있었어!"

다른 한 사람은 그런 소리를…….

어이, 융융이 진짜로 울음을 터뜨릴 것 같으니까 이제 그만해.

"둘 다 좀 얼빠진 구석이 있어서 걱정했어."

"응. 메구밍은 어린애 같은 데가 있고, 융융은 나쁜 남자에게 낚일 것 같았거든. 그래도 건강해 보여서 안심이야."

그 두 사람은 그렇게 말하면서 미소를 지었다. 그 모습을 본 나는 왠지 안심이 되었다.

다행이야. 액셀 마을에서는 외톨이인 융융에게도 이렇게 친구 같아 보이는 사람이 있구나.

바로 그때, 융융이 나를 향해 미소 지었다.

"카즈마 씨, 제대로 소개해드릴게요. 후니후라 양과 도돈코 양이에요. 제 학창시절…… 치, 친구예요!"

융융이 기쁜 표정으로 자랑하듯 그렇게 말해서 나는 그 두 소녀를 향해 고개를 숙였다.

그 두 사람도 융융에게 친구라는 말을 듣고 멋쩍어 하며 고개를 꾸벅 숙였다.

"안녕하세요. 사토 카즈마라고 합니다. 융융의 친구죠. 그리고 항상 그녀에게 신세를 지고 있어요. 잘 부탁합니다."

""저, 저희야 말로 잘 부탁해요!""

이 마을 사람들 중에는 미인과 귀여운 애가 많았다.

그래서 나도 괜히 긴장이 되었다.

그런데 이 두 사람도 긴장한 것처럼 보이는데, 내 착각인 걸까.

그런 두 사람을 쳐다보던 메구밍이 갑자기 폭탄을 투하했다.

"어이, 평소에 눈곱만큼도 남자 만날 기회가 없는데다 옆구리가 허전해서 쓸쓸한 건 알겠지만, 그래도 **내 남자**에게 꼬리치지는 말아주실까."

""""**뭐?!**""""

메구밍이 느닷없이 그렇게 말하자 메구밍 이외의 세 소녀가 딱딱하게 굳어버렸다.

"어, 어이, 너 지금 무슨 소리를 하는 거야……?! 너, 설마 어젯밤에 했던 **나를 좋아한다**는 말이 진심이었던 거야?!"

""""**어!!**""""

세 사람은 내 말을 듣더니 더욱 경악했다.

도돈코와 후니후라는 당황할 대로 당황한 채…….

"나나나나, 남자?! 그, 마법에만 관심이 있던 메구밍한테,

남자가 생긴 거야?! 거, 거짓말이지? 그, 그래. 나, 남자 사람 친구로서 좋아한다는 소리지?"

"그그그그, 그렇지~? 패션 같은 것에는 전혀 관심이 없던 메구밍한테, 뜬금없이, 나, 남자가 생길 리가……. 아, 안 그래?"

두 사람은 그런 소리를 했다.

뭐지.

뭐가 어떻게 돌아가고 있는 거지.

융융은 다른 두 사람과 마찬가지로 당황할 대로 당황한 채…….

"카, 카즈마 씨? 정말인가요? 메, 메구밍이, 고, 고백, 같은……."

그런 소리를 기어들어가는 목소리로 했다.

나는 메구밍을 쳐다보면서 말해도 되는지 눈짓으로 물어봤다.

"괜한 걱정할 필요 없어요. 저희는 카즈마가 과자 사들고 저희 집 부모님을 찾아와서 인사도 드리고, 함께 목욕을 했으며, 요즘 들어 매일같이 한 이불을 덮고 누워 꼼지락꼼지락거릴 뿐인 사이니까요."

""""**뭐?!**""""

얼굴이 새파랗게 질린 후니후라와 도돈코가 뒷걸음질을 쳤다.

뭐, 확실히 거짓말은 아니야.

그런 두 사람을 본 메구밍이 의기양양한 미소를 지으면서…….

"…………훗."

""어!!""

……코웃음을 쳤다.

"…………우, 우에에에에엥! 나, 남자가 생겼다고 빼기지 말라구우우웃!"

"하, 하나도 분하지 않아! 분하지 않다구우우우웃!"

두 사람은 그런 패배자 특유의 대사를 뱉으면서 어딘가를 향해 뛰어갔다.

그리고 메구밍은 얼굴을 새빨갛게 붉힌 채 당황한 표정으로 이 자리에 남아있는 윰윰에게 말했다.

"윰윰. 저는 카즈마와 가볼 곳이 있어요. 미안하지만 저 대신 전송 가게에 가서 준비를 해주지 않겠어요?"

"뭐?! 저, 저기……. 그, 그건 괜찮은데……! 역시 두 사람은, 저기……?"

윰윰이 머뭇거리면서 나와 메구밍을 번갈아 쳐다보았다.

메구밍은…….

평소 절대 쓰지 않는, 여고생 같은 말투로 말했다.

"우리 중 누구한테 애인이 생겨도, 평생 친구로 지내자!"

"우, 우에에에에엥! 평소에는 절대 나를 친구라고 안 부르면서! 또 메구밍에게 졌다고는 눈곱만큼도 생각하지 않는다구우우웃!"

후니후라, 도돈코에 이어 융융까지도 어딘가를 향해 뛰어갔다.

—메구밍은 나를 데리고 마을 밖으로 나갔다.

그곳은 인적 없는 숲속의 조용한 장소였다.

이곳에서 들리는 것은 벌레와 새 소리 뿐이었다.

그런 곳에 도착한 메구밍은 갑자기 나를 향해 돌아섰다.

……응. 이 시추에이션은 뭐지?

어, 뭐야?

고백이라도 하려는 건가?

아니, 이미 고백은 받았잖아.

……이미 받은 거 맞지?

아니, 어제 그걸 고백이라고 생각해도 괜찮은 걸까.

아니, 그래도 방금 나를 내 남자라고 말했잖아!

아니, 하지만 동급생 앞에서 잘난 척을 하고 싶었다든가……!

방심하지 마, 사토 카즈마. 이 상황에서 「나도 너를 좋아해. 우리 사귀자!」 같은 소리를 해봤자, 그런 의미에서 한 말이 아니에요 같은 소리나 들을 것이다.

아니, 그 이전에 나는 메구밍을 좋아하는 걸까?

큰일 났다. 이성이 상냥하게 대해주니 그대로 끌리기 시작했다.

내가 이렇게 쉬운 남자였나?!

그런 생각으로 머릿속이 가득 찬 내가 안절부절 못하고 있을 때였다.

메구밍이 나를 지그시 쳐다보면서 입을 열었다.

"카즈마. ……어젯밤에 했던 질문을 한 번 더 할게요. 카즈마는 우수한 마법사를 얻고 싶나요?"

……뭐지.

어젯밤에도 들었지만 이 질문의 의도가 짐작조차 되지 않았다.

그래서 나는 어젯밤과 똑같은 대답을 하기로 했다.

"그야 가능하다면 당연히 얻고 싶지."

나는 그런 당연한 소리를, 당연하다는 듯이 말했다.

메구밍은 그 말을 듣고 만족한 것 같았다.

"그런가요. ……그 말을 들으니 저도 결심이 섰어요."

그리고 그렇게 말하면서 갑자기 미소를 지었다.

……데이트조차 해본 적이 없는 동정에게, 이런 장소에서 기습적으로 미소를 날리면 안된대이.

이런 인적 없는 장소에서 결심이 섰다는 둥, 마법사를 얻고 싶냐는 둥 같은 말을 들으니 가슴이 무지막지하게 뛰는데.

"저는 이제라도 상급 마법을 익힐까 해요."

메구밍은 그런 과격한, 동정에게는 너무 허들이 높은 짓을…… 뭐?

"……어이. 방금 뭐라고 했어?"

순식간에 흥분이 가신 나는 그렇게 물었다.

안 참으면 하루 세 끼 식사를 두 끼로 줄이겠다고 협박해도, 결국 못 참고 폭렬마법을 쓰고 마는 폭렬광이 지금 뭐라고 했지?

메구밍은 자신의 모험가 카드를 꺼내서 나에게 보여줬다.

"쭉 고민해왔어요. 융융에게 엉터리 마법사라는 말을 듣기 전부터예요. 아마 카즈마와 아쿠아, 다크니스와 만나지 않았다면 이런 생각은 하지도 않고 계속 폭렬마법을 갈고닦았을 거예요. 후니후라와 도돈코를 봤으니 알겠지만, 홍마의 마을 사람들은 분명 저에게 실망했을 거예요. ……저는 이제 카즈마의 짐이 되고 싶지 않아요. 이번에는 제가 카즈마와 동료들을 도와줄 거예요. ……그러니까. 그러니까, **폭렬마법은 오늘부로 봉인**할 거예요."

메구밍은 그렇게 말하면서 나를 향해 미소 지었다.

어이어이.

어어어이어이.

"잠깐만. 그야 네가 상급 마법을 익히면 정말 도움이 될 거야. 도움이 되고말고. 그래도 폭렬마법을 봉인할 필요는 없잖아. 토벌을 하지 않는 날도 있을 테니까 말이야. 그런 날은 또 1일 1폭렬을 하러 가는 거야. 게다가 평소에 쓰지 않더라도 여차할 때를 대비한 비장의 카드로 남겨둬도 되잖아……! 그리고 너, 모아둔 스킬 포인트는 폭렬마법 위력 상승과 고속영창 같은 스킬에 투자했다고 융융한테 말하지 않았어?"

내가 그런 소리를 하자, 메구밍은 웃음을 흘렸다.

"그런 걸 용케도 기억하고 있네요. 그런 스킬을 익힐 수 있도록 스킬 포인트를 소중히 모아뒀었어요. ……폭렬마법을 쓰면 마력이 다 떨어지기 때문에 그 날은 다른 마법을 쓸 수 없어요. 거꾸로 상급 마법을 쓰면, 제 모든 마력을 다 동원해야 겨우겨우 쓸 수 있는 폭렬마법을 쓸 수 없죠. 그뿐만 아니라 상급 마법을 익힌다면 조금이라도 빨리 쓸 수 있도록, 그리고 조금이라도 위력을 높일 수 있도록 수도 없이 연습을 해야만 해요."

그렇게 말한 후…….

메구밍은 자신의 모험가 카드를 지그시 쳐다보았다.

……나는 문뜩 떠올렸다.

액셀 마을을 떠나기 전에 바닐이 했던 말을 말이다.

『네놈은 이 여행의 목적지에서 동료가 마음속에 품고 있는 고뇌를 알게 될 것이다. 네놈의 말에 따라, 그 동료는 자신이 나아갈 길을 바꾸겠지. 그대, 후회가 남지 않도록 잘

생각해 본 후 조언을 해주거라.』

아아, 그 말은 이 일을 가리키는 거였구나.

젠장, 그 치트 악마 자식, 이런 일이 벌어질 걸 이미 알고 있었던 거냐?

돌아가면 가게 문손잡이에 성수를 잔뜩 발라줘야겠다.

하지만 바닐이 아니라 위즈가 그 문손잡이를 잡고 화상을 입을 것만 같았다.

메구밍은 소중한 추억이 어린 물건이라도 쳐다보듯 자신의 모험가 카드를 응시했다.

이윽고, 조용히 눈을 감더니…….

숨을 깊이 들이마시면서 눈을 떴다.

그리고 뭔가를 참듯 뒤돌아선 그녀는, 등 뒤에 있는 나를 향해 자신의 카드를 내밀었다.

그런 메구밍의 어깨는 희미하게 떨리고 있었다.

"카즈마. 미안하지만 엄청 잔인한 부탁을 해도 될까요?"

"……자기 손으로는 누르지 못하겠으니까, 나 보고 대신 상급 마법 습득 버튼을 눌러달라는 거지?"

메구밍은 고개를 끄덕였다.

정말 바보라니깐…….

"인마, 잘 생각해봐. 곧 우리는 거금을 손에 넣게 될 거야. 그러니 토벌 같은 위험한 일에 더는 고개를 들이밀지 않아도 돼. 그러니까 저택에서 데굴데굴하다, 때때로 폭렬마법으로 졸개들을 쓸어버리기도 하면서 다 같이 즐겁게 살자고.”

내가 그렇게 말하자 메구밍은 웃음을 터뜨렸다.

“전에는 저보고 중급 마법을 익힐 생각이 없냐고 그렇게 들들 볶았으면서, 이제 와서 무슨 소리를 하는 거예요?”

그렇게 말한 메구밍은 다시 나를 향해 카드를 내밀었다.

나는 아무 말 없이 그 카드를 받은 후…….

“……후회 안 할 거지?”

……메구밍의 등을 쳐다보며 말했다.

“안 해요. 저는 동료들의 짐이 되지 않기로 결심했어요. 제가 평범한 홍마족이었다면, 카즈마가 오크에게 겁탈당할 뻔하는 일도, 실비아에게 끌려가는 일도 없었겠죠. ……저는 홍마족 제일의 마법사. 상급 마법을 펼치는 자! ……앞으로는 이걸로 갈 거예요. 상급 마법을 쓸 수 있게 되면, 융융보다 잠재능력이 뛰어난 제가 홍마족 제일의 마법사겠죠. 융융에게 홍마족 제일의 마법사 자리를 넘겨주지 않을 거예요.”

메구밍은 딱 잘라 그렇게 말한 후…….

억지 미소를 지었다.

……정말 바보라니깐.

그 무엇보다도 좋아하는 폭렬마법에게 모든 것을 바쳐왔으면서 말이야.

나는 아무 말 없이 메구밍의 카드를 조작했다.

그나저나 타인도 카드를 조작할 수 있구나.

그 사실을 좀 더 일찍 알았다면 좋았을걸.

그랬다면 다크니스, 메구밍과 만난 직후에 그 녀석들의 카드를 훔쳐서 멋대로 조작해줬을 텐데 말이야.

나는 조작을 끝낸 후, 카드를 메구밍에게 건넸다.

메구밍은 카드에는 눈길조차 주지 않은 채, 자신의 품속에 집어넣었다.

그리고 나를 향해 고개를 돌리며 말했다.

"자, 그럼 슬슬 돌아가죠! 아쿠아, 다크니스와 함께 액셀 마을에 가자고요. 참, 실비아에게는 꽤 큰 상금이 걸려있는 것 같아요."

"뭐, 정말?! 그럼 빨리 액셀 마을로 돌아가서 파티라도 벌이자고."

메구밍이 마을로 돌아가려 하자 나는 그녀를 잡았다.

"아, 참. 메구밍. 폭렬마법 좀 써봐."

그리고 나는 메구밍에게 뜬금없이 그런 부탁을 했다.

메구밍은 내 말을 듣더니…….

"……당신이라는 사람은 정말……. 제가 결심을 하고 5분도 채 흐르지 않았는데, 폭렬마법을 써보라는 부탁을 해요? 생각이 있기는 한 건가요?"

어이없다는 투로 그렇게 말했다.

"우리나라에는 내일부터 노력한다는 말이 있거든. 그리고 나는 아직 100점짜리 폭렬마법을 못 봤어. 실비아한테 날렸던 폭렬마법은 병기의 힘을 빌려서 날린 거잖아. 네 최후의 폭렬마법이 그런 가짜여도 괜찮은 거야?”

“……말 한번 잘했어요. 좋아요. 제 최후의 폭렬마법을 보여주죠. 마지막인 만큼 엄청난 녀석을 보여주고 말겠어요!”

메구밍은 그렇게 말하더니 떨어진 곳에 있는 바위를 향해 지팡이를 들었다.

“……아, 메구밍. 저렇게 가까운 곳에 있는 것 말고 좀 떨어진 곳에 있는 걸 노려. 전력을 다해 쓸 거라면서? 아, 저쪽에 있는 바위가 좋겠어.”

내가 그렇게 말하면서 가리킨 것은 숲 너머의 평지에 있는 거대한 바위였다.

내가 느닷없이 그런 소리를 하자 메구밍은 고개를 갸웃거렸다.

“딱히 상관은 없지만, 저기면 사정거리의 끝이네요. ……그럼 카즈마. 제 혼신의 힘을 다한, 최후의 폭렬마법을 두 눈 크게 뜨고 똑똑히 지켜보세요!”

그렇게 말한 메구밍은 아까까지의 뭔가를 참고 있는 거짓된 미소가 아니라 진심에서 우러나온 미소를 지었다.

그리고 희희낙락하는 목소리로 폭렬마법의 영창을 시작했다……!

“『익스플로전』!!!!!”

메구밍이 쥔 지팡이의 끝에서 강렬한 빛이 뿜어져 나오더니 표적으로 삼은 바위에 꽂혔다.

그것은 틀림없이 과거를 통틀어 최대, 최고의 폭렬마법이었다.

귀청을 찢어버리는 굉음과 함께 엄청난 규모의 폭풍이 휘몰아쳤다.

이거라면 그 병기를 쓰지 않고도 실비아를 쓰러뜨릴 수 있었을지 모른다는 생각이 들 만큼, 엄청난 위력을 지닌 폭렬마법이었다.

자신이 펼친 마법의 위력을 본 메구밍은 깜짝 놀란 표정을 지으면서 품속에 넣어둔 모험가 카드를 꺼냈다.

그리고 그 카드를 살펴본 그녀는 난처한 듯한, 그리고 기쁨을 주체하지 못하는 듯한, 그런 미묘한 표정으로 나를 노려보았다.

이윽고 망토를 펄럭이며 환한 미소를 지은 그녀는 내 앞에서 자신의 이름을 밝혔다.

"내 이름은 메구밍! 아크 위저드이자, 폭렬마법을 펼치는 자! 액셀 제일의 마법사이며, 언젠가 폭렬마법의 극치에 도달할 자!!"

평소와 다름없는 메구밍이 내 눈앞에 있었다.

나는 메구밍의 뜻과 달리, 그녀가 모아뒀던 스킬 포인트를 폭렬마법의 위력 향상에 전부 쏟아부었다.

우수한 마법사를 얻고 싶냐고?

메구밍보다 우수한 마법사가 이 세상에 존재할 리가 없잖아.

마왕군 간부를 폭렬마법 하나로 농락하고 격퇴한단 말이야.

이 녀석보다 뛰어난 공적을 쌓은 마법사가 있다면 데리고 와봐라.

내가 원하는 건 우수한 마법사가 아니라…….

메구밍은 의기양양한 표정을 짓더니 자그마한 가슴을 쭉 펴면서 물었다.

"이번에는 몇 점인가요?"

그야 물론…….

"120점."

메구밍은 그 말을 듣더니, 끝내주는 미소를 지었다—.

에필로그

"역시 우리 집이 최고네! 한동안은 여행 안 할 거야! 애초에 은둔형 외톨이인 내가 여행을 하는 것 자체가 잘못된 일이라고!"

오랜만에 저택으로 돌아온 나는 아늑함을 느끼며 안도했다.

요즘 들어 연속으로 여행을 했지만, 은둔형 외톨이인 내가 그런 외향적인 행동을 하는 것 자체가 이상한 일이었다.

어차피 곧 있으면 바닐에게서 거금을 받는다.

이제 당분간은 여행을 하지 말아야겠다.

아니, 한동안 저택 밖으로 나가지 말아야겠다.

다행히 홍마족 사람들은 실비아에게 걸린 상금을 우리가 전부 받아도 된다고 했다.

그렇다면 꽤 큰돈이 내 손에 들어올 것이다.

정했다. 이제 골치 아픈 일에는 고개를 들이밀지 말아야지.

누가 엉엉 울면서 애원해도 나 몰라라 해야지.

"카즈마는 집에 도착하자마자 얼간이다움을 발휘하고 있네. 하지만 그런 모습을 보니 왠지 안심이 돼. 뭐랄까, 열심히 살지 않아도 될 것 같은 느낌이 들어."

"아쿠아, 그건 동족의 모습을 보고 안심하는 것뿐이다! 타락하지 마라! 저 모습을 본받지 말고 반면교사로 삼아야 한단 말이다!"

다크니스는 아쿠아의 말을 듣더니 그런 무례한 소리를 했다.

"뭐, 너무 그러지 마세요. 카즈마는 이번에 대활약을 했잖아요. 고대 문자를 해독한 걸로 모자라, 병기의 사용법까지 알아내서, 마지막에는 실비아를 해치우기까지 했다고요."

무슨 바람이 불었는지 메구밍이 내 편을 들어줬다.

"실비아를 쓰러뜨린 건 메구밍의 힘이잖아. 나는 그저 방아쇠만 당겼다고."

"하지만 마법을 순수한 파괴력으로 변환하는 그 병기가 없었다면, 분명 실비아를 해치우지 못했을 거예요. 그러니까 카즈마가 병기를 찾아와준 덕분에 이긴 거예요."

메구밍과 내가 서로의 공을 치하하고 있을 때였다.

"……어이, 아쿠아. 저 두 사람이 왜 저러는 거지? 왠지 이번 여행에서 돌아온 후부터 계속 이상하구나. ……호, 혹시 한 이부자리에서 자다, 결국……?!"

"어이, 말도 안되는 소리 하지 마. 그 어떤 불상사도 저지르지 않았다고! 메구밍, 내 말 맞지? 아무 짓도……. 어이, 너도 부정하라고! 딴 녀석들이 나를 미심쩍은 눈길로 쳐다보잖아!"

다크니스가 미심쩍은 눈길로 나를 쳐다보는 가운데, 메구밍은 별말 하지 않고 아쿠아의 곁으로 갔다.

아무래도 아쿠아가 들고 있는 게 신경 쓰이는 것 같았다.

그러고 보니 보통 이럴 때는 아쿠아가 가장 먼저 쓸데없는 소리를 하는데 말이야. 드문 일도 다 있네.

저 녀석은 아까부터 소파에서 뭘…….

삐용.

…….

"너, 어느새 게임기를 가지고 온 거야?! 어이, 나도 좀 하자. 그건 게이머인 나에게 어울리는 아이템이야!"

"빌리고 싶으면 그에 걸맞은 대가를 치러! 구체적으로 말하자면 내일 욕실 청소 당번을 바꿔달라구!"

아쿠아가 챙겨온 게임걸 때문에 다투고 있을 때였다.

현관문에서 노크 소리가 들리더니, 밖에서 남자 목소리가 들려왔다.

"실례합니다. 아무도 안 계십니까?"

아무 말 없이 서로를 쳐다본 나와 아쿠아는 그대로 고개를 끄덕인 후…….

문 쪽으로 살며시 다가갔다.

"아무도 안 계십니……. 오오, 안녕하십니까. 당신이 이 저택의……, 뭐, 뭘 하는 것이냐! 그만……?!"

"어디 사는 누구인지는 모르겠지만, 또 골치 아픈 일을 가지고 온 거지?! 빨리 돌아가라고, 이 악령아!"

"카즈마, 드레인 터치를 써! 드레인 터치로 생명력을 빨아서 이 사람을 기절시켜버리자! 그리고 밖에 내다버린 후, 아무도 안 온 걸로 하는 거야!!"

"너희 대체 뭘 하는 것이냐?! 앗, 카즈마! 그 손을 놔라!"

"귀찮은 일에 휘말리고 싶지 않은 건 알지만, 초면인 사람한테 이런 짓을 하면 안 돼요!"

다크니스와 메구밍은 손님에게 달려든 나를 떼어내더니 꼼짝 못하게 양손을 움켜잡았다.

방문자는 곧 노년에 접어들 것으로 보이는 집사 복장의 남성이었다.

그는 거친 숨을 내쉬면서 나와 아쿠아를 경계했다.

그런 그를 본 다크니스가 입을 열었다.

"뭐야. 하겐이지 않느냐. 이 저택에는 급한 볼일이라도 있지 않는 한 찾아오지 말라고 말했을 텐데? 너희가 오면 곤란한 게 아니라, 방금처럼 너희가 찾아왔다가 심한 꼴을 당할까봐 걱정되어서 그런 거다만……."

아무래도 이 집사는 다크니스의 가문에서 일하는 사람 같았다.

하지만 이 저택에 오면 심한 꼴을 당한다는 건 무슨 소리일까?

……뭐, 이 사람은 현재진행형으로 심한 꼴을 당하고 있지만 말이다.

집사는 잠시 동안 기침을 한 후에야 겨우 마음이 진정된 것 같았다.

"아가씨, 제가 이곳에 온 건 급한 볼일이 있기 때문입니다. 실은……."

그만해. 진짜로 골치 아픈 일은 사양하고 싶단 말이야!

내가 집사의 이야기를 듣지 않기 위해 귀를 막자, 다크니스는 내 손을 강제로 귀에서 떼어냈다.

"이, 이러지 마! 분명 나와는 상관없는 일일 거야! 나를 귀찮은 일에 휘말리게 만들지 말라고! 이제 아무데도 가기 싫고, 위험을 감수하고 싶지도 않아! 집에서 느긋하게 지내고 싶단 말이야!"

"나, 화장실 좀 청소하고 올게! 한동안 계속 여행 다니느라 방치해뒀으니까 많이 더러워졌을 거야!"

다크니스는 격렬하게 저항하는 나와 도망치려하는 아쿠아를 잡더니, 고개를 갸웃거리면서 집사에게 물었다.

"대체 무슨 일이지? 집에 무슨 일이라도 생긴 것이냐?"

다크니스가 그렇게 묻자…….

"아가씨, 큰일 났습니다! 이대로 있다간 아가씨의 유일한 장점이 사라지고 말 겁니다!"

집사는 그냥 흘려들을 수 없는 소리를 했다.

"잠깐만, 다크니스의 장점이 어떻게 된다고?! 설마 쪼그라드는 거야?! 이 발칙한 가슴이 쪼그라드는 거냐고! 솔직히 좀 이상하기는 했어. 몸이 너무 에로틱하거든! 역시 돈과 권력으로 가슴을 크게 만드는 마도구를 구해서 쓴 거지?!"

"너, 너 지금 무슨 소리를 하는 것이냐! 내 장점이라면 방어력……, 아, 아무튼! 하겐, 너도 너무하지 않느냐! 나에게는 그것 외에도 장점이 있단 말이다……! 메구밍, 아쿠아, 내 말 맞지? 그것 외에도 장점이 있지?!"

다크니스는 울먹이면서 물었지만…….

"그것보다, 가슴을 크게 만드는 마도구가 진짜로 있는 건가요? 있다면 그것에 대해 좀 더 자세하게……."

"카즈마도, 저 아저씨도 너무하네! 우리 다크니스한테는 장점이 잔뜩 있다고! 울면서 부탁하면 웬만한 건 다 들어줄 만큼 물러 터졌고, 웬만한 거짓말을 다 믿으니까 가지고 놀기 좋…… 아야야야야! 다크니스, 그만해! 머리가 깨질 것 같아! 칭찬하는 건데 왜 이러는 거야?!"

집사는 아쿠아의 관자놀이를 움켜잡은 다크니스에게 말했다.

"그런 게 아닙니다! 이대로 있다간 아가씨의 가문이 귀족 자격을 박탈당할 겁니다! 아가씨께서 일반인이 될 거란 말입니다! 그렇게 되면 아가씨는 그 음란한 몸을 팔아서 먹고 살 수밖에…… 아가씨, 아가씨! 저 같은 노인네한테 이러시면 안 됩니다! 진짜로 죽는다고요!"

울먹이면서 집사의 목을 조르던 다크니스의 발치에 편지 한 통이 떨어졌다.

"……음? 이게 뭐지?"

"왕가에서 보내온 편지입니다. 그걸 읽으면 제 말을 이해하실 수 있을 겁니다. 그리고 이 일은 저쪽에 계신 사토 님과도 관련이……."

집사는 그렇게 말하면서 나를 힐끔 쳐다보았다.

그만해. 나는 이제 쓸데없는 일에 휘말리고 싶지 않다고!

편지를 펼쳐서 읽던 다크니스의 얼굴이 새파랗게 질리더니 그대로 털썩 무릎을 꿇었다.

편지에는 그 정도로 골치 아픈 내용이 적혀 있는 것 같았다.

"……뭐라고 적혀 있어?"

내가 머뭇거리면서 묻자 다크니스는 퍼뜩 정신을 차리면서 말했다.

"아, 아무 것도 아니에요! 카즈마와는 상관없는 일이랍니다! 아, 아니, 상관없는 일이니 신경 쓰지 마라!"

갑자기 존댓말을 써대면서 횡설수설하기 시작한 다크니스를 보고 위화감을 느낀 나는 그녀를 향해 손을 내밀었다.

"편지 줘봐."

"시, 싫다. 매, 매번 너를 괜한 일에 휘말리게 해서 미안하거든. 아, 아까 네 입으로 말했었지? 귀찮은 일에 휘말리고 싶지 않다고 말이다! 그러니까, 이 일은—."

"『스틸』."

"아앗!"

다크니스에게서 편지를 빼앗은 나는 옆에 있는 아쿠아, 메구밍과 함께 그 편지를 읽었다. 편지에는…….

『수많은 마왕군 간부를 쓰러뜨려 이 나라에 막대한 공헌을 한 위대한 모험가, 사토 카즈마 님. 귀하의 멋진 활약을 듣고, 직접 만나 이야기를 나누고 싶어 이렇게 연락을 드립니다. 괜찮다면 식사라도 같이 하고 싶습니다.』

편지의 끝머리에는 이 나라의 문양과 보낸 사람의 이름이 존재했다.

보낸 사람의 이름은 아이리스.

이 세계에 대해 잘 알지 못하는 나도 아는, 이 나라의 제1왕녀였다.

즉, 공주님인 것이다.

"카즈마, 이번만큼은 사양하자! 제1왕녀이신 아이리스 님에게 무슨 일이라도 생기면 우리 목이 날아갈 거다! 우리 중 누군가가 무례를 범하기만 해도 큰 문제가 된단 말이다! 카즈마는 궁중예법을 모르지? 이런 딱딱한 자리를 싫어하지? 그렇지? 그러니 사양하자! 그, 그래! 더스티네스 가문이 맛있는 음식점을 빌려서 네 공적을 치하하는 연회를 열어주마! 가까운 이들만 불러서 말이다! 그러니……!"

나는 아쿠아와 메구밍에게 시선을 보냈다. 그리고 두 사람과 함께 고개를 끄덕인 후…….

"드디어 우리 시대가 온 건가."

울상을 지은 다크니스는 고개를 세차게 내저으면서 내 허리를 잡고 애걸복걸했다.

〈끝〉

■작가 후기

작가 비스무리한 뭐시기인 아카츠키 나츠메입니다.

드디어 이 시리즈도 어느새 5권에 접어들었습니다.

스핀오프인 『이 멋진 세계에 폭염을!』까지 포함하면 시리즈로는 6권입니다.

지금까지는 빠른 페이스로 책이 발행됐습니다만, 다음 권부터는 평범한 페이스로 나올 듯합니다.

좀 쉬자, 좀 놀자, 하고 작가가 담당 편집자에게 어리광을 부렸기 때문은 아닙니다.

진짜입니다. 그저 다른 일이 늘어난 것뿐입니다.

저기, 그 다른 일이란……. 드라마CD화가 결정되어서 그쪽 일을 해야만 합니다!

게다가 저번에 말씀드렸던 드래곤에이지 쪽에서의 연재 관련으로 회의도 해야 하고요!

이런 일이 들어오는 것도 미시마 쿠로네 씨와 담당편집자이신 K씨를 비롯해 이 시리즈에 관여해주신 많은 분들, 그리고 독자 여러분 덕분입니다.

독자 여러분들께서는 앞으로도 이 시리즈를 즐겨주시기

바랍니다. 여러분, 진심으로 감사드립니다!

아카츠키 나츠메

구입해주셔서 감사합니다.
이번 편에서는 카즈마가 엄청 인기 좋았네요
(여러 가지 의미에서)
융융이 정말 귀여워요, 융융 (´▽`*)
미시마 쿠로네
5권의 탈각 러프!

NEXT

—드디어 우리의 시대가 온 건가.

뭐……?! 어떻게든 접견을 포기하게 만들어야 해—! 절대 왕도에는 보내지 않겠다!

그런데 카즈마 씨.
저번에 이야기했던
3억 에리스는 받았어?

그것보다 지금 중요한 건—.

그래. 당연하지. 실비아의 상금도 받아서 완전 벼락부자가 됐다고!

그럼 이제 일하지 않아도 되고, 집밖으로 나갈 필요도 없겠구나. 그럼—.

그럼 제1왕녀를 초대하면 되겠네.

??

—지금 중요한 건 마도구라고요!

으음, 그것도 나쁘지는 않네. 그래도 왕도라…….

육화의 왕녀

다음 권은 장편입니다. 왕도편…… 아니면 자택편일지도?!

COMING SOON!!

■역자 후기

안녕하십니까. 근로청년 번역가 이승원입니다.

『이 멋진 세계에 축복을!』 5권을 구매해주셔서 진심으로 감사드립니다.

2월도 어느새 절반가량 지나갔습니다. 설도 지났으니 본격적인 2016년이 시작되었다고 할 수 있겠군요.

그런데 아직도 정신이 없습니다. 마감과 사투를 벌이면서 정신없이 살다 보니 벌써 이렇게 되었다고나 할까요.

요즘 들어서는 게임도 거의 못했습니다. 뱀병장 시리즈의 최종작도, 2D 극강 그래픽을 자랑하는 횡스크롤 액션RPG 게임도, 용문신 형님이 꼬마 아가씨를 지키는 게임의 최신 리메이크 버전도, 사두기만 하고 틀어보지를 못했어요.ㅠㅜ

빨리 바쁜 일들을 처리하고 여행이나 좀 다녀오고 싶습니다. 친구 녀석이 조용한 시골에서 펜션 장사를 시작했다고 하는데, 좀 숨겨달라고(?) 부탁할까도 싶어요. 그곳이라면 편집자님들이 못 쫓아……오, 오겠죠?

그럼 이번 5권에 대한 이야기를 조금 해볼까 합니다.
약간의 스포일러가 들어갈 수도 있으니 양해 부탁드립니다!

이번 권은 메구밍을 비롯한 홍마족에 대해 심도 깊게 다룰…… 줄 알았습니다만, 알고 보니 카즈마 페로몬 발산 스토리였습니다.
지금까지 민폐 덩어리 미녀 세 명의 뒤치다꺼리만 죽어라 하던 카즈마에게도 드디어 봄이……! 라고 생각했습니다만, 카즈마에게 과감하게 대시한 멤버들이 참 문제네요.
……특히 만년 발정기 오크에게 쫓기는 장면에서는 저도 눈물이 나려고 했습니다. 카즈마는 동료들의 정조(?)를 지키기 위해 일부러 나섰는데, 진짜로 위험한 건 자신의 정조(?)였으니까요.
게다가 홍마족의 비밀도 충격적이더군요. 예전부터 뭔가 있을 것 같았습니다만…… 저런 충격적인 비밀(?)을 지니고 있을 줄은 몰랐습니다. 그리고 그 충격조차 개그로 만들어버리는 홍마족의 무궁무진한 파워에 감복할 수밖에 없었어요.^^
더 이야기했다간 스포일러가 될 듯하니 이만 줄이겠습니다.
자세한 내용이 궁금하신 분은 본편을 꼭 읽어봐 주시길!

그럼 이만 줄이겠습니다.
이 작품을 저에게 맡겨주신 L노벨 편집부 여러분. 항상 폐만 끼치는 저를 여러모로 신경 써 주셔서 정말 감사합니다. 위의 잠적 이야기는 농담입니다. ……지, 진짜예요!

24시간 멸치국수집이 생겼다면서 국수 땡기러 가자고 말한 악우여. 아무리 그래도 그런 소리를 하러 새벽 세 시에 작업실로 쳐들어오는 건 좀 너무한 것 같소이다.ㅠㅜ

마지막으로 언제나 제게 버팀목이 되어주시는 어머니와 『이 멋진 세계에 축복을!』을 읽어주신 모든 분들에게 진심으로 감사드립니다.

카즈마의 시스콤 파워가 폭발하는(^^) 6권 역자 후기 코너에서 다시 뵙겠습니다!

2016년 2월 중순

역자 이승원 올림

이 멋진 세계에 축복을! 5
폭렬홍마 레츠&고!!

1판 1쇄 발행 2016년 3월 10일
1판 19쇄 발행 2024년 9월 13일

지은이_ Natsume Akatsuki
일러스트_ Kurone Mishima
옮긴이_ 이승원

발행인_ 최원영
본부장_ 장혜경
편집장_ 김승신
편집진행_ 권세라 · 최혁수 · 김경민 · 최정민
커버디자인_ 양우연
국제업무_ 박진해 · 조은지 · 남궁명일
관리 · 영업_ 김민원 · 조은걸

펴낸곳_ (주)디앤씨미디어
등록_ 2002년 4월 25일 제20-260호
주소_ 서울시 구로구 디지털로 32길 30, 코오롱디지털타워빌란트 1301-1308호
전화_ 02-333-2513(대표)
팩시밀리_ 02-333-2514
이메일_ lnovellove@naver.com
L노벨 공식 카페_ http://cafe.naver.com/lnovel11

원제 KONO SUBARASHII SEKAI NI SHUKUFUKU WO! Volume 5 BAKURETSUKOUMANI LET'S&GO!!

ISBN 979-11-86906-48-4 04830
ISBN 978-89-267-9978-9 (세트)

값 6,800원